名門庶女 4

風 文創 071

不游泳的小魚 著

目錄

第四十九章

冷華堂頓時臉色一白，心裡便有些發慌，下意識就想將手抽回，王爺卻是抓得死緊，他又不敢運半點功力，只好任由王爺仔細察看著。

「你再說一遍，這傷是怎麼來的？」王爺的臉變得冷峻了起來，雙眼挾了寒霜。庭兒說，會讓自己看到一些東西，難道這就是其中之一？這傷口一定來得蹊蹺，而且庭兒定然也知道這傷的來歷，不然，他也不會故意演這麼一齣了。

冷華堂低垂著頭，緊皺著眉頭，一副心有苦衷、不願多說的樣子，腦子卻是轉得奇快。這事總得想個法子遮掩過去才是，不然，還真會引起父王的懷疑。

「我在問你，這傷究竟是怎麼來的，快說！」王爺聲音越發冷冽了起來。

一旁的上官枚聽著就氣，扶住冷華堂的手臂對王爺道：「父王，二弟用開水將相公燙了，您不去叫太醫幫他處理傷口也就算了，卻還責罵相公，真真是傷人的不挨訓，那被傷者卻是被您如此懷疑喝斥，您……也太偏心眼了吧。」

正低頭沈思的冷華堂突然就抬了頭，迅速地看了一眼上官枚，小聲說道：「娘子，不得對父王無禮。」說完，又垂下眼瞼看地面，便終不願與王爺對視，一副受盡委屈也不能不孝，不管王爺對他如何不公，他也會生受的樣子。

上官枚聽了更是氣，大聲道：「我要說！前些日子在大通院裡時，父王就不信你，還將你的手臂給卸掉，如今又是如此懷疑你，難道相公你就真的如此不受父王待見嗎？難道父王眼裡便只得二弟一人才是親生兒子嗎？」

王爺聽得心一滯。上官枚句句椎心，卻說得他心火更旺，以庭兒今日所言，那日茗烟之死還是值得推敲的。茗烟死得太過奇怪，怎麼可能就被自己一腳給踢死了呢？自己練武少說也有三十年，那點子分寸還是有的；況且，之前茗烟氣焰實足，並無半點受傷體弱的跡象，而堂兒一腳下去後，人就那樣死了，如今再想來，怕是正好踢在了茗烟後背要命的穴道上了……

「這是我們父子之間的事，妳一個做媳婦的應該懂得，公婆面前不得高聲之禮。」王爺第一次冷著臉對上官枚喝斥道。

上官枚聽得一怔。王爺對她向來親和得很，今日這語氣可是很重，還和她說起禮儀孝義來……

上官枚於是眼含譏誚地給王爺行了一禮。「兒媳向父王陪禮，請恕兒媳方才不敬之罪，兒媳聽了父王之言才明白，子女在父母兄長面前是應該遵禮守制的，但是，兒媳請問父王，方才二弟當著您的面砸壞屋裡的東西，又拿茶水潑相公的，這又是遵守哪門子的禮儀了？」

王爺聽了就忍無可忍地看了身後的王妃一眼道：「妳可是婆婆，管管她。」

王妃正覺得這事越發奇異，聽王爺這一說才回過神來，忙對青石揮手，讓她去叫人來。

可等青石出了門她才反應過來王爺說了什麼，一時愣怔。王爺這是要轟上官枚走呢，看來，王爺今天可算是動了真怒了。

冷華堂見王爺一雙朗目威嚴凌厲，又步步緊逼，這會子連上官枚都要轟走，不由眼一閉，臉上浮起一片痛苦哀傷之色，好半天，長吁一口氣，對王爺道：「父王，枚兒也沒犯什麼錯，您何必——」

「且先不管她，你老實跟父王交代清楚這傷是怎麼來的？」王爺氣急反笑，拽住冷華堂的那隻手一直沒有鬆。

「父王非要問嗎？」冷華堂唇邊勾起一抹悽婉的笑，眼裡閃著痛苦的淚。

「快快從實招來。」王爺被他眼中的淚意弄得心頭一酸，但仍是問道。他今天若不給個合理的解釋，那麼……小庭的話就值得繼續深究下去了。

「父王，向來只有小庭可以叫您爹爹，只有小庭可以習武，只有小庭可以為所欲為，您心裡幾時將孩兒當過親生？孩兒自小便是只要有半點錯處，也被您看成天大的罪過，如今不過一個小小的割傷，您便像兒子在何處殺人放火得來的一樣。」說著，兩行清淚便順著他俊逸的臉龐滑落，悲傷地仰天長嘆一聲，語氣哀傷至極。「您非得問嗎？孩兒就告訴您，這傷……並非別人所致，而是……」

說到此處，他轉頭看了冷華庭一眼，又是悽婉一笑。冷華庭微微有些心驚，那天自己可是戴了面具的，又……撒了些藥粉在身上，除去自身原有的氣息，他應該不會認出自己來的才是。

王爺也是有些緊張地瞪著冷華堂。無論如何，作為父親，他還是不願意冷華堂是那狠絕陰辣之人，何況，他的神色太過委屈悲痛……

「而是孩兒自己用刀割傷的。」冷華堂似是無限羨慕地看了冷華庭一眼後，轉過頭，對王爺說道。

此言一出，莫說是王爺，就是冷華庭也驚得差點掉了下巴。虧他也能說得出口，也好，且看他如何繼續編下去……

「胡扯，你好端端地為何要割脈?!難道……」王爺更是不信，怒喝道。

「是啊，想孩兒怎麼也掛了個世子的虛名，又正值青春年少，竟然會存了死志。」冷華堂又是自嘲地冷笑一聲，眼淚雙流，看得一旁的上官枚既心痛又傷心，不敢再對王爺大小聲，卻是小聲地啜泣了起來。

「那日父王因一個奴才之死，竟對孩兒下狠手試探，如今父王已經手握孩兒腕脈半晌了，可曾探到孩兒有半分功力?孩兒不管如何努力，想在您和全府人面前做到最好，仍是得不到自己最尊敬的父親的信任，活著還有什麼意義可言?不如死了乾淨。那幾日，孩子在自己屋裡苦思，總是難以釋懷，便一人偷偷躲到了外面，拿刀割脈，想要自盡算了，若非……若非二叔找到孩兒，怕是今天，站在父王面前的便是一具死屍了。父王，您還要因這傷口如何地再責罰孩兒一次嗎?那請便吧，孩兒現在無所謂了，總之，不管孩兒說什麼，您也不會相信的，對吧？」冷華堂一番話說完，臉色更加蒼白，身子似是也變得更加單薄虛弱了起來，手微微地顫抖著。

王爺聽了微有些動容，但聽他一說是二老爺將他救起的，心裡的懷疑便更為加深了。庭兒知道他身上有傷口，又知道自老二處能查到他的蹤跡，若非他真做過什麼下作之事，庭兒又如何會如此料事如神？

如此一想，王爺又看了一眼冷華庭。果然見到小兒子眼中的譏誚和痛恨，心中猛地便警醒起來，再看冷華堂時，便更覺得他虛偽可憎。沒想到，他如今演戲的本事可以練得如此的爐火純青，若非庭兒之前便提醒過，自己怕是又要被他騙過了。

一時王爺感到無比痛心。自己生養的，哪有不疼的道理，就算是他再不爭氣，自己也還是捨不得將他置諸死地，如今他又是自己唯一一個健全的兒子……難道真要廢了他，讓軒兒承繼爵位？或者，那才是真正遂了老二的心意呢……

況且，如今也只是一個傷口，庭兒也不知還能拿出別的證據來指證他否？若是不能，那便只能對他小懲以示警告，不過，以後得加派人手監視於他，不能再讓他對小庭夫妻再動什麼歪腦筋了。那墨玉之事，得趕緊加快速度了，不然，小庭自己沒有力量，很難與堂兒抗衡，到時真要出個兄弟相殘的戲碼，自己這個父親當得也就太失敗了。

王爺臉色連變數次，最後終於對冷華堂痛心地喝道：「混帳！為父如何虐待你了不曾？你一個做兄長的，可有做兄長的樣子，不說多方維護小庭，竟是事事與他計較，明知他性子單純如孩童，又……身患疾病，竟然還想著與他爭寵？你羞是不羞！不過受了一點委屈，便裝成天大的冤枉，父王母妃難道是短了你的吃穿用度，或是不拿你當人看，作踐過你？竟是為了點小事尋死覓活，你……你真真氣死為父了！你……你是說不想做這世子了嗎……好、好、好，那明日父王便去稟明聖上，將這爵位給軒兒承了便是，簡親王府可並非你一個身體康健的子弟！」

說著鬆了冷華堂的手，身子踉蹌著後退了兩步，一抬手，揚聲對外面的小廝喊道：「來人！」

冷華堂一聽便急了，撲通一聲便跪了下來，雙膝齊動，跪爬到王爺腳下，一把抱住王爺雙腿，哽聲呼道：「父王……孩兒錯了！」

王爺一腳將他踢開，怒罵道：「不是想死嗎？為父成全你，是毒是綾子還是刀劍之器，你自選吧。」

冷華堂這會子連死的心思都有了。沒想到自己好不容易才想到的一番說詞竟是得到這樣的後果，二叔對自己一直關心異常，甚至超過了對小軒的關心，以前一直以為二叔只是扶著自己上位後，能給東府最大的利益，若父王真是要將世子之位傳於小軒，那……那二叔定然不會再幫助自己了，到時，自己便是孤立無援……

「父王，孩兒錯了，求您饒了孩兒吧，孩兒再也不敢羨慕小庭了，孩兒一定會做個好兄長，一輩子好好照顧小庭。」他轉念一想，又知道王爺不過是在嚇唬自己而已，王爺最怕的是兄弟相殘，所以，自己方才那番嫉妒小庭的話定是傷了父王的心，忙轉口求饒道。

王爺確實不過是嚇嚇他而已。哪能真的就給了老二那麼大的便宜，不過，放些風聲出去也好，若老二聽了這話便不再關注堂兒，而是對堂兒冷淡下來，那麼，便可以印證他真在做那挑撥離間、鷸蚌相爭漁翁得利之事。哼，真以為自己不如老太爺手狠，便當自己是傻子嗎？再怎麼也不會讓他得逞了去。

「你起來，哪裡像個男子漢，哭哭啼啼不知羞恥。」王爺低了頭，對冷華堂喝道。

冷華堂心中一喜，忙自地上爬起來，老實地垂手站立。王爺狠狠地瞪了他一眼道：「今兒可是你自個兒說的，不再與庭兒爭尺寸的短長了？」

「不了，孩兒再也不與小庭爭了，孩兒會將最好的全都讓給小庭。父王，孩兒心胸不寬，所以才險些釀成大錯，謝父王教誨。」冷華堂立即恭順地應道，好話說得真是一個順溜。

這時，青石早帶了兩個世子妃屋裡的人來，正要讓她們扶了上官枚下去，王爺見了便道：「你們兩個聽好了，為父要與你母妃去大明山閒暇幾日，年節時再回府，府裡一應事物全交由小庭媳婦管治，枚兒不可與她生了爭執，再有不滿，也得等我們自大明山回來再說。」

冷華庭冷冷地旁觀著王爺與冷華堂的一番做派，看到還算收到了不小的成效，心裡稍感安慰。不管如何，懷疑的種子是種到了父親心裡頭了，父親雖說沒有真將大哥如何處置，卻不再如以前那樣信任於他，以後他再有風吹草動時，便再行計較。畢竟自己現在也不能真將那日他前去殺玉兒之事揭露出來，自己雙腿能走之事，現在絕不能讓王爺和大哥知道，不然在大哥和二叔原形沒有畢露，而自己也沒有找到有力的證據之前，一時也扳不倒他們，反而會激得他們動其他的心思暗害自己。如今，如今有了錦娘相伴，生命便要更加珍惜了，稍微行差踏錯，便會帶著她一起陷入絕境。

上官枚這會子也不敢再當著王爺的面說什麼不滿的話來，只是心裡既憤怒又委屈。王爺對冷華庭夫妻太過偏心了，哪有不讓世子妃主持家事的道理？不過，再氣也被王爺那句拿掉冷華堂世子之位給嚇住，只得悻悻地看著王爺和王妃，見冷華堂很老實地躬身應了，她也只好草草地應了一聲。

王爺又看了冷華庭一眼，見小兒子眼裡仍有譏誚，想著庭兒定是還有話沒有對自己說透，而且，定然也對如此處置堂兒並不滿意，便對冷華堂又說道：「為父不在府裡的幾日，若是再出了什麼亂子，第一個就找你是問。」

頓了頓又道：「你身為世子，心胸狹窄、胸無大局，無謂之下便要自盡，又無故離家不歸，真乃是不孝不友不義，今日不罰你難以消除我心頭之恨。」說罷，一揚聲。「取家法來。」

冷華堂一聽大驚，沒想到父親真會為了這麼點子事而罰他，他那日失血不少，雖說養了幾日卻沒復原，若再被痛打了頓……怕是原本恢復的幾成功力又要損了幾分去，而且當著父親的面，更不能運功相抵……他不由求助地看向上官枚。

上官枚此時也嚇得面無人色，見自家相公看過來，便知他的心意，可是……如今去求，會不會遭池魚之殃啊？

不過，她還是壯了膽子向前一步，顫了聲道：「父王……相公他……他身子不佳，怕是經不起這一頓打了。」

王爺也不過是做給冷華庭看的，見上官枚來求，心下便有鬆動，正要改口應下——

「父王，忘了稟報於您了，初四那日，相公屋裡有個叫玉兒的丫頭，原本只是偷了兒媳一根簪子，兒媳便將她懲治了一頓，打了幾十板子，可說來也怪，那丫頭竟然在初五晚上突然失蹤了……您說，她一個家生子，又是受了傷的，怎麼有本事能逃得過這高牆大院？出去了，又有何本事生存？莫非，她是被何人給殺了？再或者是有人相助逃了？父王、母妃，兒媳一想就頭大呢，怎麼府裡一個丫頭也有如此大的能耐？」

錦娘心中早覺得害自家相公的便是冷華堂。冷華庭先前那一番裝瘋賣傻明顯地就是想要揭開冷華堂手傷一事，她雖不知相公如何知道他手上有傷，但能確定那傷定然也與相公有關。哼，害過自己相公，豈能那樣容易便揭過？所以，她一看王爺又要心軟，忙開口說道。

她一番莫名其妙、嘮嘮叨叨的話說得王爺原本心存猶疑的心更加警醒了，堂兒不是正好是初五離家的嗎？莫非與那丫頭有關？那丫頭可是自小就服侍庭兒的，若是那丫頭做了謀害庭兒夫妻之事，怕正是堂兒動的手腳呢，不然哪有那樣湊巧，錦娘不是個多話之人，她插話時必有深意，突然說起這一茬便是在提醒自己吧！

如此一想，王爺的心火又冒了上來，一時有丫頭真送了家法來了，王爺一把接過，對冷華堂道：「孽子，還不快快跪下！」

原本王爺還是被上官枚那幾句哭求有些心軟了的，但錦娘那番話一出，冷華堂便知自己這頓再也躲不過去，不由抬眸狠戾地瞪了錦娘一眼，無奈地跪了下去。

王爺氣急，抄起那家法便往冷華堂背上猛抽。他是在盛怒之下，原又是有功夫在身之人，每一下便如鐵棒一般抽在了冷華堂身上，每一下，冷華堂都悶哼一聲，生受著，不敢求饒，怕引得王爺更大的怒氣。

王爺正打著，突然正堂外傳來一聲焦急的呼喝。「王兄，快快住手！」

二老爺也不知從何得了訊，竟是急急地跑了過來，一把抓住了王爺手裡的家法。

王爺沒想到他真會來，心中更是生疑了。怪不得庭兒說堂兒與老二走得近，果真如此呢。哼，你捨不得我打，我偏要打，我自己的兒子，想打便打，你又能奈我何如？王爺心裡突然便升起一股逆反之心，一掌便向二老爺拍去，二老爺原想要運功相抵，但生生忍住，裝作躲閃不及，身子輕飄飄地便被王爺推得摔到了一邊。

王爺也不看他，揚起手，打得更起勁了，邊打邊罵道：「孽子！你好樣不學，學些混帳的東西，身為兄長竟然嫉妒殘弟，又無故輕生，太過無用了，今兒我要打死你，看你還敢如此混帳亂行不?!」

冷華堂生生受了好幾十下，終於身子扛不住，被打趴了在地上。

一旁的上官枚見了心痛不已，她也不敢再求王爺，一下撲到王妃面前。「母妃，求您救救相公吧，他……他原本就才受了傷，再打下去……求求您了，您最是心善，讓父王停了手吧！」

王妃一直冷眼旁觀著，錦娘的話也讓她心裡有了警醒，這府裡怕是不少地方都被世子夫妻暗中操縱著呢，玉兒那丫頭明明便是自己放到庭兒屋裡的，她一個丫頭，再有臉面也不會受那樣多人的關注吧？錦娘不過小小懲處她一番，結果便驚動了好些人去鬧，原來，還真是有貓膩的啊！

看王爺氣得猛抽冷華堂，王妃是半點相勸的意思也沒有，往日裡或許還想裝下嫡母的賢淑大度，今兒看著他挨打就覺得心裡痛快得很。劉姨娘那賤人，不是就在自己面前得意她有個好兒子嗎？哼，讓王爺重重地教訓一頓也好，一會子弄個渾身是傷地抬回去，看她還能得意得下去不？

這會子見也打得差不多了，王爺自己怕是也想有個人勸著給臺階下呢，上官枚一求，她也樂得送個人情，假裝心痛地過來抱住了王爺的手。「相公，算了、算了，別打了，打了這麼多下也該出氣了，他終歸是你的兒子呢，打壞了又得心疼了。」

王爺這才丟了手中的家法，氣呼呼地退回椅子上坐著。

二老爺自地上爬了起來，急急走過去扶起冷華堂。「堂兒……堂兒，你……你還好吧？」那語氣竟是心痛至極。

王爺聽了心裡更不是滋味，一揚聲，對一旁的青石道：「找人來，將世子抬回世子院裡去。」

青石一揚聲，便進來兩個身強力壯的小廝，好生將冷華堂扶著，攙了下去。

二老爺眼裡含著怒火和心痛，一直目送冷華堂離開，見上官枚還愣在堂裡，便不滿地輕喝了一聲。「世子妃怎麼還不快快去照料堂兒？」

上官枚聽得一怔，回過神來，也顧不得再行禮啥的，忙跟著追了出去。

王爺卻是更加氣悶。老二可真是越發管得寬了啊，自家兒媳要他來大小聲？哼，不過到底還是擔心冷華堂，剛才氣急之下下手也太重了，怕是真傷著了。

冷華堂夫妻走後，二老爺也不客氣，在一旁下首的椅子上坐下，微一沈吟，便開口道：「王兄竟是何事要發如此雷霆之火？」

王爺冷哼一聲道：「倒是不知老二你是如何知道我在打他的？如今想來，你這個做叔叔的，倒是比我這個父親更為關心他呢。」

二老爺一聽他話裡有話，忙笑了笑道：「我哪裡知道你在打他，不過正好過來找王兄有事相商，剛巧碰上了而已。」

「是啊，真巧呢，不知那孽子在外面尋死覓活之時，老二你會不會也是湊巧知道了。我就納悶了，他既是在外養傷，老二你為何不送個口訊來府裡，也讓枚兒和府裡幾個人安安心啊。」

二老爺聽得一怔。他不知道王爺怎麼會得知冷華堂是在外面養傷一事的，不是說好了，是與寧王世子一同喝酒胡混的嗎？怎麼……也不知他究竟是如何回還的。一時，他儒雅俊秀的臉上閃過一絲尷尬，目光微閃一閃道：「唉，還不是怕王兄你知道了會生氣罰他。這孩子，有時還真是糊塗啊，你說他一個好好的世子，怎麼能為了一丁點子事去尋死覓活呢，王兄，你平日裡還是對他關心太少啊。」

王爺聽了更氣，冷諷道：「哪是，我這個做父親的真不如你這個叔叔，他在外面胡鬧，我這個正經的父親不知，你卻是一清二楚，不知道的還以為你才是他親爹呢。」

二老爺原正端了茶在喝，聽得這一句，一口熱茶便嗆到了喉嚨裡，不由連連咳嗽了起來。半晌，他才止了咳，放下茶杯，皺了眉頭對王爺道：「王兄今日怕是氣還沒順吧，說話總是陰陽怪氣的。你向來便一門心思全撲在了庭兒身上，幾時好生地關心過他？他怎麼著也是將來的簡親王，你忍心看他心性越發孤僻下去？哪一天又變成庭兒這副模樣了，你才開心？哼，你若是怪我對他關心太多，最多以後我少與堂兒來往便是。」

說著，站起身來便要走，王爺也不攔他，卻是冷笑道：「老二你也別氣，我方才還對他道，若他再不爭氣，乾脆將那世子之位給了你家軒兒算了，也省得他一天到晚患得患失的，做不下半點子正經事。」

二老爺的身子一僵，愣怔地轉過身來，嘴角牽出一抹譏笑。「王兄，軒兒可沒這福分，你還是好生待了堂兒吧，別一個兒子毀了，另一個兒子又保不住就是。我一片好心幫你……你不感激也就罷了，竟還拿這話來寒磣我。」

王爺聽他這話說得也還有幾分道理，也不想讓兩人關係太僵，便微笑著轉了口。「不是說有事與我商議嗎？怎麼又不說了。」

二老爺便也回了身，重新坐回椅子上，看了錦娘和冷華庭一眼道：「還是去書房商議吧，這裡不太方便。」

王爺一聽又不高興了。哼，若眼前是堂兒夫妻，他定然不會說這話的，小庭根本不是傻子，有些事情讓他聽聽也好，想避開他，他偏不讓。

「說吧，這一屋子全是自己家人，堂兒是你姪兒，庭兒也是啊。有什麼話你儘管說就是。」王爺一副不耐的樣子對二老爺說道。

二老爺聽王爺這話又是有點找茬之意，只好勉強笑道：「唉，王兄啊，堂兒也只是一時糊塗，你就別再生氣了，庭兒也是好孩子，只是……他性子還是有些……唉，不說這個，你說得也對，都是一家子呢，你又將那墨玉給了庭兒媳婦，讓他們聽聽也是應該的。」

王爺一聽這話倒認真了起來，坐直了身子道：「你今兒來是為了墨玉之事？」

二老爺回道：「是啊，今兒戶部收到了北方的急報，說是北方冬旱，小麥顆粒無收。王兄也知道，夏時南方遭了大水，淮河兩岸也是淹沒了不少良田，又沖倒民宅無數，戶部撥了大量的銀錢去救災了，如今庫裡可真沒多少銀兩能拿得出來了，皇上的意思怕是要動那裡的錢救急呢。」

王爺聽了也是劍眉緊鎖起來，沈吟了一會子道：「既是朝廷有急用，動那裡的錢也是應該的。只是，今年該上交的早就交上去了……對了，這急報是今兒發來的？」

「八百里加急送到的，說是那邊有人在鬧事了，是直接送進宮裡頭的，皇上看了就摔了摺子，大發雷霆，一會子怕是宣詔的旨意就要下了，王兄還是快些進宮去吧。我也是在路上遇到了那送信之人，因是有一份便是送到戶部的，所以才提前來知會一聲。唉呀，才見你打堂兒，心裡一急，倒把這事給弄後頭去了。」二老爺回道。

王爺一聽，也急了，忙站起身來對二老爺道：「那我先去著了朝服，此事還真得早作準備才是。」

說著便去了內屋，王妃也跟著進去服侍他。

錦娘對那墨玉又有了些瞭解，怕是掌管某個商隊或者某個賺錢的基地吧，或者簡親王府原是大錦朝裡最大的皇商，管著鹽鐵專賣，若真是那樣，那墨玉還真是塊寶貝呢，可是連著座金山，怪不得她進門沒多久，冷華庭便讓她好生收著，說指不得就挖到了一座金山。

這樣一想，她突然覺得開那鋪子真是沒意思，墨玉就在自己手上，掌著那一座金山去賺什麼小錢？真是沒眼光……一轉頭，看到自家相公正若有所思地看著自己，眼裡露出一絲鼓勵和信任之色，她不由臉一紅。這廝可真是厲害，自己稍微一個眼神、一個臉色，他便能將自己的心事猜出個七、八分來，嗯哼，以後還得多練練心機，總不能讓他看得太透了去。

正想著，就見他突然橫了眼，對著她翻了個大白眼，看得她一怔，不由拿了帕子去拭額頭並不存在的汗。又被這廝看出來了呢……

一會子王爺出來了，與二老爺一起出了門。

到了門外，二老爺卻道：「王兄自去吧，我這身分可沒有進南書房的資格呢。」

王爺也沒說什麼，轉身便走了，二老爺心急火燎地去了世子妃院子裡。

上官枚早使了人去請御醫，只是這會子還沒到府裡來。

冷華堂軟軟無力地趴在床上，背上火辣辣地痛，上官枚正一邊掉著眼淚，一邊幫他脫去外頭那件錦襖。幸虧是冬天，穿得厚，不然，只怕會打得皮開肉綻。王爺也太心狠了些，不成，不能再讓錦娘夫妻聯合著王妃一起欺負自己和相公了，明兒必須到太子妃宮裡頭去，得讓太子妃給王爺施些壓才是，憑什麼王妃不在家，當家的要是那個小婦養的孫錦娘？

她相信，太子妃一定會給自己作這個主的。

衣服下面是一條條腫得老高的傷痕，隔著厚厚的冬衣，仍有不少傷痕帶了血絲。上官枚見了，眼淚撲簌簌直掉，二老爺看著也觸目驚心，對一旁傷心痛哭的上官枚道：「妳二嬸那兒有上好的傷藥，妳使個人……喔，要嘛妳自己過府去拿吧，那是我前兒在一朋友那兒得的，原是西涼國那邊過來的，比一般的傷藥見效快。」

上官枚哪裡肯離開冷華堂，謝了聲二老爺，便要打發了人去找二太太討去。床上的冷華堂聽了就回過頭來，虛弱地對她說道：「娘子，煩勞妳親自去一趟，那東西怕是稀罕，二嬸子不一定肯給呢。」

上官枚聽得愣了愣，再一看二老爺眼裡那焦急憂傷的神情，便明白或許他二人有話要說，想要支開自己吧？

她心裡微感不豫，卻仍是轉身出去了。

「怎會如此不小心，竟讓王爺發現你手上之傷了？」上官枚一走，二老爺便沈聲問道。

冷華堂微撐了身子，扭過頭說道：「沒法子，小庭突然發瘋，將那一碗茶水全潑我左手上了。」

二老爺聽了，目光閃爍了起來，沈思了一會子，皺了眉問道：「你猜，那日傷你之人可是小庭？」

冷華堂聽得一震，差點就自床上爬了起來。「不可能，小庭的腿可是不能走的，最多就是能站一下，聽說站一會子都會滿頭大汗、椎心刺骨地痛呢，都病了那麼些年，怎麼可能一下子就好了？前兒小軒送了藥過去，說是吃了，但不見成效，可能又停了藥，但絕不可能就好了。」

「你以後少指派著小軒做事，我不想他摻和呢。那孩子，就是我也不懂他的心思，別哪天出了啥樓子就好。如今看來，你父王是對你起了疑心，所以，你千萬要小心又小心，不能再錯一丁點。」二老爺聽了便說道。

冷華堂點了點頭，想了想又道：「二叔，城東那鋪子真由得了三叔胡來嗎？怕是真會敗了去呢，您說的那墨玉啥的，父王又給了孫錦娘，難道我接府時，就給我一個空架子承繼了嗎？父王也是忒偏心眼了些。」

二老爺聽得眼一眯，星眸裡帶著一絲戾色，卻也有種恨鐵不成鋼的氣忿。「你這孩子，你若承了爵，就是以後的簡親王，那時，整個王府都是你說了算，只要是屬於簡親王府裡，想要什麼不是你一句話的事？」

冷華堂一聽也對，又趴伏了下去。二老爺看著就氣。「你說你在練功的緊要關頭去殺那丫頭做什麼？差點被人抓住不說，還……你呀，以後做事可得思慮周到了再動手，小庭身邊可是有不少高手的，只是那日之人，功力與我在伯仲之間，在府裡可不多見。」

冷華堂聽了連聲應是，卻又看著二老爺問道：「二叔，這心法雖能龜息了內力，卻太是麻煩，每用一次龜息之法，便得有幾天功力不能恢復，不然，我也不會那樣輕易就讓那人拿了。唉，也確實是思慮不周，原想著不過是個丫頭而已，哪能就有人護著了，如今也不知道那丫頭去了何處，還有大舅也失去了蹤跡，只怕是……有人真懷疑小庭的腳是被人下了毒，動了手腳，正在查呢。那兩個人可不能留，他們知道不少咱們的秘密，得想法子除掉他們才是。」

二老爺沈吟著，半晌才道：「你且先養好傷再說，原就是失了血的，如今再這樣一傷，你那功力定是會受影響，過幾日好了，得勤加苦練才是。那龜息之法雖是麻煩，卻可以保命的，你以後少自己行動些，有什麼都該與我商量了再去做……嗯，姪媳要來了，我也不便留得太久。你父王說話酸不拉嘰的，像是生怕我搶了你這個兒子似的，放心吧，小庭一日不得康復，你的地位一日就不會動搖，只是……小庭是個麻煩，還有那個女子，看著不打眼，怕是不少事情全是她弄出來的，可真得想個一了百了的法子，省下多少心啊。」說著，眼裡狠戾之色更濃了。

冷華堂聽得一怔，心裡一急，衝口便道：「二叔，不要殺害小庭，他……他畢竟是我的親兄弟，只要他沒有威脅……二叔，求求您，至於那個孫錦娘，您大可以多動些手腳，最多死了後，給小庭再娶一房回來就是。」

二老爺聽得氣急，狠狠地瞪了他一眼道：「別以為我不清楚你的心思，趕緊讓世子妃生個兒子是正經。有了兒子，你的地位才會更加穩妥。」說著，那邊上官枚已經回了，二老爺便轉身走了。

上官枚見二老爺要走，忙道：「二叔，那藥沒拿著，二嬸子像是病了，在床上痛得厲害呢，您快回去瞧瞧吧。」

二老爺聽得一噤，說道：「好好的，怎麼會突然病了？不是只傷了頭嗎？」

「這個枚兒可不知道，方才去時還好，二嬸子原是要起身給姪媳拿藥的，突然就說肚子痛，滿頭是汗了，姪媳就忙過來給您報信了。」上官枚急急地說道。

二老爺一聽這話，再不遲疑，疾步回去了。

他一回屋裡，就見二太太正躺在床上哼哼著，臉都皺成一團，看來定是痛得緊，忙過去搭了脈探，只見脈息混亂，竟像是有中毒之兆，不由一驚，忙問跟著的丫鬟。「可是請了醫？」

「回二老爺的話，早使了人去了，這會子怕是還在路上。」一個丫頭低頭答道。

二老爺聽了心裡稍安，輕柔地扶了二太太，在她身後墊了個大迎枕，拿了帕子拭她頭上的汗珠，柔聲問道：「可是吃錯了什麼東西，怎麼會突然就中了毒呢？」

二太太此時腹痛如絞，哪裡還能答得出話來，好一陣才稍微鬆乏了些，開口道：「你……你自去管那邊去，還來看我做甚？我被那小畜生砸了頭，你可有言語半句，什麼都……都忍氣吞聲……只對堂兒好……哼……讓我痛死不是更遂了你的心意？」

二老爺訕訕道：「娘子說什麼傻話呢，小庭那就是個半傻子，妳跟他計較做甚？對堂兒好，不過也是他承了爵後，能對咱們更有用一些，若是能將那墨玉搶過來給軒兒，咱們東府也不用總低頭看那邊的臉色了，妳說是吧？」

又是一陣如刀絞般的疼痛襲來，二太太不再說話，又捂著肚子蜷成了一團。一時，太醫來了，給二太太診了脈，還真是中毒了，又開了解毒的方子，喝過藥後，二太太才鬆活著歇下了。

二老爺便讓人將二太太用過的吃食拿了上來，讓太醫幫著查驗。太醫一一驗過，並未發現有毒，二老爺雖是疑慮，卻也無法可解。

到了第二日，二太太人清醒了不少，便將屋裡的丫鬟婆子集在了一起，一個一個地查問了一遍，還真沒發現有可疑之事。最後，她便懷疑起烟兒來，將其他丫鬟打發下去後，便只留下了烟兒。「可是妳在我飯菜裡動了手腳？」

烟兒坦然地跪在地上，心裡雖慌，臉上也閃過一絲害怕，卻很堅決地說道：「太太明察，給您斟茶送飯可不是奴婢的差事，奴婢只負責屋裡屋外的清掃，平日裡就難得沾上您吃食的邊，又怎麼會是奴婢動了手腳？」

這話倒是說得在理，可是二太太想著，最近也就對那素琴不好，便對烟兒一家起了疑心，可又拿不到實在的證據……轉念一想，又道：「妳娘可是在廚房裡辦差呢，她要動手腳可是輕而易舉的事，不是妳，也是妳娘，看來，得將妳一家子趕出府裡去才得乾淨。」

烟兒一聽，便急得大聲哭了起來。「太太，奴婢的娘雖是在廚房裡，可昨兒那吃食太醫可都查驗過了的，並沒有毒，您……您不能，不能給奴婢一家弄個莫須有的罪名啊！」

這時，冷華軒聽到動靜，突然自外面衝了進來，一聽烟兒這話便紅了臉，衝二太太道：「娘，您……您還想如何？您硬是扳著不讓兒子收了素琴，如今又想著要害她家人，您是非要逼死了她不可吧？或者，您是要逼兒子做那負心薄義之人？您讓我以後出去，沒臉見人嗎？」

第五十章

二太太沒想到他一進門就噼哩啪啦地質問，為個賤丫頭跟自己嘔氣，昨兒自己病時，怎麼沒見他這樣著急呢，不由心一酸，心裡便是更恨了烟兒，也不理冷華軒，狠瞪了眼烟兒，道：「一家子的狐媚東西，大的想著法地爬主子的床，小的又有樣學樣，這樣的人留在府裡也是禍害——」

「娘，您不要逼我。」冷華軒聽得臉都氣紅了，大喝道。

這幾日，母子倆為素琴之事一直在鬧著，二太太始終不鬆口讓他將素琴收房，而他那日已經在素琴母女面前許下了承諾，男人若是這點子誠信也沒有，那活著還有什麼意思，這府裡上下又還有誰肯拿正眼去瞧他？

所以，一個非要收了，另一個扳著就是不讓，鬧了好些天，二老爺回來也罵了冷華軒好一頓的，但他這會子就是擰上了，誰說的也不聽，就是二老爺拿了家法來要揍他，他也是不肯認錯，一向溫和的他愣是強著兩天沒吃飯，讓二老爺也捨不得再逼他。

二太太屋裡鬧騰得厲害，所有的丫鬟婆子們都查了個遍，最後又只留下了烟兒，他就擔心，趕了過來，沒想到二太太仍是那樣強硬，當著自己的面就要賣了素琴一家，教他如何不氣。

「小畜生！這府裡還由不得你說話，你給我好生唸書去，功不成名不就，成日裡就知道與丫鬟們廝混，你丟盡冷家的臉了！」二太太氣得手都在抖，狠聲罵道。

冷華軒虛弱地後退兩步，冷笑著道：「就是做得再好又如何，這麼些年，兒子什麼都聽娘和爹的，你們讓兒子做什麼，兒子就做什麼，從來沒問過兒子心裡的感受，有時，兒子真懷疑是不是娘親生的……」說著，眼圈一紅，偏轉了頭去，怕二太太看到他眼裡那抹淚意。

二太太聽了，眼裡閃過一絲沈痛，心裡卻有些動容，不由軟了音。「正因你是娘生的，娘才對你要求嚴格，不許你胡作非為。娘也是想你以後有個好前途，不想為些無謂之人影響了你，你怎麼就不懂為娘的心呢？」說著，眼裡也泛起了淚花。

冷華軒痛苦地看著二太太，見她這些日子也清減了不少，想著前些日子被二哥打了頭，傷還沒好，又中了毒，也是上了年歲的人了，經不得這樣折騰，雖然仍是對她好多做法很不贊同，但是，畢竟是自己的親娘，也不忍心看她受苦的，不由心一軟，放低聲音，卻仍是倔著的。「娘，兒子不想氣您的，只是……求您應下兒子這一件吧，素琴肚子裡可是有了兒子的骨血啊。」

二太太聽了便長嘆了一口氣，對冷華軒道：「不是娘非要與你作對，只是……這一家子實在嫌疑太大，娘好好的怎麼會突然中毒呢，若不是發現得早，怕是——」

「娘，您不要將人都想成這樣好嗎？不是人人都是蛇蠍心腸的。」冷華軒聽了立即截口道，二太太的為人，他做兒子的怎會不知？這些年，他看到了很多，很矛盾也很痛苦。他們是他的父母，他不能太過指責他們，有些事也不是他能掌控和改變的，所以，他常常自己躲得遠遠的，離開那些污濁之事，眼不見為淨，但是，又怎麼能真的躲得開呢？

二太太差點沒被冷華軒這話給氣岔過去。他分明是在說，不是每個人都如自己這般蛇蠍心腸吧，真是逆子，怎不知這世道便是弱肉強食，你軟人家便會欺，如此感情用事、心慈手軟，將來難成大器不說，在這府裡怕是連個安身立命之所也難找到。

算了，當著他的面且先放過烟兒一家，與他鬧了這麼久，自己也是心力交瘁，眼看著明年就是大考之年，軒兒也該用功讀書去了，到那時，再慢慢懲治這一家子。

如此一想，二太太的臉色緩了下來，搖了搖頭，哽著聲對冷華軒道：「你……如此說娘，難道心裡就沒有內疚過？娘生你養你，你就是這樣回報娘嗎？」說著，又長嘆了口氣，站起身來，踉蹌地轉過身去往屋裡走，邊走邊幽幽道：「娘累了，不想再管你了，你要如何便如何吧，只是，那賤人永遠也別想進家譜。」

冷華軒被二太太那沈痛的語氣弄得一陣心酸和愧疚，忙幾步上前，扶住二太太道：「娘，兒子……兒子不是有意要氣娘的，您身子不好，去歇了吧。」心裡又想，不進族譜便不進吧，先將素琴收了房再說，以後能不能抬成姨娘，便要看她的肚子爭不爭氣了，若能生個兒子出來，自己再求爹爹去。

烟兒總算是鬆了一口氣，心裡卻更是害怕。太太看人的眼神太過狠戾，這事絕對不會就這麼了了的，一旦三少爺不在家，二太太便會使法子整治他們一家子，看來得想些辦法才是。

腦子裡便想起二少奶奶那日說過的話來，她自地上爬起，找她老子娘商量去了。

那日王爺去了宮裡回來後，又連忙了幾日，才得了閒，帶著王妃去大明山。冷華堂身上有傷，便沒去送行，倒是上官枚還是送到了大門，看著王妃一臉幸福地在王爺的攙扶下上了馬車，她心裡便不是滋味。這幾日事情頻發，劉姨娘被打，又關了幾天黑屋子，整個人都瘦了一個圈，但王爺連瞧都沒有去瞧過一眼，像是府裡根本就沒這號人一樣。劉姨娘再怎麼說也是相公的生母啊，王爺還真是不待見相公母子二人。她以前因出身問題而瞧不起劉姨娘，如今卻很是同情她，這些日子，劉姨娘沒少在屋裡哭，自己也沒將相公被打的消息透露給她，怕她知道了會更憂心……

馬車載著王爺和王妃遠走，上官枚呆呆地站了半晌，冬日的寒風如刀子一樣颳在她臉上，一陣刺痛，一如她現在的心情。回轉頭，正好看到錦娘正推著冷華庭站在一邊，一臉笑意地看著冷華庭。

而冷華庭也是微仰了臉，滿是柔情地回望著錦娘。「回去吧，娘子，娘親屋裡還有一大堆子的事要妳操心呢。」

這樣的柔情密意讓上官枚看著就刺眼，尤其冷華庭那句話，更是深深地刺痛了她，她再也不想與他們兩個人待下去，抬起腳，帶上侍書和侍畫兩個，昂首挺胸地走了。

錦娘見了也不氣，推著冷華庭回了內院。因著自己屋裡還一些事情沒有處理，錦娘便先回了自己院裡，四兒正跟著她後面走著，幾日不曾露面的冷謙突然一閃身出現在他們身後。四兒又被嚇了一跳，一見是冷謙就罵道：「你怎麼總像個遊魂似地神出鬼沒，就不知道會嚇著人嗎？」

冷謙冷峻的臉上一如既往沒什麼表情，只是淡淡地看了四兒一眼，便對冷華庭躬身行一禮。「恭喜少爺。」

錦娘聽了就笑，斜了眼睨著冷華庭道：「相公——喔，冷大人，什麼時候您也去衙門裡點個卯去？」

冷華庭便知道她在笑自己坐在家裡也掛了個六品職位呢，橫了眼道：「妳當我不敢去嗎？阿謙，明兒你便推著我去衙門裡逛逛去，嗯，將作營可是在宮裡吧，離咱們王府可是隔著好幾條大街呢，咱們兩個也不用坐馬車了，就邊走邊逛啊，指不定就能看到不少貌美的小姐呢，阿謙，你看中了就娶回去一個吧。」

錦娘先是聽得一怔，後來卻是越想越氣。隔著兩條大街，他要阿謙推著他去逛，以他這副妖孽魅世的模樣，到大街上一招搖，還不得引起滿大街的癡男色女圍著看，那不是在招蜂引蝶嗎？不由氣得伸手就去擰他的耳朵。

「你想在哪裡看美女啊？相公。」

冷華庭捂著耳朵，無辜地看著錦娘。「娘子輕些，疼呢，不是妳說的讓我去上差的嗎？

為夫我這可是遵從娘子的吩咐呢。」

錦娘氣得牙直癢癢，恨不得咬他一口。「你上差就上差，幹麼要去逛大街？還說要看美女，哼，你是存心氣我的。」

四兒見了掩嘴就笑。二少奶奶和二少爺在一起，哪一天不吵上兩句，不鬧一會子彆扭？可偏偏讓人看著溫馨甜蜜得很，有時，還讓她很是感動。

冷謙乾脆兩眼望天，裝作什麼也沒看見，嘴角卻是微微翹起，一副拚命忍笑的樣子。二少爺可是府裡有名的魔王，整個府裡只有他去欺負別人的分，哪有人家欺負他的？如今卻被二少奶奶吃得死死的，一副小意求饒的樣子，冷謙看著就想笑。

「喂，冷呆子，你想笑就笑吧，別一會子憋出病來了。」四兒見了便止了笑，瞋了一眼冷謙道。

冷謙皺了皺眉頭。這丫頭，一見到他就沒好言語，不是罵就是取笑，若不是看在她是少奶奶貼身丫鬟的分上，他就將她拈起來扔出好遠去。

「呿，神氣什麼啊，你不待見本姑娘，本姑娘還不待見你呢！」一隻手卻是伸進袖袋，摸了個絡子放在手裡。

上回看到冷謙腰間墜了塊玉，卻是光著的，沒打絡子，她便起了心，幫他打了一個，卻是好些日子不見他回來，總也沒機會送出去，今兒總算看到他了，抓在手裡，卻是捏出滿手心的汗來，也不敢送。

冷謙很無奈地退後幾步。聖人說，唯女子與小人難養也，他惹不起，還躲不起嗎？

四兒看了便是又氣又羞，一片芳心差點碎了一地，卻是更恨冷謙是木頭，竟然見了自己就躲。突然，她心裡就長了勇氣，也不管少爺和少奶奶都在，氣鼓鼓地走到冷謙面前，將手一伸，道：「木頭，拿去。」

冷謙先是見她氣勢洶洶地跑了過來，嚇得正要又退，卻被她這一句弄得呆怔住，就垂了眼去看，卻見四兒白皙纖柔的小手攤開著，掌心裡放著一個蝶形藏青色的絡子，倒是正符合他冷硬的氣質，而自己腰間正有一塊玉墜子沒有絡子配……

那是他娘留給他的一個念想，以前那絡子早磨壞了，他又從不與女人打交道，從沒哪個姑娘家會送他東西……一時間，冷謙怔怔地看著四兒手心，半晌沒有說話。

四兒畢竟是女孩子，剛才也只是一口氣充著才敢如此，如今見他半晌也不肯接，頓時心裡大受打擊，又羞又窘又覺得沒臉，兩眼很快就濕了，也不敢看他的臉色，怕在他眼裡看到鄙夷。她正要收回手裡的絡子，冷謙突然就如搶一樣，一下將她手裡的絡子奪了去。

四兒喜得一抬眸，卻見他仍是表情缺缺、冷淡的樣子，只是那耳根卻像是泛起了紅色，眼神也是向四處飄著，根本不敢看她。

錦娘早被身後這一對冤家給吸引了，哪裡還記得去找冷華庭的麻煩，饒有興趣地看了半天，卻沒敢笑出聲來。四兒可是個有脾氣的，這會子她是被冷謙氣急眼了才大了膽子，要是聽到自己一笑，指不定就會惱羞成怒，甩頭走呢！

正看得有趣，衣襟忽被冷華庭輕輕扯著。「娘子，明兒叫了戲班子回來吧，年節下反正也是要唱幾齣的，不如先讓妳看著過過癮？」

錦娘先聽得莫名，後來終於忍不住笑出聲來，果然四兒臉上掛不住，紅著臉便對錦娘說了句：「少奶奶，我先去給少爺薰香片。」說著，也不等錦娘回答，她便風一樣地跑了。

冷謙臉上有些發僵，不覺就向四兒看去，就連冷華庭推了輪椅到他身邊，他也沒注意。冷華庭伸了手在他眼前晃了晃道：「走遠了，阿謙，看來也不用到大街上去給你找媳婦了，屋裡就有現成的啊。」

冷謙頓時臉一紅，嘴角微抽了下，半晌才道：「王爺今兒將人手都交齊到在下手裡了，少爺，您要不要去露個臉？」

冷華庭笑著道：「不用，你就找兩個管事的來給我見見就是，人還是由你帶著。」回到屋裡，四兒已經不見了蹤影。張嬤嬤從後堂裡進來，見了錦娘便笑道：「二少奶奶，爺可在堂裡坐了好一會子了，要不要進屋裡去？奴婢著人燒地龍了，屋裡可暖和著。」

冷華庭難得今天很有耐性，一直在一旁看著錦娘，見她如今處理事情來越發老練，嘴角便勾起了一抹笑。錦娘頭上的傷並未全好，他這幾日也不敢隨便扯她衣襟了，不過，她倒是乘機倚病賣病，沒少欺負他，像是要把以前受過的欺負一下全還了回給他似的，但他倒是更喜歡看她那沒事就撒撒嬌、耍耍無賴的樣子，比之先前剛進府時更靈氣些了。

錦娘推著冷華庭進了屋裡，屋裡果然暖烘烘的，四兒這時也自裡屋走了出來，幫錦娘脫了外披。那邊，豐兒也來服侍冷華庭，身上的衣服輕減了些後，錦娘還是惦記著冷華庭的腿，自己推他進了裡屋。

一進去，錦娘便不管不顧地去掀他衣襬，幫他脫靴。

「啊，娘子，這可是青天白日啊，妳……妳不是想……」

這兩日事多，錦娘沒怎麼看他的腳，但是一天也不間隔地給他按摩著，只是有時是隔了襪子，並沒細看，想著他今天說的那句「我們邊走邊逛」的話心裡就酸得很，也不知道他何時能站起來，與自己肩並著肩地走在一起呢……正心急火燎地要看他的腳，卻聽他大喊大叫地說出那麼一句，差點沒讓她栽到他腿上去。

她抬了頭就瞪他，惡聲惡氣道：「你老實一點！」

「娘子，我很老實，妳說什麼就是什麼了吧，我絕不反抗，隨便妳怎麼來。」這廝竟是將雙臂一展，身子攤開在椅子上，一副任君採擷的模樣。

錦娘氣得手上就用了勁，一把按住他的湧泉穴掐了下去，從牙縫裡擠出一句話。「可是你說的啊，一會子可別嚷嚷。」

冷華庭立即濃眉緊蹙，可憐地看著錦娘，道：「還請娘子手下留情，為夫……唉呀，真痛啊，為夫……不要，輕點，為夫再也不敢了，不敢了。」說著，也不等錦娘有反應，突然兩手一抄，便將錦娘打橫抱了起來，大步走到床上，一下便伏在她嬌小的身子上，定定地看著她。

錦娘暈呼呼地就被他抱上了床，一時還沒回過神，腦子裡正在想剛才怎麼就到了床上的，卻又被眼前的人給吸引住，癡癡地看著那張俊臉便錯不開眼了。

「娘子，咱們生個寶寶出來好不好？」他的聲音比往日更為溫柔，醇厚綿長，卻又似輕歌飛舞，如盤旋在空中的美妙音符，帶著她的靈魂飄盪。

當他將她拆吃入腹的那一刻時，她還昏沈沈的，只知道隨著他的節奏灼燒狂舞……

激情過後，錦娘小臉紅撲撲的，仍在喘息，冷華庭像隻饜足的貓一樣，半支了肘，俯下身看她，一隻大手仍不老實地在錦被裡嬉戲挑逗著她。

錦娘的身子快要被他揉成水了，忙躲閃著。這廝體力好得很，自己可真不是他的對手啊。正想著要哪一天自己也能占到上風去，突然她驚叫一聲，也不管身上沒著半縷，猛地一翻身便將他壓了下去，欣喜若狂道：「你……你……你……」

冷華庭忙一把捂住了她的嘴，輕聲說道：「佛曰不可說，不可說。」

錦娘這才反應過來，忙拚命地點頭，卻是急急地就想要掀了被子去看他的腳。

冷華庭卻是怎麼也不肯鬆開，俊臉脹得通紅，兩眼卻不停地往錦娘身上睃，剛剛熄滅的火眼看著又要燃起，錦娘嚇得一下就捂住了他的眼，罵道：「不許看！你的給我看。」

冷華庭羞澀地道：「不給，娘子，我害羞嘛。」

害羞個屁呀！害羞你那眼睛都快要吞了我？錦娘在心裡痛罵道，又去使勁扯被子。她心裡被剛發現的事實弄得興奮得很，不看一眼怎麼也不放心。都一個多月了，那有毒之物早停了，而這裡清毒藥又一直在用著，此消彼長之間，當然見效就快了。可她還是怕，怕那餘毒並未清完，可恨這廝明明就是隻大尾巴狼還偏要裝成柔弱的小兔子，就像自己要強了他似的，就是不肯給她看，成心急她。

錦娘怒了，扯住他的被子問道：「你到底放是不放？」

冷華庭又是無辜地看著她，弱弱地回道：「不……放，娘子，妳好凶。」說著又委屈地撇嘴，一副泫然欲泣的樣子。

錦娘便在心裡拚命告誡自己，不能心軟、不能心軟，千萬別被這廝給騙了。她狠下心，偏了頭讓自己不去看他的眼睛，威脅道：「好，你不鬆手是吧，那自現在起，三天內不許和我說話。」手一鬆，也不再跟他較勁，顧不得一絲不掛的身子，越過他就要跳下床去。

冷華庭慌了。三天不和她說話……不行，那多無聊。他長臂一伸，便將她撈了上來，被子掀開，一把將她塞了進去。

「娘子，外面冷，被子裡才暖和嘛，來，為夫再加把勁，一定要生出寶寶來才行。」

錦娘在被子裡一個滑溜，就縮了下去，讓他抱了個空。他到底怕她在被子裡悶著了，忙自己掀了被子，又扯了床頭的衣服細心地幫她披在身上，兩眼卻是不敢看她，飄移著不知道要看向何處才好。

錦娘又一次被眼前的美景震住。這廝的身材也太完美了吧，修長的身形如精細打磨過的玉器一般，線條流暢，美感十足，蜂腰窄臀，疊疊的腹肌，精壯的前胸，還有那修長的大腿……錦娘下意識地就要用手去摸，剛一觸到，他的身子便微微一彈，似是很不經碰，卻更是勾人的敏感。錦娘不由在心裡嘆服，怪不得這廝怎麼也不肯給自己看，他這身材堪稱最完美的藝術品，是怕自己一看上癮，以後次次要看吧。

「妳看夠了沒？」他實在受不了她的眼神，忍不住低罵道。她也不怕自己被凍著，神情就像在看一道最美味的點心一樣，不是才吃過了嗎？沒吃飽再來就是，用得著光流口水不張嘴嗎？

錦娘也覺得自己的眼神太過侵略了些，回頭扯了被子，依依不捨地搭在他腰上，嘻笑道：「相公啊，怪不得你每次都不肯給我看，原來，你是太自卑了。真好看，比你的那張臉更誘人呢。」說著，她將被子掀起一些，又偷瞄了一眼。

「妳是不是女人啊，沒見這麼不知羞的。」冷華庭無奈地翻白眼，錦娘咧嘴一笑，在他大腿上啪地拍了一下，說道：「當然是女人，你不是我的相公嗎？那你就是屬於我的了，我自己的東西，不是想怎麼看就怎麼看的嗎？有什麼好害羞的。」

說著，也不再逗他，心急地去看他的小腿。

果然腿上的皮膚已經由黑轉為了暗黃色，原先突起的血管也變軟了，用手按下去，皮膚的彈性也比以前好多了，看來，再吃一陣藥就能痊癒了。

她轉頭一想又氣，一手扯了被子將他先蓋得嚴實了，才咬牙切齒地罵道：「你早就能走了對吧？說，是什麼時候的事，為什麼要瞞著我？」

冷華庭見她一副要興師問罪的樣子，眼神閃爍著。「娘子，我喜歡妳推著我走嘛，妳以後也推著我走好不好？我喜歡被娘子寵著護著，娘子，妳不要生氣，最多以後我再也不瞞妳什麼了。」

錦娘聽他說喜歡被自己寵被自己護著時，鼻子都酸了，心裡柔得像要化出水。他自小就沒有人肯真正地寵他護他，所以才會變得如今這樣子，身遭劇毒不說，連性子也變得孤僻了起來。而且，在這府裡，他不也是時時在護著自己的嗎？如此風刀冷劍林立之地，若沒有他的愛護和情意，錦娘相信自己根本難以過得下去，指不定就想法子逃了。

看著她的臉色似有好轉，他又小聲道：「其實……其實我也想給妳個驚喜嘛，妳看……妳剛才不就很高興嗎？差點就要……就要……」

聽他又要說出不好聽的來，錦娘故意將臉又一板，瞇了眼看他道：「就要如何？」

冷華庭一見她又變了臉，也不敢說下去，突然長臂一勾，一把將她擁進懷裡，嘴角噙了絲壞笑道：「差點就要將為夫吃乾抹淨，骨頭都不剩呢。」

話音一落，看錦娘又要發火，唇就貼上了她的，又是一陣天雷勾地火，錦娘腦子一片空白，哪裡還想著要對他如何，早神思渙散，飄於九霄雲外去也。

其實錦娘也明白，如今不是公開他的腳已治好的最佳時機。雖然已經清楚大致的敵人是誰，但周遭指不定還暗藏多少個呢！所以，還是讓他繼續裝傻和殘的好，處於弱勢下，敵人便會對他減少防備，且這廝最會的就是扮豬吃老虎了，她很期待在以後的日子裡，已經能夠站起的他，會如何地將那起子壞人耍得團團轉，逼他們一個一個現了原形。

如今她也終於明白，他為何知道冷華堂手上有傷了。

兩人起來後，她一邊幫他梳著頭髮，一連問道：「你割他腕脈是想要殺了他嗎？」冷華庭閒閒地拿著錦娘的一支簪子在手上轉著圈，聽她如此問，眼裡就含了一絲戾色，說道：「當時確實是如此想的，只想看著他血流而盡，力枯而死。不過，如今我倒是改了主意，讓他那樣就死了，太過便宜他了，反而會引得父王和朝廷的追查，將自己陷入危境。我要將他的真面目一點一點地揭露，要讓他失去所擁有的一切，身敗名裂，像一隻狗一樣痛苦地活著。」

錦娘聽得心下微寒，知道他也是受迫害至深才會如此，所謂痛之深，恨之切，或許，他所受的痛苦還遠遠非自己眼睛所看到的這些，不然以他過去單純的心性，也不會對一個人恨之入骨。

兩人收拾妥當後，錦娘推了冷華庭出了正屋，便見到張嬤嬤眼神微閃著等在門外，一副有話要說的樣子，錦娘便將冷華庭推到正屋裡坐著，拿了他平日裡看的書給他，便帶著張嬤嬤轉到了後堂。

「少奶奶，奴婢查過了，這香裡……含了一種叫曼羅的花粉，久聞之下會讓人產生幻覺，以致性情大變、發狂發瘋，最後神智不清，成為傻子。」張嬤嬤急切地對錦娘道，那語氣裡也有著擔憂和害怕的情緒。

錦娘真是一陣後怕，對張嬤嬤道：「香片裡那種藥粉的成分含得多嗎？」

張嬤嬤道：「倒是很輕微，看來製香的人還是很小心的，這樣的香片至少得用上好些年才能致效。少奶奶，您可曾用過了？」

錦娘皺了眉道：「還不曾用過。我對香料敏感得很，一聞到不對勁的東西，就會頭暈。」心裡卻是對二太太這做法存了疑慮。

她不過只是送了一小盒給自己，只用這一盒是很難讓自己中招才是，而且，她又親手將這香片送到自己手裡，就不怕自己不放心，會去查嗎？

如此一想，錦娘又問：「嬤嬤，這香裡曼羅花的成分容易驗出嗎？」

張嬤嬤聽了，嘴角就含了絲得意，笑著對錦娘道：「除非是太醫院裡的劉醫正大人之父，不然一般人是很難分辨得出這種香料裡真正的成分的，奴婢的男人以前跟著王爺到過西涼國，又對香料很有研究，所以才湊巧分辨得出來。」

原來如此，二太太怕是沒想到自己能查驗得出來吧？劉醫正的父親早就致休在府裡，除非皇上和太后身子不佳，不然劉老太醫一般是不會再出診的，誰也不會特意拿了塊香片去打擾快八十歲的老太醫的。

如此一想，倒是說得過去，只是……分量太輕，就算自己用了也達不到那預期的效果，二太太又何必多此一舉呢？難道她是個瘋魔的，只要能害到自己一丁點的，就絕不放過？

也不會啊，二太太可是個聰明至極的人，她要害人，必會有理有序，絕對是那種不達目的、絕不罷休的主……

一時，她腦子裡糾結成了一團，各種理由都找盡，仍是想不通。

突然她眼睛一亮，壓低聲音問張嬤嬤。「嬤嬤，您服侍少爺有多少年了？」

張嬤嬤被她問得突然，想了一會子才道：「十幾年了，少爺才幾歲時，奴婢就在少爺屋裡服侍著。二少奶奶，有什麼不對勁嗎？」

錦娘又問：「小的時候，少爺的性子是如今這樣嗎？」

張嬤嬤眼裡就露出一絲笑意來，眼神也變得悠長，似乎正要回憶。「少爺的性子其實最像王妃了，溫柔又單純得很。那時候，少爺很喜歡黏著大少爺，後頭跟著軒少爺，三個常在一起玩耍的。」說著，眼神就黯了下去，喃喃道：「如今，三個少爺都大了，軒少爺是幾年也不進少爺的門。而大少爺呢，倒還是一如既往地對二少爺好，只是，二少爺性子卻是變了，許是大病了一場，又……」後頭的話沒忍心說下去。

錦娘卻是眼睛一亮，急促而緊張地抓住張嬤嬤的手。「嬤嬤，您可得再幫我一個忙，少爺平日裡最是愛潔，又喜薰香……」

說到這裡，張嬤嬤的神情也緊張了起來，張著嘴，半天沒有說話，眼裡也露出一絲不平和憤恨來，好半晌才對錦娘道：「少奶奶都拿來吧，奴婢這就讓我男人查驗去。作孽呀！若真有，那也忒狠心下作了一些，若非少爺曾經練過，怕是早就……」

錦娘心裡也是一陣陣發寒。一開始她還始終想不明白，為什麼那些人不直接殺了冷華庭就好，非要留他活著，讓他們自己看著礙眼不說，成日也提心弔膽地怕他突然變好了起來。

再者就是，王爺和王妃雖是在他大病之後增加了對他的關注和寵愛，幾乎事事都依著他，但府裡其他人應該不會對他如此寬容才對，更不會讓他想砸誰就砸誰，被砸的那個人最多說兩句氣話，卻從沒有認真地深究他的錯處，莫非，他們知道他遲早有一天會變成一個瘋子……也對，他不就真的裝了好幾年的半傻子嗎？

看來，當初下毒之人必定是雙管齊下，一種是毒害他的身體，讓他再也站立不起來，另一種便是灼傷神經的……

第五十一章

錦娘心裡一陣一陣地發緊，心酸心痛至極。自己在大夫人手裡過活，雖然也是飽受虐待，但大夫人那手段比起這些人來，相差可是十萬八千里，可憐的相公是如何活了下來的……

她的眼圈一紅，忍不住就掉下淚來。張嬷嬷當然也是想明白了一些的，看少奶奶在哭，她也覺得心酸，拿了帕子想要幫錦娘拭淚，卻又覺得太過孟浪，自己和少奶奶也沒有親近到那地步，一時手僵著，很想安慰錦娘，又不知如何說起，好半天才道：「少奶奶，或許……或許沒您想的那樣嚴重，您先將屋裡所有的香料都停了，您要是信得過奴婢，奴婢便給您換同一個味的香片來，成分可是乾淨的，奴婢做不來那些傷天害理之事的。」

錦娘聽得心裡暖暖的，對張嬷嬷道：「我信得過您。我原想著將屋裡的香料都停了不用，還是嬷嬷想得周到，突然停了，那些人怕是又要懷疑了，指不定又出了別的么蛾子來害人。謝謝您，嬷嬷，錦娘年輕，想事終是不如您這樣見得多的，以後可得多多提點錦娘才是。」說著就要對張嬷嬷行禮。

張嬷嬷嚇得忙扶住她。「少奶奶快別折煞奴婢了，奴婢可是個下人呢，放心吧，只要少奶奶信得過奴婢，奴婢以後定是盡心盡力地替少奶奶辦事。」

張嬤嬤心裡也是寬慰得很，她原就是個好強的，在這府裡也混了幾十年了，只是也看到了不少看不得的東西，所以不願意鑽營，害怕那些污濁之事沾身，不過到底心有不甘，不願意一輩子待在小廚房裡就此老去，只是苦於找不到合適效忠的主子。如今少奶奶不只是心性寬仁，更難得的是她聰敏異常，遇事又能沈得住氣，這樣的主子不正是她等了一輩子才遇到的嗎？

錦娘於是將自己屋裡所有的香片都集了起來，包成一包交給張嬤嬤。四兒看著就凝了眼，但她也沒問，只是默默地幫著錦娘，見張嬤嬤轉身要走時，她也跟了上去，笑著附在張嬤嬤耳邊說道：「嬤嬤，您可是將少爺喜歡的香都拿走了，一會子可得全還了回來喔……啊，算了，還是我跟著您一起去拿吧。」

張嬤嬤聽得也笑了。難得少奶奶身邊還有這麼個細心又沈穩的丫頭，真真是七竅玲瓏心，觀一點便想全局，是個有潛力的，將來可是少奶奶一個左膀右臂呢。

四兒跟著張嬤嬤去拿香自是不提，錦娘心裡越想越覺得窩火，這香片究竟是誰放在自己屋裡的，屋裡的丫鬟們知不知道那香是有問題的呢？

如今能進自己屋裡的也就是四兒和豐兒幾個了，珠兒死了，玉兒失了蹤，玉兒已是查出有問題的，但是……香片是府裡有定制的，各院裡的香片胭脂都是按制發下來的……

如此一想，她更是堅定了好好整治府裡的決心。

正想著，小丫頭來報，說是王妃屋裡的碧玉打發人來請二少奶奶過去一趟。

錦娘心中一凜，怕是那王嬤嬤見王妃不在家，自己也不敢真將她如何，乘機鬧將起來了吧？

也好，就自她這裡開刀，不用些雷霆手段，那些人不會害怕。

冷華庭正坐著看書，聽了小丫頭的話便將書放了下來，看向錦娘。

「相公，我要去娘院子裡，你也去嗎？」錦娘便問他，畢竟自己進府時間不長，若一會子真施起家法來，怕是很多人不服，有他在，自己心裡還是踏實一些，真有那使勁鬧的，他拿東西一砸，怕就會震倒一大片。

「當然去，不然，人家欺負我娘子了怎麼辦？走吧。」冷華庭柔著嗓子，一副討好的模樣，當然，確實是怕錦娘鎮不住王妃府裡的那些人。

兩人剛走到王妃院子裡，就聽得王嬤嬤在高聲叫罵。「碧玉，妳個死蹄子！竟然敢給老娘吃這些東西?!妳以為老娘就此倒了，再也治不住妳了吧？小娼婦，王妃可是吃老娘我的奶長大的，她不過是受了那起子小人的蒙蔽才生了氣的，明兒她一回，定然是要放了我出去，到時候，看老娘不治死妳！」

錦娘一聽就氣了，這王嬤嬤也忒大膽了些，罵了碧玉也就罷了，竟是連自己和相公也一起罵了，她真以為誰也不敢治她嗎？

守園的兩個婆子也正伸長了脖子在聽，一臉看好戲的模樣，見錦娘和冷華庭來了，忙開了門，一個便要進去報信，錦娘揚手阻止。一個小丫頭也正探著頭看著園門口，見錦娘進來，提起裙就往院裡跑，看那樣子便像是送信的。錦娘回頭對豐兒道：「跟著她，看她是去給誰送信。」

豐兒瞭然地跟了上去，錦娘推著冷華庭，也不進王妃的正堂，直接去了王嬤嬤住的偏房。

果然偏房外圍了不少看熱鬧的，王妃不在，大家都像沒上套的野牛，四處散漫著，這會兒只聽王嬤嬤罵得熱鬧，有的便在一邊附和，說碧玉如何大膽妄為，有的便勸著王嬤嬤不要鬧，但更多的是在跟著起鬨。

碧玉冷靜地站在王嬤嬤屋子門口，門前那劉婆子正帶著個三十幾歲的管事娘子，還有幾個丫鬟婆子們要往屋裡衝，碧玉也不怕，冷冷地看著那劉婆子道：「二少奶奶有吩咐，誰也不得與王嬤嬤見面，一切等王妃回來再說。」

劉婆子便罵道：「死蹄子！妳如今是攀上二少奶奶的高枝了，就不將咱們幾個老的放在眼裡去，別忘了當初是誰提拔妳，妳和青石兩個若不是王嬤嬤手把手地教，又怎麼能上升得那麼快？真真是忘恩負義，不知好歹的東西！」

這話一出，邊上就立即有幾個人在附和著。「那是，王嬤嬤可是咱們院裡的主心骨，這院子裡頭誰沒受過王嬤嬤的恩惠，她們幾個頭等的，那更是得了王嬤嬤不少恩典的，偏偏如今為了自己上位，竟是反臉就不認人了，還真是人心不古、世風日下啊！」

「對、對、對，太無情無義了，這種人以後可不要跟她好，指不定哪天就將你賣了呢！

我說啊，王嬤嬤這次的事，保不齊就是她陷害的，我瞧著二少奶奶也不是那厲害之人，怕也是被她利用了呢。」

那個三十多歲的管事娘子看著柔柔弱弱的，卻是一臉戾氣，推開劉婆子道：「跟她說這些做什麼，她不讓，便打了進去就是。我婆婆傷了手，又被她關著不給飯吃，再不救出來，怕是連老命也得丟了去。」

圍著的人裡有人聽到這話，也起鬨道：「是啊，聽王嬤嬤那聲音可就不很虛弱了嗎？怕真是病得不輕了吧！碧玉姑娘，妳就放了人家媳婦進去唄，人家可是要去盡孝道的，妳這樣攔著也太不盡人情了啊。」

但是也有人出來說公道話。「碧玉姊姊也沒做錯啥，這幾日都是好茶好飯地供著王嬤嬤的，哪裡就虧待王嬤嬤了？妳們廚房的幾個應該最是清楚才對啊，怎麼一個一個說起話來，都不摸摸自己的良心呢，這樣胡扯也不怕閃了舌頭啊？」

「對，其實二少奶奶真的是好人呢，咱們幾個位分低的，不全靠了二少奶奶才能拿足了這個月的月例銀子嗎？以前王嬤嬤可沒少剋扣咱們，如今王嬤嬤究竟是怎麼被罰的，她應該自己清楚，別以為人家都是傻子，都那麼好矇騙呢。」

錦娘一言不發地看了一會兒，大約記住剛才開口說話或是起鬨的幾個人的模樣，正要推了冷華庭回王妃屋裡去，便有那眼尖的看到錦娘來了，就叫出聲來。

「別吵了、別吵了，二少爺和二少奶奶來了！」

錦娘便改了主意，推著冷華庭往人群裡去。大多數僕人們便紛紛向兩邊退開，讓出一條通道給錦娘和冷華庭過，但也有那陰險不知死活的，竟是趁亂撿了東西自背後向錦娘身上扔。

冷華庭便自椅子上縱起，廣袖亂舞，隔著錦娘的身子，那些不知從何處扔來的石頭等東西便循原路又飛了回去，一時，人群裡便傳來幾聲哀嚎。

圍看的眾人立即全都噤了聲，誰也不敢再多言一句。早便聽說過二少爺是練家子，但從沒看他出手過，平日裡總見他如個女孩子一般，柔弱無害地坐在輪椅裡，雖然有時候也會拿東西砸人，但他也不是見誰就砸，不犯著他，他是絕對不會為難人的，如今見他如仙人下凡一般突然飛了起來，輕飄飄幾個曼妙美麗的動作，竟然就連連打傷了好幾個，一時將人全都鎮住了，很是慶幸自己剛才理智，沒有做那找死之事。

錦娘也不回頭，指著兩旁的人群道：「來幾個婆子，將剛才傷著的人全拖到正堂裡去。妳們也知道，二少爺腿腳雖不便利，耳朵可是靈敏得很，剛才有幾個人，是誰做的小動作，他可是一清二楚的。一會子我去正堂，看少了一個人，妳們負責刑罰的婆子們便別想拿這個月的月錢。」

圍觀的人群裡立即走出八個身強力壯的婆子，很快便將倒地受傷的幾個人拖走了。

劉婆子原本正吵得起勁，這會子聽說二少奶奶來了，立即就降了音，縮著脖子就想退，那年輕的管事婆子便揪住她，小聲道：「舅媽，您怕什麼，儘管上去，一會子會有人來治她的，咱們只管鬧就是，鬧得越大越好。」

碧玉正對著她們，將她的話一字不漏地全聽了進去。不過，她也明白，王嬤嬤的媳婦原就是故意說給自己聽的，是想著要仗勢壓自己呢。

她原本是憑著一口氣一直在撐著，任誰罵她，她既不還口也不理，只是冷著臉擋在門口不讓人進去，好在劉婆子一直心有畏懼，不敢真讓人對自己動手，不然，今天自己怕是會被這群人撕碎了去。

這會子見錦娘和冷華庭一來，便治了幾個趁亂壞事的，心裡一鬆，眼圈便紅了，卻是倔著臉，強忍著不讓自己哭，不願讓劉婆子幾個看到自己的軟弱。

錦娘鬆開冷華庭，走到碧玉身邊，拍了拍她的手，柔聲道：「辛苦了，妳做得很好。」

碧玉抿著嘴點了點頭。到底是年輕女孩子，被王嬤嬤幾個罵得那樣難聽，怕是早就受不了了，如今一見錦娘，便如見了親人一樣。

「二少奶奶，這些人……」

錦娘點了點頭，制止她道：「我知道，剛才這裡鬧得最凶的是哪幾個，妳可是記清楚了？」

碧玉聽了便拿眼橫掃了一遍圍著的人群，立即便有幾個低下了頭去，生怕碧玉瞧見了自己一般。

「回二少奶奶的話，奴婢都記清楚了。」

「那好，妳拿了名冊來，將她們的名字全都打上記號。」錦娘聽了仍是柔聲地對碧玉說道。

「二少奶奶，您這是什麼意思，想以權壓眾嗎？這裡的人可大多都是在王妃院裡做得有年份的，她們不過是見不得您虐待王妃身邊最忠心得力的老人，說幾句公道話而已，難道也要被您打壓報復？您雖是主子，可也要以理服人，不能——」王嬤嬤的媳婦冷哼著對錦娘道。

錦娘不等她的話落音，毫不猶豫地走上前去，一揚手，「啪、啪、啪」三下，打得那媳婦暈頭轉向，摸著臉頰半晌沒有回過神。

「妳是哪裡來的東西，有什麼資格在本少奶奶面前大小聲？妳家主子是誰，沒有教過妳規矩嗎？」錦娘板著臉，聲音清越卻不失嚴厲，冷冷地對那媳婦說道。

她來王妃屋裡也有不少回了，看這王嬤嬤兒媳那穿著打扮，便知她是個管事娘子，卻從未在王妃屋裡見過她，便料定她並非王妃院裡的人，看來，也是受了那個主子的指派特意來鬧事的，所以，她更是要打了再說，不能讓她們以為自己也和王妃一樣，軟弱可欺。

「二少奶奶，她是王嬤嬤的兒媳王張氏，是劉姨娘屋裡的管事娘子。」碧玉聽了便對錦娘道。

錦娘聽了便笑道：「喔，原來是姨娘屋裡的啊，不知是姨娘讓妳過來的，還是妳自作主張過來的，若是姨娘使了妳來鬧的，麻煩妳回去告訴姨娘，王妃屋裡的事都交給本少奶奶了，她無權過問；若是妳自個兒要過來鬧事的嘛，那本少奶奶就先替姨娘教訓了妳再說。」

那王張氏才從被打中回過神來，正要撒潑發飆，被錦娘這一說，心裡一震，目光連閃。她當然是姨娘指使過來的，姨娘還巴望著她能將事鬧大了，好等王爺回來再告二少奶奶一狀呢，可是她再傻，也不能真將劉姨娘的名號給丟出來。二少奶奶說得對，劉姨娘可沒有資格管王妃屋裡的事，何況，如今劉姨娘自己還被王爺禁了足呢！

主子不能供出來，那她也不敢說是自己要來鬧的，但話已經說到了這個分上，她又不得不回錦娘的話，便心一橫道：「奴婢也沒鬧，奴婢只是來盡孝道而已，難不成，二少奶奶還不許奴婢對自家婆婆盡孝道嗎？」

果然是個嘴利的啊，這話說得還真合理呢。

錦娘譏笑著看了眼王張氏。「妳真沒鬧嗎？剛才我可是聽妳說，若碧玉再不讓開，妳就要打了進去？這話聽到的可不止我一人，在場的丫鬟婆子們全都可以作證，妳一個下人也太猖狂了些，來人，先將她拖下去，打五板子再說。」

那王張氏聽了，臉一橫便道：「二少奶奶，我可是劉姨娘的人，您無權打我。」

錦娘懶得跟她廢話，手一揮，便有兩個婆子走了上來，也不找刑凳了，將她按在院裡的石桌上就開打。

一時，板子聲伴著王張氏的乾嚎響起，整個院子裡的人全都屏了呼吸，嚇得大氣都不敢出，那劉婆子更是差點將頭垂到衣襟去了。

王嬤嬤先前還在屋裡鬧騰得厲害，後來一聽二少爺也來了，又出手懲治了幾個人，嚇得呆在屋裡就不敢作聲了，這會子聽到她兒媳的慘叫聲，便坐不住了，扯開窗簾子對錦娘道：「二少奶奶，您……您是非要逼死老奴嗎？那日您便設計陷害於我，如今又下狠手打老奴的兒媳，分明就是想奪王妃的掌家之權，王妃心善才會被矇騙，等王妃來了，老奴一定要討回這個公道來！」

錦娘聽了便對碧玉道：「開門，讓她出來。」

碧玉聽了便拿了鑰匙開門，王嬤嬤急急地自屋裡衝出來，一隻手還綁著紗布，直直地就向王張氏衝了過去。這當口，五板子正好打完了，王張氏痛得齜牙咧嘴的，一看到王嬤嬤就失聲痛哭。「婆婆，可要為兒媳作主啊……」

錦娘一聽這話更是氣，還真是不知天高地厚了，王嬤嬤身分再高，也越不過一個奴字去，看來，還是王嬤嬤在王妃府裡作威作福太久了的緣故，府裡大多人眼裡只認王嬤嬤，怕是連王妃的話也沒怎麼看在眼裡呢，再不整治，還真要翻了天去。

錦娘走到王張氏身邊，心平氣和地對王張氏道：「王嬤嬤犯了錯，是我讓碧玉將她軟禁的，但她畢竟是王妃的奶娘，我不過關她幾日便會放出來，一應用度並未虧待於她，也請了大夫來給她治過傷了，妳若真是為她好，便不該在這裡鬧事，影響她養病不說，也加重了她的罪過，如今對妳也只是小懲大戒，妳可明白了？」

這一番話當然是說給一眾看熱鬧之人聽的，畢竟有很多人並不知道真相，還以為自己真如何虐待王嬤嬤了，如今正好王嬤嬤也出來了，那些圍觀之人也能看出，王嬤嬤雖說有些憔悴，但精神還算好，身上穿得也整齊乾淨，一看便知錦娘所言非虛，想來那王張氏還真是藉故鬧事呢。

王嬤嬤看著自家兒媳被打得趴在石桌上起不得身，不由心痛莫名，流著淚對錦娘道：「二少奶奶可真是好手段，奴婢也不知道究竟是哪裡得罪二少奶奶了，要一再相逼，老奴服侍王妃幾十年，還從未受過如此侮辱，此恨……老奴記下了。」

錦娘聽了便要笑，冷哼著對王嬤嬤道：「嬤嬤，您這可是在威脅於我？」說著，又揚了音，對圍觀的一眾僕人們說道：「各位可以看看，本少奶奶頭上之傷還未痊癒，正是前些日子被王嬤嬤砸的，本少奶奶只是將她軟禁幾日，可有過分？」

這事有些人是知道的，但大多都不知道，一時，人群裡又開始議論紛紛起來。王嬤嬤也太大膽猖狂了些，連主子也敢謀害呢，二少奶奶如此還真是心慈手軟的，若是換了東府的主子，怕是早就將之亂棍打死了，沒想到竟然還要鬧，還真是倚老賣老，不知死活。

錦娘見這事也說得差不多了，便又對眾人道：「今日王妃去了大明山，將這掌家之權交給本少奶奶暫代，大夥兒聽好了，一會子全去正堂，本少奶奶得好好清理清理王妃院裡的門戶了。」

這時，人群裡就有人要跑，碧玉便揚了揚手裡的名冊道：「剛才在現場的，一個也走不掉，名字我都記下了，妳們最好是聽少奶奶的話，不要在這時候撞槍頭上。」

這下全都洩了氣，一個也不敢再跑了。

錦娘便推著冷華庭回了正屋。

正屋地上躺了三個人，個個都是額頭上被砸了個大包，血跡斑斑的。

錦娘坐在冷華庭邊上，碧玉著了小丫頭沏了茶上來，王嬤嬤和王張氏也被扶進來，王張氏站不住，兩個婆子便將她扔在地上。

劉婆子始終躲在人堆裡，一言也不敢發，老實地縮著脖子，生怕錦娘發現了她。

錦娘便對碧玉道：「這地上幾個妳可都識得？」

碧玉仔細看了看，對其中二人道：「回二少奶奶，有一個是劉姨娘院裡的，有一個是世子妃院裡的。」

錦娘便道：「劉姨娘如今被王爺禁了足，這個人嘛，先打十板子，再關起來，一會子本少奶奶要親自去問劉姨娘，她為何要指使了人來暗算於我。」又看向另一人道：「至於這個……碧玉，使人去請了世子妃來，本少奶奶倒是要問一問了，她的人為何會也跟著來暗算於我。」

碧玉立即著人去辦了。

所有的奴婢們黑壓壓地站了整個堂屋，但大多老實地待著，誰也不敢亂說話，都怕自己成了二少奶奶立威的刀下鬼。

錦娘又讓碧玉拿了名冊來，對各個奴婢之間的複雜關係理了理。深門大院裡頭，家生子的奴才們大多也是關係盤根錯節，互相聯姻的極多，錦娘打算先對王嬤嬤這一家下手，便將所有與王嬤嬤有親戚關係的人全都列了出來，發現好多都是在王妃院裡占著重要的差事，怪不得王妃屋裡有個風吹草動的，消息就立即傳出去了，原來是有這麼一條大蛇伏在屋裡呢。

錦娘又讓人拿了王妃屋裡的帳簿來，自袖袋裡拿出一個條陳，對王嬤嬤道：「王嬤嬤，妳口口聲聲說，妳對王妃忠心耿耿，此處是我查帳時，查出妳貪墨的罪證。妳是王妃屋裡的總管，今年會年，妳就貪墨菜銀四百三十一兩，胭脂銀三百四十兩，剋扣丫鬟婆子們的四季衣裳料子，絹花繡線銀子一百二十兩，剋扣低等丫鬟的月例銀子八十九兩。王嬤嬤，妳可是發大財了啊，一個月的收入可是比一個四品的朝廷命官的年俸還要高呢！一年就是九百八十兩，妳拿這銀時不覺得手發抖嗎？」

此言一出，屋裡立即便炸了鍋，人群裡便有人罵了起來。「太黑心了，怪不得她一個管事嬤嬤，兒子在外面嫖賭逍遙得比一般的大家公子過得還要富貴呢！」

「可不是嘛？那裡面可有咱們的血汗銀子呢，二少奶奶不說，咱們哪裡知道啊。」

「就是，怪不得她想要謀殺二少奶奶呢，定是二少奶奶先前訂的那個條陳擋了她的財路。哼，還是二少奶奶精明啊，不然，咱們還不知道要被她吸多少年血去！」

王嬤嬤聽得臉上一陣紅一陣綠。她原以為，當初那小帳本之事全由劉婆子一個人擔了，劉婆子又被二少奶奶處置過了，自己便再也不會有事了，所以不但不吸取教訓，倒是更為猖狂了。沒想到，二少奶奶陰得很，暗暗裡將王妃院裡的所有帳目都查了一遍，還記下了她的罪證，這下她真的是想死的心都有了，心裡就盼望著有誰能送個信給劉姨娘才好，如今趁著王妃不在家，也只有劉姨娘能想法子救她了。

「王嬤嬤，本少奶奶可有冤枉妳半句？」錦娘淡淡地看著王嬤嬤道。

王嬤嬤再是不敢反嘴，撲通一下跪了下來，卻緊抿著嘴，並不吱聲。

錦娘也知道她在等人，而她自己也正是想讓那人出現，想著王嬤嬤那天偷聽了消息，定然就是要說給那人聽的。

果然，沒多久，世子妃扶了劉姨娘來了。

錦娘微怔，還是起了身，去迎劉姨娘。「姨娘身子不好，怎麼也來了？」錦娘稍行了半禮，便退回主位坐了，並沒有將劉姨娘和上官枚讓到首座的意思。

上官枚見了便更氣，但也沒法子，王妃不在，主持中饋的就是錦娘，她有資格坐首位。

劉姨娘也是氣，不過今天她也不是來爭這一點長短的，便對上官枚遞了個稍安勿躁的眼神，在錦娘的下首坐了。

「小庭媳婦，妳可是真長本事了啊，姊姊一不在府裡，妳就鬧得雞飛狗跳的，全府不得安寧。」劉姨娘直著身子坐在椅子上。她的後背被王妃打傷了，養了好些天仍沒好，靠不得椅背。

「喔，姨娘可是自哪裡看到錦娘在鬧了？倒是想問姨娘，這地上有個人，說是妳屋裡的，她今日竟是想謀殺錦娘呢，妳來得正好，不知道這個人是不是聽了妳的吩咐呢？」錦娘不急不慢地指著剛才被打了十板子之人說道。

劉姨娘見了臉色便微變了變，狠狠地瞪了眼地上那人道：「人是我的，我不過使她來看看究竟而已，沒想到她竟然敢如此大膽亂行，小庭媳婦，妳儘管將她打死就是，我絕無半句怨言。」

錦娘聽了這話倒是愣了，沒想到劉姨娘做事如此果決，毫不猶豫就棄卒保帥，一點餘地也沒給自己留。

再看地上之人，雖然驚愣地抬起頭來，憤恨地看著劉姨娘，卻半句話也沒分辯，怕是早就被劉姨娘掐了要害，就算是死，也不會背叛劉姨娘了。

果然當自己投去詢問的目光時，那人低了頭，目光躲閃著，並不看錦娘。

錦娘無奈，只得對碧玉道：「那便依了姨娘吧，來人，將她拖出去……賣了吧。」

錦娘故意將聲音拖得老長，讓那人的心都吊到嗓子眼了，再一聽說只是賣了，便鬆了一口氣，不由感激地看了錦娘一眼。二少奶奶到底還是不如劉姨娘毒啊，雖是被賣了，但總有條命在。

錦娘又照樣指著另一個人問上官枚，上官枚卻是死不認帳，說自己根本沒有派人來。錦娘看她爭得耳根子都紅了，突然腦子裡就想起二太太那天說，那種香片先是送了一盒給上官枚，再送了一盒給自己，而上官枚又是一直不孕……

不就是一個下人嗎？且賣她一個好吧。又一個計策在錦娘腦子裡形成，便對上官枚道：

「大嫂，既然妳說這人不是妳使來的，那便可能是她自己存了那壞心眼，既想害我，又想害妳呢，如此讓妳我妯娌不和，她們就可以從中得利去。」

上官枚聽錦娘話裡有話，目光微閃，看向地上之人的眼神也變得複雜了起來。

「弟妹說得對，那就依弟妹所言，賣了她吧。」

處理了那兩個人後，錦娘便又將王嬷嬷一族在府裡的罪行一一列了出來，一共有二十一人都受到牽連，錦娘正要說出處置之法，劉姨娘又道：「小庭媳婦，這個人，妳可動不得。」

錦娘聽了就冷笑道：「喔，不知錦娘如何動不得她？」

「她可是姊姊的奶娘，妳若動她，姊姊必然會傷心。妳一個做兒媳的，能為婆婆操心那是好事，但絕不能如此草率行事，如妳這般，府裡上下沒幾個真真乾淨之人，難不成妳全要處置了？再說了，水至清則無魚，有些事情還是睜隻眼閉隻眼的好，不然，惹火上身可就不好了。」

又是在威脅啊。錦娘聽了便悠閒地端了茶，放在唇邊輕抿一口道：「姨娘，若是錦娘非要處置了她們呢？」

劉姨娘沒想到錦娘小小年紀手段如此厲害，又如此強硬與她針鋒相對，不由大怒，一拍桌子站起來道：「莫要以為王妃寵著妳，妳就為所欲為了，這府裡，可還不是妳說了算的，姊姊不在還有我，就算我如今被王爺禁了足，也還有世子妃在，妳一個次子媳婦，憑什麼在府裡作威作福，還真是反了天去！」

冷華庭一聽這話就皺了眉，剛要拿東西去砸，錦娘忙搶先抓住他的手，冷靜地說道：「相公，相公別生氣，錦娘不怕的。」

冷華庭這才鬆了手，狠狠地瞪了劉姨娘一眼。

劉姨娘剛才也是嚇到了，但她也是作了準備來了，若是冷華庭再砸她一次，她便打算鬧到太子妃那裡去。

「姨娘自己也說了，您如今正被父王禁足呢，請問一個禁足之人，怎麼可以出了自己的院子？或者說，您想父王回來再多禁幾個月？」錦娘譏誚地笑對劉姨娘道。

不得寵就老實些，非要出來弄么蛾子，還真當自己好欺負呢。

劉姨娘被錦娘這話頂得差點岔了氣。就是王妃也不會對她說如此重話的，這個孫錦娘，不治一治還真是不知天高地厚了，以後她的威信建起來了，世子妃如何能撐得住王府？

「哼，不要拿著雞毛當令箭，孫錦娘，妳也只是代管幾日而已，有何權力將王嬤嬤如此重要的人物給處置了？今天妳就試試，若妳敢處置，我就將老夫人、二太太、三太太、四太太一併叫來評理，看看是妳橫，還是道理大！」劉姨娘氣得大聲對錦娘吼道，一轉頭，又對上官枚道：「妳也真是的，堂堂一個世子妃，貴為郡主之身，竟然被一個庶出的女人給壓了一頭去？妳、妳就不怕這個府裡將來沒了妳的立足之地嗎？」

上官枚也是氣，聽了劉姨娘之言，也覺得心裡長了膽氣，對錦娘道：「弟妹，姨娘說得也有道理，若是如方才那幾個低等的下人，妳想要處置便處置了就是，但王嬤嬤確實是動不得的，她可是服侍了母妃幾十年的老人了，妳如此做，可是要寒了很多奴才的心的。」

第五十二章

「那嫂嫂大可以問問這堂裡的奴才們，看她們願不願意重重處置了王嬤嬤。」錦娘又喝了一口茶，不緊不慢地說道。

上官枚被她此言問得一怔，剛要再說，便聽堂裡有奴才大聲嚷嚷起來。

「二少奶奶，我們擁護妳！王嬤嬤確實太可惡了，她可是吞了我們十幾年的血汗錢啊！」

「對，還經常一個不如意就打罵我們，總讓我們給她跑腿送信，做些下作之事。二少奶奶，嚴懲吧，我們不但不會寒心，還會感激的。」

錦娘聽了將手一抬，示意奴僕們噤聲，那些人果然便沒再說話。

上官枚聽了更是震驚，一是震驚於王嬤嬤引起了眾怒，那樣多人附和錦娘，要嚴懲王嬤嬤，二便是看到了錦娘在奴僕們心裡已經樹立起了威信，很多奴僕都信服於她了。

這讓她又嫉妒又難受。孫錦娘再如此下去，這府裡的下人眼裡便只會有她孫錦娘，沒有自己這個世子妃了。

但是，自己若今天因為要反對她而去保王嬤嬤，只會讓那些奴僕對自己也心生了反感，就算要與孫錦娘作對，也不在這一時。劉姨娘也不知道與那王嬤嬤達成了什麼協議，非要去幫她，不知道這樣也會犯眾怒嗎？

「弟妹，既然這王嬤嬤真的如此可惡，妳該處置的，還是處置了吧，只要是按了府裡的規矩辦就成。」上官枚想了又想，才對錦娘說道。

劉姨娘一聽這話，驚得差點自椅子上站了起來，不可置信地看著上官枚。

上官枚於是勸道：「姨娘，妳也看見了，王嬤嬤如今是罪證確鑿，又犯了眾怒，弟妹也算是為母妃趕走一個心腹大患，妳又何必摻和到這裡面去？還是早些回去歇著吧，別又傳到父王耳朵裡，說妳擅自離開禁足之地了。」

錦娘聽了便微怔著看了眼上官枚。今天的上官枚比往日要沈穩多了，遇事也不是一味地發火生氣，而是在認真考慮利弊，衡量選擇最利於自己的那個結果。

劉姨娘哪裡肯？王嬤嬤她必須得保，她可不是一般的棋子，說棄就可以棄掉的，都這麼些年了，好些秘密都藏在王嬤嬤那老東西心裡，一個不小心，那可是要遭到滅頂之災的。而且，最麻煩的還不是這一點，而是孫錦娘這小蹄子太狠了，她一次就將王嬤嬤苦心在王妃院裡布下的眼線和人手一鍋端了，也不知道她是從哪裡學來的，簡直是一點餘地也沒留下，若沒有了這些人，自己便會對王妃屋裡一抹黑，有什麼風吹草動，也只能乾等著，半點訊息也得不到，那是讓自己和堂兒一起陷入不利之境。

必須要保下王嬤嬤，畢竟太多見不得光的事情王嬤嬤都參與了，最麻煩的是，對待王嬤嬤還不能如對待其他棋子一樣，弄死就算了。弄死王嬤嬤一個，還有她的那些親族，她們有很多也是知道一些事情的。何況王嬤嬤也是個老狐狸，怕是早就料到了會有今天，定然是藏了後手，所以王嬤嬤這個人，是救也得救，不救也得救。

「大嫂真是通情達理，不愧是郡主，見識和風度就是不一般啊。」錦娘難得看上官枚沒有與自己作對，忙做了頂高帽給她戴了。

上官枚嘴角輕扯了一抹冷笑，也端了茶在手上，揭了蓋輕滑著杯緣，狀似不經意地對錦娘道：「這也是應該的，今兒是弟妹代母妃管理家事，他日嫂嫂我接了母妃的手掌家之時，還請弟妹也能幫助一二啊。」

錦娘聽了淡淡一笑。上官枚還真是時刻地惦記著掌家之權啊，嗯，也是，她堂堂一個郡主，卻只是嫁給了簡親王的一個庶子，若非冷華堂有世子之位，這樁婚姻萬萬是不可能成的，她既是委屈下嫁了，當然要得到最好的利益了，簡親王府當家主母這個身分，她怕是早就妄想了。

「那是自然，妳我原是妯娌，相互幫助扶持是應該的。父王可是最討厭兄弟不和、妯娌生隙的。」

「小庭媳婦，說吧，要如何處置王嬤嬤。」劉姨娘可不想看上官枚和錦娘兩個繼續聊下去，她也知道現在要完完全全地將王嬤嬤保下來怕是不成的了，只有想想法子，退而求其次，儘量先保住一條命又不會被賣掉再說。

錦娘聽了便笑道：「按大錦律令，貪墨銀錢上百兩者，當流放千里之外。而貪墨上千兩者，當處以絞刑，姨娘也說了，王嬤嬤是母妃的奶娘，對母妃也算得上有哺養之恩，那就這樣吧，錦娘也不將她送交官府了，就按家規來處置吧。」

劉姨娘聽錦娘胡扯三四，前面那幾句全是廢話，王嬤嬤原就是簽了死契的奴婢，哪裡會用得上送官府，當然是要按家規處置，剛要應了，突然就驚醒過來，王嬤嬤實在罪行重大，若按家規處置那便是要亂棍打死啊！

這孫錦娘，差一點又設了個套讓自己鑽，真真可惡。

劉姨娘眼珠子轉了轉，秀眉緊蹙著說道：「小庭媳婦啊，小懲大戒就成了啊，她也這麼大年紀了，手又受了傷，也經不得太多的折騰，那個……妳也說了，她真要出了個什麼事，一會兒王妃回來，怕是又要傷心了。妳不是最孝敬王妃的嗎？可不能再給她添了憂啊。」

錦娘聽了便在心裡罵，想要求情就求情，非要打著王妃的幌子幹麼，聽著就噁心。

「這樣啊，那怕是不成的呢……」錦娘拖長了音，口氣似乎有了鬆動，轉了頭又問碧玉。「碧玉，按家規，王嬤嬤貪墨如此多銀兩，又謀害主子，應該定個什麼罪行啊？」

碧玉手裡正拿了本家法訓誡，隨手翻了翻，說道：「回二少奶奶，應該亂棍打死，屍體丟入亂葬崗，不得入殮。」

王嬤嬤聽了便微抬了頭，眼睛凌厲地看著碧玉，碧玉只當沒看見，手裡的訓誡一合，冷靜地立在錦娘身邊，一副以錦娘馬首是瞻的模樣。

劉姨娘聽得連連輕咳，對錦娘道：「唉呀，小庭媳婦，這可使不得，妳可千萬別這樣啊，人死不能復生，一旦真打死了王嬤嬤，王妃回來可不好交代。不過是一老貨，妳貶了她，讓她作不得惡了就是，何必下狠手殺她？也算是為王妃全了這麼些年的主僕恩義吧。」

錦娘茶杯一放，冷哼一聲。「姨娘，她可是首惡，這院子裡受牽連的可是有二十幾個呢，我若放過了她，怎麼對別人施以懲戒，又怎麼能以理服人？大家的眼睛可是雪亮的，您不要逼我徇私枉法，我既是動了心思查，那就是要一查到底，絕不姑息。」

劉姨娘聽她語氣說得決絕，便又緩了聲說道：「那些個嘛，妳處置就是，只是王嬤嬤妳一定得留她一條性命，千萬不能亂來。我這也是為了妳好，妳年紀輕輕，很多事情不定就想得周全，王妃不在，府裡除了老夫人，就我一個長輩，我總不能眼睜睜地看著妳犯錯啊。」

「只需留她一條性命便可嗎？那其他人是否按家規處置？」錦娘聽了便道。

「留她一條性命吧，其他人……唉，妳也別太過分就是。」劉姨娘聽她語氣又鬆動了，忙接口道。

錦娘要的就是她這句話。劉姨娘說得對，其實王嬤嬤已經老邁，若是失了勢，又沒有了幫手，那她也弄不出太大的么蛾子出來，錦娘最想的便是清理王嬤嬤在院裡布下的盤根錯節的人脈，只要斷了她的人脈，將她的親族全都處置了，王嬤嬤也只能變成個棄子了。

「那好吧，難得姨娘來求我，我就勉為其難地應下。只是死罪可免，活罪難逃，先將王嬤嬤拖下去打十板子再說。」

十板子？就算要不了王嬤嬤的命，怕也只會剩下半條命去。劉姨娘還想要再求，錦娘已經揚了聲道：「來人，將王嬤嬤先拖下去。」
錦娘說完，還不忘轉頭問上官枚。「嫂嫂妳看可行？」
上官枚無可無不可地點了頭道：「弟妹寬容，想到母妃回來應該不會再傷心才對。」
打十板子還只是打了再說，劉姨娘氣得手都在抖。這個孫錦娘也忒不識抬舉了點，好說歹說都不肯鬆口，偏生上官枚今天也不知道哪根筋結反了，愣是不肯幫她，一時無計可施，只能眼睜睜地看著王嬤嬤被拖了出去。
她便想著錦娘未完的話來。「小庭媳婦，打了就算了吧，十板子下去，她怕是會丟了半條命去，得饒人處且饒人吧。」
錦娘嚴肅地看著劉姨娘道：「不成的，這個王嬤嬤太過可惡，以後可再不能留在母妃院裡管事了，誰知道她挨了打，會不會長記性啊？」
說著，又正色地巡視了一遍屋裡的一眾奴僕，聲音淡淡地帶股威嚴之勢。「降了王嬤嬤一等管事嬤嬤的級，以後便到浣衣房裡辦差去吧。此等處罰相對王嬤嬤的罪行來說，已是最輕的了，若不是看在她是母妃奶娘的分上，本少奶奶一定按家規處置了。」
屋裡的奴僕們全都低了頭，有的雖是遺憾王嬤嬤沒死，但畢竟她再也不能在王妃院裡一手遮天了，一想到那老貨以前見誰都一副趾高氣揚的樣子，眼裡連一般的主子都挾不進去，以後卻要在浣衣房裡洗衣服，不由臉上就帶了幸災樂禍的笑。
就連上官枚也被錦娘的決定給怔住。她怎麼也沒想到錦娘會將王嬤嬤貶到浣衣房去，王嬤嬤可是在府裡橫了好些年了，身分比得上一般的主子，如今卻將她打入了最底層，這不是比要她的命更為殘忍嗎？

「不過，這王家的親族嘛，一個都不能姑息。碧玉，將罪行重大的九人全都拉出去打五十板子，若是有命，便與餘下之人一併賣了；扛不住的，全送亂葬崗去。」這些人平日裡就最是仗王嬤嬤的勢，在奴僕面前也是作威作福，而最恨的便是，她們充當王嬤嬤的耳朵、眼睛和嘴，是王嬤嬤陰謀詭計的執行者，只有除了她們，王妃院子裡才算得是真正乾淨。

劉姨娘聽到這番話臉上是一陣抽搐。錦娘這一招等於將王嬤嬤這顆棋給徹底地廢了，自己費盡心機，卻被她一眼看破……

「不！二少奶奶，不要打奴婢，奴婢有要事稟報，奴婢要將功贖罪！」被打之人裡就有劉婆子，她一聽要罰她五十大板，魂飛天外，猛地從人群裡爬了出來，大聲尖叫著。

錦娘一聽，嘴角不由翹了起來。果然會有人扛不住要反啊，正要說話，就聽劉姨娘大聲喝道：「妳這老貨，事情都犯下了，還想要求什麼情？不就是挨五十板子嗎？扛得住，妳這老命就有得救，扛不住，死了就死了，何必還要連累妳自己的親人？」

劉姨娘這可又是話裡有話。劉婆子一樣有兒子媳婦閨女在府裡，當然，也在那二十幾個人當中，劉姨娘此話便是在威脅劉婆子，若她敢胡言亂語，劉姨娘便會對她的兒女們下手。

劉婆子聽出這話的意思，一時嚇住，驚恐地看著劉姨娘，眼裡露出痛苦之色來。

錦娘見了便站起身來，走到劉婆子身邊緩緩地轉了一圈，道：「劉婆子，說說看，哪幾個是妳的兒子媳婦？」

劉婆子聽得一愣，還沒說話，那二十幾人當中就爬出了三個人來，其中一個正是先前在園門口跑著要去送信的小丫頭。他們跪爬在劉婆子周圍，驚惶無措地對劉婆子悲呼了聲：「娘。」看來，他們幾個也是聽懂了劉姨娘的意思的，正在哀求劉婆子呢。

錦娘嘴角含著淺淺的笑意，對劉婆子道：「饒了妳也可以，妳可要記得妳方才的話，若是有半句誑語，便立即將妳的兒子媳婦們亂棍打死，若妳真心悔過，那本少奶奶便賞他們一口飯吃。如何抉擇，妳自己掂量吧！」

劉姨娘一聽，肺都要氣炸。孫錦娘太過狠毒和狂妄了，竟然如此赤裸裸地威脅和利誘劉婆子，這下，恐怕老婆子肯定會反了。她心裡變得惶急不安。照此下去，定然有不少事會被掀開……可是一時半會兒又找不到急救的法子……

劉婆子聽了臉上更是驚慌，顫抖著說道：「二少奶奶，奴婢真心改過，求二少奶奶放過奴婢的家人吧，奴婢從此後一定改過自新！」

錦娘聽了便道：「那好，妳且說說，有何事要向本少奶奶稟報？當著眾人的面，一併說了吧，本少奶奶現在就要看妳悔過的誠意。」

劉婆子一聽，便瞥了眼劉姨娘，見她眼裡正放著陰戾的寒光，心中瑟縮了一下，一時又猶豫了起來。

「妳若心存狡詐，本少奶奶可不會只打妳五十板子了啊，會將妳一大家子一併亂棍打死了。本少奶奶最恨狡詐又無信之人，劉婆子，有話就快說，本少奶奶的耐性不夠。」錦娘一下便看出劉婆子的顧慮，冷笑著說道。可笑這些人，以為自己還有什麼籌碼可以與她講價還價嗎？臨陣一再反戈，她最是瞧不起劉婆子這樣的人了。

劉婆子一聽，再不敢遲疑，開口說道：「二少奶奶，其實，王嬤嬤她……她是劉姨娘的心腹，明裡是王妃的奶娘，實則卻聽命於劉姨娘，王妃院裡一有什麼事情，她便指使著那些人給劉姨娘通風報信。當年，劉姨娘如何進得王府，王嬤嬤可沒有少下功夫──」

「妳住口！再胡說八道，我撕了妳！」劉姨娘聽得快要氣暈過去，一下子便衝到劉婆子面前，一腳向劉婆子踹去。

錦娘大怒，對一旁的刑事婆子道：「拉住劉姨娘，別讓她氣得中了風可就不好了。」

上官枚此刻臉色也是複雜得很。她進府後便感知劉姨娘很有手腕，只是沒見她怎麼施展過，如今看來，劉姨娘還真是手段陰險、心機深沈至極啊，竟然連王妃身邊最親近得力之人都收買了，那還有什麼事情是她做不成的？一時又感到很是後怕，幸虧自己是劉姨娘的兒媳，不然，自己以前對她一再輕慢，從不肯好生拿她當婆婆看，以她的手段，只怕自己也被陰害過好多回了。

兩個身強力壯的婆子出來將劉姨娘拖住，劉姨娘大喊大叫了起來，瘋了一樣罵道：「孫錦娘妳好大的膽，竟然敢對庶母無禮?!本妃可也是上了玉牒，有品級的，妳一個民婦也敢對本妃下手？本妃要到皇后娘娘處告妳去！」

錦娘倒沒想過這一茬，自己倒確實連個誥命都沒封，而劉姨娘因著冷華堂的緣故被封為簡親王側妃，確實是有品級的……

「誥命是吧？妳若再對我娘子大喊大叫，本少爺砸死妳個破側妃。」一旁的冷華庭伸手已經在找東西了，劉姨娘一聽，便弱了氣勢。莫說是個側妃，就算她如今扶了正，對著冷華庭這魔王她還是害怕，他真要下手砸死了自己，王爺怕是也不會對他怎麼樣，就是皇上那裡，也是對他寬容得很。

看來，自家相公還真有定海神針的作用，有他在，錦娘心裡有底氣多了，便忙勸了冷華庭消氣，又對劉姨娘道：「姨娘，妳雖是側妃，但也要父王認才行的。如今妳這側妃可是被封了有年份了，可是全府上下全叫妳姨娘，看來父王打心眼裡就仍是將妳看作是一個奴婢喔。妳可還在禁足呢，快些回自個兒的院子裡吧，別一會子讓父王知道了，又要生氣呢。」

劉姨娘聽得眼冒星火，若是眼光能殺人，她怕是早就用眼刀將錦娘凌遲活剮了。

錦娘懶得再看她，一揮手，讓那兩婆子將她架了回去。

上官枚看著這一切就沒有回神，腦子一直有點發木，不知道要如何應對才好，這時見劉姨娘被架走了，她才想著要不要幫幫劉姨娘……

「弟妹——」上官枚猶豫著叫了聲錦娘。

錦娘截口道：「嫂嫂平日裡也是個心善實誠的，如今正好可以看清許多事情，可要多看看、多想一想呢，有些事情若是不合理，那便必定是有貓膩。這府裡上上下下，不乾不淨的人太多了，我如今不過是在幫妳清理而已，將來這個掌府之權還是要落在妳手上的，若妳身邊全是那兩面三刀之人，妳這當家主母怕同樣也會被架空，被人玩弄於股掌而不自知呢。」

上官枚聽得心中一凜。錦娘這話可說得沒錯，自己雖然也算聰慧，可如今看來，比之劉姨娘和孫錦娘可是相差得遠了，以前在娘家有父母姊姊護著，並沒受過多少苦楚，如今進了王府才看清，這深宅大院裡是處處機關陷阱，稍有行差踏錯，便會被人陰害。再者，她也對王嬤嬤為何要忠於劉姨娘很是好奇。聽劉婆子那話，似乎劉姨娘進王府是用了手段的。也是，她一個外室之女，又憑什麼能夠嫁給簡親王做側室，又如何能夠生下庶長子的？這可真是個謎團。

如此一想，她便沈默了下來，冷眼看錦娘要如何繼續。

劉姨娘一走，劉婆子的膽子就更大了，對錦娘說道：「當年，劉姨娘只是國公爺的一個外室之女，王妃可是正經的國公府二小姐，王爺不知在何處見過王妃一面便一見傾心，立即請媒人去國公府提親，但是……後來卻讓劉姨娘不知如何耍了手段……這些王嬤嬤最是清楚。幾經周折，王妃還是嫁了進來，卻不知……唉，王爺原是不肯讓劉姨娘進門的，後來……這些事情，奴婢也不好細說，奴婢只知道，王嬤嬤的親姊原是劉姨娘的奶媽，當年劉姨娘還沒有進府時，王嬤嬤的親姊不知如何便得了一場大病，劉姨娘費盡心力沒有治好，便使了人去找王嬤嬤，王嬤嬤求過王妃，但也不知為何，王妃並沒有施出援手。她姊姊死後，王嬤嬤因此便恨上王妃了，而劉姨娘乘機便收買了王嬤嬤……」

劉婆子嘰嘰呱呱半天，講到緊要處便支吾著帶過，不過錦娘也總算聽明白了一些，就是劉姨娘與王妃確實是親姊妹，只是同父異母而已。而當年，王爺是對王妃一見傾心的，但不知道劉姨娘又在他們當中動過什麼手腳，在王妃與王爺之間插了一腳，而王嬤嬤因王妃沒有救助其姊而生了怨恨，便背叛了王妃，唉唉，還真是亂得很……怪不得冷華堂比冷華庭要大，誰知當年會是什麼樣的一段孽緣情債，真是理都理不清，這事怕是還得慢慢去查。而王嬤嬤這個人，現在是絕對不能死的，聽劉婆子所言，王嬤嬤心裡定然還藏著很多秘密，這也得等王妃自己回來查清的好。自己一個兒媳，如此當眾去探聽長輩當年的隱私，太不合適了。

「好，妳說的這些還有些用處，也足以證明妳的確有心悔過。這樣吧，妳的板子減免四十，也不將妳一家賣了，只發送到鄉下莊子裡去，妳可是服氣？」錦娘聽了，便對劉婆子道。

王嬤嬤這時被打了十板子，正好被拖進來，聽到錦娘所言，她驚詫地看了一眼劉婆子，劉婆子立即偏過頭去不敢看她，王嬤嬤心裡一凜，斥道：「妳……妳都說了些什麼？可是將我賣了？」

劉婆子聽了便道：「妳自己糊塗，早勸過妳不要與那邊勾結，妳不聽，看吧，一大家子便被妳連累，我也不過自保而已，妳做過什麼，妳心裡清楚，等明兒王妃回來，看妳如何交代吧！」

王嬤嬤剛被打了板子，這會子聽劉婆子如此一說，心知大難還在後頭，驚惶之下，竟是眼一翻便暈了過去。

她兒媳王張氏急急地爬過來，想要將她扶起，卻也是被嚇得全身乏力。如今二少奶奶雖是只處置了王妃院裡的這些王氏家人，但王嬤嬤一倒，自己怕也是難以躲得過去，劉姨娘能不能自保還是兩說，這……這要如何是好啊，難道也像舅母那樣……

她心裡也打起了盤算，想著得找個機會到二少奶奶這裡投個誠才好。

錦娘雷厲風行地將一眾的王氏家人全都處置了，只留了王嬤嬤和劉婆子一家在府裡關了起來，並讓冷謙調了暗衛暗中守著，就怕有人對她們幾個又行那滅口之事，如今就等王爺和王妃自己回來好生審問王嬤嬤了。

上官枚那日便神情迷茫地回了自己院子。難得的是二太太後來並未過來攪和，但錦娘心裡仍是不安，二太太如今怕是自顧不暇，聽說她前兩日便中過一次毒，怕正是自己教烟兒的那幾道菜起了作用，所以正在自家院裡清理門戶，一時又擔心起烟兒一家來，也不知道二太太會不會發現是烟兒她們動了手腳。

如此一想，錦娘便帶了四兒去了世子妃院裡。

冷華堂傷勢好得很快，他起了床便去了劉姨娘院子裡，錦娘去見世子妃時，他正好不在。

上官枚對錦娘的到來很是意外，但面上仍是笑著將錦娘迎進了偏廳裡。

「弟妹如今可是大忙人，整個府裡的吃穿用度可都是妳管著呢，怎麼有空到嫂嫂我這裡來了？嫂嫂是個閒人，妳若有事，使個人來知會一聲便是，何必親自過來呢？」

錦娘聽她話裡帶刺，卻也不以為意，也笑笑說道：「嫂嫂可是世子妃，身分可比錦娘我尊貴得多，錦娘就是再忙也不敢輕慢了嫂嫂啊。」

這話說得上官枚心裡還算過得去，便讓侍書去沏了茶來，兩人又閒扯了幾句，錦娘便狀似無意地縮了縮鼻子，笑著說道：「嫂嫂身上好香，不知薰的是哪種香片？」

上官枚聽了，優雅地抬袖也聞了聞。「很香嗎？前些日子二嬸子送了一小盒香來，我聞著覺得好，便讓人點了，弟妹沒得嗎？」

錦娘聽了嘴角笑意更深了，嘆了口氣道：「二嬸子倒是好心，也送了我一盒，可是我對香敏感得很，不知為何，聞著有點頭暈，所以就沒用。大嫂這個香片也是桑蓮薄荷嗎？聞著怎地與我那盒不一樣呢？」

上官枚聽了便微蹙了眉，又聞了聞自己的衣袖，奇怪地說道：「也是桑蓮薄荷啊，怎麼香味不一樣？既是同一種香名，那香味應該也相同才是啊。」

錦娘聽著笑意更深了，便隨口說道：「唉，也許是我聞錯了吧。大嫂，妳進門可比我早，有些事情可得多教教我才行，我又是個最實誠木訥的，平日裡有那不當之處，妳可得多多指點擔待才是，咱們可是親妯娌，怎麼說，比起東西兩府來，還是要親近得多，妳說對吧？」

錦娘這話說得沒頭沒腦的，讓上官枚聽著就糊塗，不過，聽錦娘說得還算誠懇，也笑了笑道：「那是自然。只有咱們才是王爺正經的兒媳呢，他們不過是旁支了。」

錦娘聽了就嘆氣。「唉，不知大嫂可知曉，三弟屋裡的一個丫頭可是有了孕了，二嬸子正打算著讓那丫頭生下來……只是，怕不會收房吧，聽說，要與寧王府的婉郡主聯姻，怕婉郡主容不得人，所以……唉，妳說，咱們偌大個王府，怎麼就讓東府裡先有了個長孫呢？」

這話正戳到了上官枚的痛處，她一直就為這不能懷孕而糾結著，但錦娘這話她也算聽進去了，心裡立即就起了疑。是啊，為何整個府裡，就冷華軒一人有後了呢，難道其他兄弟都有問題？錦娘這裡還好解釋，才進門幾個月而已，而自己過年就快兩個年頭了，再沒動靜可真說不過去。

錦娘看上官枚臉色陰晴不定，想來自己的話對她有了觸動，便又隨意地說道：「前兒我院裡的張婆子，她男人就是個製香的高手，她就說我不能聞太多的香，怕是會影響生育，我如今便聽了她的，好幾日都沒在屋裡薰香了。大嫂啊，妳說我們女人，再怎麼能幹本事，還得有個兒子伴身才是正經，對吧？」

上官枚聽了手一抖，茶碗裡的茶都灑了出來，燙得她將茶碗丟在了地上，痛得輕呼了一聲，卻是顧不得痛，急急地問道：「還有這一說嗎？難不成，香片裡會有什麼問題？」

錦娘聽了一副驚嚇到了的樣子，忙走到上官枚身邊來，拉起她的手輕輕吹著氣，對上官枚道：「燙著了吧，快快用些藥塗了。」頓了頓，卻是俯近上官枚說道：「香片裡有沒有問題我可不知道，不過，凡是香片，還是謹慎些用才好。我呀，如今見是香呀胭脂呀啥的，一聞著不對勁，就使人拿去查驗查驗。多個心眼總是沒錯的，沒人護著自己，自己可得將自己看重些呢。」

上官枚聽得越發心驚，又是一暖，難得錦娘肯如此貼心貼意地提點她，錦娘肯如此說，定是香料裡已經查出了什麼問題，所以才來對自己說的，不管自己的香片裡有沒有問題，她這番心也還是好的。

她一反手，握住了錦娘的手道：「多謝弟妹了，明兒嫂嫂要去太子妃宮裡，好些日子沒有見過姊姊了，也不知道她身子怎麼樣，如今也是雙身子的人，也不知道她反應重不重呢。」

錦娘聽了也是滿臉的笑。「是啊，太子妃可真是有福之人，此胎定是一舉得男，生下太子府裡的長子，那將來皇后之位可是非她莫屬了呢，大嫂，那時妳可要多顧著點弟妹我喔。」

說著，對上官枚俏皮地眨了眨眼，一副天真爛漫的模樣。

上官枚見了，心情也舒緩了一些，拉了她的手一起坐了，笑著道：「妳呀，還是太鋒芒了些，如今得罪的人可不少了，可得小心一些才是。」

錦娘聽得心頭一暖，眼圈便紅了起來。「唉，我不也是沒法子嗎？相公是個腿腳不便的，心性有時又像個孩子，我不強撐著些，還真是治不住那起子小人，每日裡過得總是提心弔膽的，不是藥裡被人動手腳，就是茶飯裡加了別的料，這日子可真是難過呢。」

上官枚聽了也是嘆息。「妳就好生著吧，唉，妳比我還好，二弟雖說身子不便，但對妳卻是寵愛得很，我呢……等父王回來，妳那姊姊就要進門了，聽說，她也不是個好相與的主，在娘家時，妳也沒少受她的欺負吧？」

錦娘聽了便點頭，一點也沒有自己是孫玉娘親妹妹的自覺，咬了牙道：「可不是嗎？自小便是見我就打，還總搶我的東西，唉，不是我非要說自家姊姊的不是，她啊，還真是任性妄為得很呢。」

正說著，冷華堂從劉姨娘屋裡回來了，一臉陰鬱，見到錦娘也在，微怔了怔，倒是轉了臉，微微一笑道：「弟妹怎麼來了，不是說，正管著府裡好多事的嗎？」

錦娘對他福了一禮道：「正好相公睡下了，府裡如今的事也差不多理順了，趕明兒父王母妃就會回，難得有些空閒，就過來看看嫂嫂。」

冷華堂聽了便點了點頭，轉身去了內堂，但他臨去時眼裡一閃而過的陰戾卻讓錦娘打了個寒顫，忙起身告辭了。

錦娘前腳一走，後腳冷華堂就走出來對上官枚道：「這個女子不簡單，娘子可要防著些，別著了她的道才是。」

上官枚聽了便冷冷一笑道：「又是姨娘跟你說的吧？我說相公，你還是離姨娘遠一些吧，如今只是個遲早的事，王嬤嬤一旦鬆口，姨娘怕便是保不住了，孝道雖是重要，但也要看對什麼人，姨娘的手段也太厲害了些，我終是不喜與她一起的。」

冷華堂聽得就怒了，大聲喝斥上官枚道：「妳這是什麼話？她再如何也是我的親娘，再者，她用那些手段也是沒有法子的事，她一個外室之女，不用些手段能到如今這個地位？不用些手段，妳相公我如今怕也早不存在了，她的心總是向著我的，妳……還是多體諒她一些吧。」說到後面，語氣又軟了，似有些無奈和滄桑。

上官枚勉強應了，冷華堂便過來輕柔地將她攬進懷裡，擁著她道：「我知道妳是明理的，心性又善，只是咱們這府裡也太過複雜，我……又只是個庶子身分，父王對我如何妳也是看到了的，幸虧娶了娘子妳，才讓我的心有個歇腳的地方。娘子，妳以後可得多多幫著我才是，我……可是不能沒有妳的。」

一番話說得掏心掏肺又情意綿綿，讓上官枚的心都化了，嬌羞地伏在他胸前，感到這幾日的鬱氣也散了不少。

王爺王妃回來的前一天下午，上官枚來了錦娘的院子，臉色很不好看。

錦娘正在給冷華庭唸書。這廝這幾日總纏著錦娘讀書，說是錦娘的聲音好聽，非要聽她讀，其實錦娘也知道他的意思，不過也想自己能多讀幾本書而已。自嫁進王府後，她是成日裡便耗在家事上，有些心力憔悴之感，讀書能讓她心境平和、寧神靜氣，倒是對精神和心情都有很好的調節。

一見上官枚那臉色，錦娘便想那香片只怕是真的有問題了，忙對冷華庭遞了個眼色，冷華庭便白了她一眼，自己推了輪椅進了內堂。

錦娘將上官枚迎到東次間裡，讓人沏了茶後，便將人使走了。

上官枚喝了一口茶後才道：「弟妹，果然是人心險惡。」說著，眼裡就露出一股憤怒。

錦娘裝得一驚，不太相信地問道：「嫂嫂，難道……那香片裡真有……」

「有落地蓮，那是致人不孕的。」上官枚幾乎是咬牙切齒地說道，恨得眼睛都要紅了。「虧得我一直當她是好長輩呢，她知道我喜歡用香，自進門起，就沒少送我這個，對我也是慈善得很，比起母妃更加貼心貼意，原來懷有如此狼心呢！」

錦娘驚得好半晌才問道：「真的是二嬸子嗎？她……她這是為啥？我看二叔對大哥可是好得很呢，應該不至於吧。」

上官枚聽了眼神更是複雜。「二叔怕也是心思不純呢，誰知道是打的什麼主意。相公是傻，總是什麼都聽二叔的，哪一天被他剝了皮拆了骨，賣了怕是都不知道呢。」

錦娘聽著便嘆氣，幽幽道：「唉，怕就是為了那個位置吧。嫂嫂妳想啊，我相公是不成的了，如今已是殘疾之身，父王也就得大哥這麼一個身子健全的好兒子了，大哥和大嫂再出個什麼事，那得益的會是誰呢？三叔家的四弟可是老實得很，四叔那邊嘛，自是不用說，他們又隔了一層，沒得競爭，唉，大哥大嫂兩個可真是在刀尖尖上過日子呢，是得小心了才是。」

上官枚聽了也是點頭，對錦娘說道：「沒錯，弟妹妳說得很有道理，妳剛進門那些日子，她總攛掇著我害妳，說起那杜嬤嬤……唉，弟妹，如今再說也沒意思，但她還真不是我指使的，原是二嬸自己找了杜嬤嬤施的法子呢……」

錦娘聽得目瞪口呆。這上官枚……回還得好快啊，立即便知道拉自己做同盟了，腦子還真是不笨呢。杜嬤嬤那事再拿來說，可以說是新瓶裝老酒，沒什麼意思，她解不解釋，自己也會認為背後之人是她，如今她將真相（暫且歸為真相吧）向自己和盤托出，不過是想讓自己也跟著一起恨二太太，想與自己聯手對付二太太罷了，看來，自己的計策實施的效果不錯呢。

「大嫂，那時她定是不好對我也用香料這一招，一招用多了，總是怕露餡兒的，正好又知道我身體有疾，所以順勢就在我藥裡動了手腳。大嫂，咱們兩個為什麼要被她擺布著呢？」錦娘臉上也是一臉憤恨，咬牙切齒地說道。

「哼，這事我已稟明太子妃了，一定得給她一點顏色看看才是。當別人都是她的棋嗎？弟妹，妳等著看好戲就是，她知道用陰的，我就不會嗎？」上官枚眼中閃過一絲戾色，沈聲對錦娘說道。

「嗯，大嫂，妳放手去做，我在一邊給妳幫忙呢。」錦娘聽了便高興地說道。

上官枚便笑了，拿手戳了下錦娘的腦門子，嗔道：「妳也是個人精子，我去太子妃那兒，太子妃還說起妳來著，說妳確實有些歪才呢，叫我與妳好生結交了，離那些陰險小人遠著一些……」說著，又有些不自在地紅了臉，不好意思地看著錦娘道：「以前，我也是受了蒙蔽，有些事情對弟妹妳做得過了些，但弟妹妳一定要相信，我絕對沒有使計害過妳，如今……妳以德報怨，不計較嫂嫂，這情，嫂嫂我記下了，以後在這府裡，能有幫得上的，妳儘管跟嫂嫂說就是。」

說著，她也不等錦娘再說什麼，又道：「太子妃可是使我來問妳呢，何時有空去她那裡坐坐？」

錦娘聽了也很是動容，拉了上官枚的手道：「那敢情好，錦娘自小在家便是個苦命的，沒人疼愛，如今有了嫂嫂這話，錦娘這裡就有了底了，咱們兩個以後相互扶持了，一定不能讓那起子小人的奸計再得逞。」

上官枚拍了拍她的手道：「嗯，以後，嫂嫂我疼妳，等父王母妃兩個回來了，妳得了空，咱們便一起去太子妃那兒吧！我那姊姊也是個爽快人，妳去的次數多了，就會知道的。」

錦娘聽了忙點點頭。

第五十三章

兩人又說了會子閒話，上官枚像仍是心神不寧的樣子，錦娘便問：「嫂嫂還有何為難之事？」

上官枚便苦笑了笑。「唉，姨娘這些日子總在屋裡唉聲嘆氣的，相公看著就心煩，他心情不好，我也難受。其實，好些事情都過去那麼些年了，再追究也沒什麼意思，弟妹，妳呀還是別太較真了吧。」

原來還是來當說客的，怪不得一開始便先拉近兩人關係，把說得的、說不得的都跟自己說，原來是讓自己軟了心，對她方才的話不好推辭。

錦娘聽了便也皺了眉，一副很為難的樣子。「唉，誰說不是呢，那都是長輩們的事，我們做小輩的，別說是管，就是聽也是不該的呢。我不是正好查到那了嘛，現在可不敢亂動那些人了，如今我可是把王嬤嬤好生待著呢，身上的傷也請大夫治了，只等明天母妃回來自行處置。」

一句話，推得巧妙又乾淨，上官枚只能乾瞪著眼，無奈地又拿手去戳她腦門，嗔笑道：「妳呀，說妳是人精妳還非要說自個兒笨，如妳這般若還是笨，我都不要活了。」

錦娘聽了就傻笑起來，上官枚看著她也有種要翻白眼的衝動，一時竟笑出聲。「怪不得二弟常對妳翻白眼呢，妳還真是一副討打的樣子。」說著，笑容又掩了下去，輕吁了一聲道：「二弟對妳可真是沒話說呢，想著明兒父王和母妃就要回了，妳姊姊眼看著就得進門，真是麻煩……唉，不說了，我得回去了，給姨娘燉些補品送去。」說著就起了身。

錦娘將她一直送到園子裡，正要回屋，看到園子外一抹綠影一閃，錦娘看著眼熟，便走了過去，果然看到是烟兒。她正躲在一棵大樹後，向錦娘招手。

錦娘笑著走過去，也與她一起躲在大樹後面。烟兒一見錦娘就要跪，錦娘忙將她托住。「只咱們兩個，別弄那虛禮了，快說吧，出什麼事了？」

烟兒便站直了身，眼淚卻出來了。「二少奶奶，您可一定要救救奴婢一家啊，二太太……二太太要將奴婢一家全都賣了呢。」

錦娘裝作大驚。「為什麼？可是你們做錯了什麼事？」

烟兒眼裡露出一絲憤怒，臉上也微帶了絲不自在。「那日三少爺明明是應了家姊要將她收房的，可是二太太非死扳著不鬆口，這也就罷了，還指使了她貼心的丫鬟們成日罵家姊狐媚無德、勾引主子，以子相脅想要上位，整個府裡便全用鄙夷的眼睛看奴婢一家，奴婢的娘實在氣不過，便……便做了一道您說的，不能合在一起吃的菜，二太太吃了後果然就腹痛如絞。其實，奴婢的娘也只是想讓二太太受受苦，並沒加多少的料進去，真沒那害人的心。後來，二太太也使人來查了，根本沒查到半點證據，卻因著姊姊非認定是奴婢一家子害了她，所以……」

原來如此，看來，二太太雖然不知道那毒究竟是如何中的，卻也是敏銳得很，立即就感覺出是烟兒的娘弄的么蛾子，這個人一點也不能小覷。

「妳沒有找三少爺嗎？他應該會幫你們才是啊。」錦娘想了想便道。

「唉，三少爺又跟二太太吵了一架，二太太當著三少爺的面倒是應了三少爺，可是……可是二太太那人……奴婢實在害怕呀，三少爺如今正在讀書，哪天一不在家……那奴婢一家可不就成了二太太刀下的菜，想怎麼切就怎麼切，奴婢這回可是害死家裡人了，嗚嗚……」烟兒邊說邊抽泣著，錦娘看著也無奈，便拿了帕子幫她拭淚。

烟兒感激地忙接過去自己擦，錦娘想了想道：「這事還真不好辦呢，嗯，你們的契書是在二太太手裡嗎？」

「是的，奴婢一家子都是家生子，契書都由二太太管著。家生子都是死契的，連贖身都要主家同意才行。」烟兒無奈地說道：「再說了，奴婢也沒那麼多銀子能將一家子都贖出去。」

錦娘想想還真為難呢，自己又不能真去跟二太太討了烟兒一家子，這事還真的得想想法子才是。

烟兒看錦娘沈吟著沒有作聲，心裡便急。她也知道，這事二少奶奶也不好出面，如今二太太是將她一家子恨上了，誰去討她這一家子，只怕便被二太太看成是幕後指使之人，可是……不求二少奶奶，又能求誰呢？三少爺根本沒權，就是再為這事鬧，二太太也只會更恨她一家人。

於是烟兒可憐巴巴地看著錦娘，希望她能得個好主意來。

錦娘確實頭痛著，本想狠狠心不管了的，看烟兒那樣子，心又軟了，沈吟了半晌才道：「其實，這個問題的關鍵便在妳姊姊，二嬸子恨她的最大原因就是她影響了三少爺的親事。如今三少奶奶沒進門之前，任何一個通房有了身子二嬸子都會容不得的……嗯，這事我有法子了，你們一家子若是願意，就來我院子裡，我想法子將你們討了來。」

烟兒一聽大喜過望，伏身又要拜，錦娘無奈地托住她。「這事還不一定能成，而且，最怕的是三少爺擰著了，不肯讓妳姊姊過來，那時，全麻煩了。」

烟兒聽了便點了頭，又給錦娘行了一禮，才自一旁的小路走了。

錦娘便回了屋，腦子裡尋思著要如何去請了冷婉來一趟二太太屋裡才好，而且得跟冷華軒說說，若是不喜歡冷婉，那便直接跟冷婉明說，相信以冷婉那高傲的性子，一聽那話便會主動退親，但若是對冷婉有感覺，那就對冷婉好一點，哄哄她，讓她以後能夠接受素琴母子才是，這也不失為救素琴母子的一條路子。

思索著回了屋，秀姑正在給錦娘繡一件披風，湖綠色的宮錦面料，上面起了暗底子素藤花紋，秀姑在沿邊用金線繡了兩條葉子邊，很是好看。見錦娘進來，她便皺了眉。「少奶奶也真是的，出去怎麼不披件衣服，看外面天寒地凍的，要是撞了風可不好呢。」

錦娘聽得心裡暖暖的。秀姑仍是對她很關心的，只是有時太過木了些，想事也不周密。

「無事呢，只是有點事，出去走了走。少爺呢，還在屋裡？」錦娘隨口應著，打簾子就要進屋裡，秀姑一把扯住她道：「前幾日就想問少奶奶來著，妳如今那方子又改了，可是太醫看過，新開了方子？那病……好些了沒？」那神情也是擔憂中帶著絲期待。

錦娘這才想起，那日在王妃屋裡看病的事也沒怎麼跟秀姑幾個說，四兒雖是知道，但那是個嘴緊的，沒有自己的吩咐不會多言半句，那日只拿了新方子來讓秀姑抓了藥，並沒說病情呢。

「劉醫正來過了，說是好了，只是還要調養一陣子，這幾日事一忙，忘了說了。」秀姑聽了高興地雙手合十，唸了句。「阿彌陀佛，總算老天有眼，讓少奶奶的病好了，明年……指不定明年就能懷上了，二夫人若是知道，怕會高興死去，明兒我便使人送信去。」

錦娘聽得眼睛一亮，對秀姑道：「正是呢，那天娘來了說，大夫人正病著，讓我回去探病來著，我真是忙昏頭了，把這一茬給忘了。秀姑，妳收拾收拾，等王妃回了，咱們就回孫府去。對了，也快年節了，禮品先弄些簡單的，反正年節時還要再送的。」

秀姑聽了也笑了。「那這回我也跟著少奶奶一起回吧，府裡的一些老夥計都幾月沒見了，心裡老惦記著，想跟她們嘮嗑呢。」

錦娘便拿了十兩銀子給秀姑。「那倒是，妳也有不少老姊妹在府裡呢，一會子看看要置辦些東西不，妳自個兒看著辦吧，這些銀子，給妳親戚家的小孩子打賞用。」

秀姑眼圈一紅，吶吶地不肯接。「哪裡就要這許多了，我那又不是啥貴氣的親朋，有個三百錢足夠了。」

錦娘不由分說地拉起她的手，將銀子塞在她手心裡道：「以前是窮，沒法子孝敬，如今王妃對我也好，一應用度都是最好的，我的月例銀子也無處花去，妳就拿著吧，用不完，就存著將來娶兒媳用就是。」

秀姑便拭了拭眼角，將銀子收好了。錦娘便要進屋去看冷華庭，秀姑看她心情像是不錯，便又拉了她道：「少奶奶，您前兒可是懲治了不少人呢，如今怕是好多人都恨上了，您呀，也得有幾個自己的心腹才是，各府各院裡頭總要布幾條眼線，不然一抹黑的，啥信息也不靈，若有個什麼事情，防範都來不及呢。」

錦娘聽得不由詫異，不可置信地看著秀姑。這話說得可算是有見識了，平日裡可沒見秀姑有這遠見，不由歪了頭，斜睨著秀姑。秀姑被她看得不好意思了，訕訕地笑道：「如何？難道我說得沒道理嗎？您這是啥神情啊，像是不認識我似的。」

錦娘便笑了，握了她的手。「妳說得很對呢，我都沒想這麼多，虧妳幫我想到了，只是……這真是妳的主意嗎？」

秀姑聽了便更不自在了，張嬤嬤這陣子在錦娘面前很得臉，秀姑也有了些危機感，總感覺錦娘不如以前那般親近了。

那日張嬤嬤回來，果然說屋裡的香片裡都含了那種曼羅花，錦娘想想就氣，讓張嬤嬤全都包好留存了，如今自己還只是處了王妃院裡的一些人，府裡從大廚房到採買，到各處分發物資的奴才們，怕也有很多是不乾淨的，得一一揪了出來，不然還是會有很多問題出現的。

「府裡頭若是有妳看得中的丫頭，妳儘管選，只要人家同意，這個主我是會給妳作的。說起來，喜貴也是我的奶兄，他好過了，我也歡喜。」錦娘看秀姑有些尷尬，心裡也有些不好意思，便轉了話音。

秀姑聽了喜出望外，抓了錦娘的手便道：「少奶奶此話可是當真？」

「我什麼時候騙過妳？」

「那我明兒就好生瞧瞧，有看得中的，少奶奶可要給我作主。」說著便喜孜孜地進去收拾東西了。

錦娘原想還說些什麼的，看她跑得那樣急，不由搖了搖頭，進了自己的屋。

冷華庭正在屋裡看書，見她進來，便打了呵欠，閒閒地說道：「娘子如今可是成了大忙人了，哪有那麼些個好妯娌、好姊妹要妳陪，妳可是我的娘子，好生陪著我才是正經呢。」

錦娘聽他又在說渾話，懶得理他，轉了身進內堂。她想找些料子明兒給二夫人帶去，還有，玉娘嫁後，貞娘也得嫁了，明兒再送她一副金五事作添箱……可走沒幾步，身子便被擁進了一個溫暖厚實的懷抱，耳朵便感覺一陣尖銳地刺痛，她不由唉呀一聲叫了出來。「幹麼咬我，你是小狗嗎？」

剛一說，耳朵上又被他咬了一口，接著，熱熱的氣息噴在了耳根處，整個人都感覺一陣痲癢，錦娘忙縮了縮脖子，想要轉過身來。

這廝如今能走之後，越發無賴了，隨時隨地就抱著她親親啃啃的，一時不見她，便會發個小脾氣啥的，剛才定是看自己與上官枚聊了好一陣子，又與烟兒秀姑說了些話，他覺得受了冷落，所以又在想法子懲罰她呢。

「相公，我得回趟門子，大夫人病了好些日子了，上回娘來就說讓我回去看她的……你的手又在亂摸，相公，現在可是大白天呢。」

「她病她的，妳看她做甚，她死了不是更好嗎？咱娘便可以扶正了。」他緊摟著她，抱著她坐到了床上，在她耳邊輕聲說道。

錦娘嘆氣。「沒法子啊，她如今還是正妻，我娘還是得穿她給的小鞋，雖說是平妻了，可怎麼也越不過她去，我若不回門子看她，指不定她就會抓了這個找娘和軒哥兒的麻煩呢。你可要陪我去？」

「妳得應了我，去了也不許離開我的視線，不然我就不讓妳去。」他又在她耳邊說渾話。

「那怎麼行？我這一回去，還得走幾個院子呢，你一個大男人，怎麼也跟著我在內院裡轉？那可不合規矩。」錦娘皺了眉。這廝越發不講理了。

「妳不答應試試。」

又在威脅她。

「我就不應，你這分明便是瞎胡鬧。」錦娘決定不姑息他。

「那好，妳可別怪我啊。」他手一圈，將她扳倒在床上，身子就壓了上來，眼裡挾著邪笑。「一會兒不讓妳求饒我就不是妳相公。」說著，手便開始扯她的領口。

錦娘真急了，一手揪住自己的領口，放軟了語氣對他道：「你講講道理嘛，我也難得回一次門子，你不能對我太苛刻了嘛。」

冷華庭才懶得聽她的，手上繼續著，錦娘就怒了，一手撐在他胸前，瞪著清亮的眼睛問道：「你可是非要逼我？」

冷華庭聽得一怔，但仍不理她這一茬，自顧自地將她的手一按，低了頭用嘴去咬她的絆扣。

一顆還沒咬開，便聽見錦娘哇的一聲大哭了起來，接著眼淚就打濕了他的臉，他慌了神，放開她的手，急切地問道：「怎麼了娘子，是弄疼了那裡嗎？我剛才沒怎麼用勁啊，應該不疼的，我咬了自己試過的……」

錦娘也不管他，仍是哭，眼淚就跟不要錢似的，順著臉頰傾洩而下，哭得唏哩嘩啦。

冷華庭只覺得那淚水全流進他的胸膛裡去了，將他的五臟六腑全都淹沒，心也一陣一陣發緊。「娘子，妳……妳是不是才在外面受了氣？妳告訴我，誰欺負了妳，我去砸爛他的頭。」

錦娘仍是繼續哭，只是這會子無聲哭泣，像全世界的委屈全讓她一個人受了。

冷華庭的心都快碎了，拿帕子不停拭她的淚，偏偏她淚水多，一條帕子轉眼間便濕透了，這可如何是好。「娘子，別哭了，都是我錯了，我保證不再咬妳了好嗎？喔，明兒回門子時，妳想見誰就見誰，只要妳別哭了好不，我受不了這個。」

錦娘聽了便一抬手，揮了袖子拭乾臉上的淚水，睜開眼看他，哽咽道：「你說話要算數，不……不許騙我。」

冷華庭忙不迭地點頭，錦娘仍覺得這個福利還不夠，又擠了些淚水道：「以後不許欺負我，不能在大白天裡……大白天裡……做那事情，還有，以後你得乖乖聽話，每日裡要多吃些青菜，不能光吃肉。」

冷華庭一聽這話越發不靠譜，怎麼連自己吃什麼菜也要管，不由皺了眉，錦娘一見，眼一閉，鼻子一聳，又開始哭了起來。

「好好好，好娘子別哭，為夫什麼都聽妳的，以後大白天不做那事了……娘子，偶爾一、兩次行不……喔，不、不，就依妳，再也不大白天逗妳了，以後乖乖聽妳的話，每頓吃三筷子青菜，都依了妳，別再哭了吧。」冷華庭將她心疼地摟進自己的懷裡，拍著她的背說道。

錦娘將頭伏在他肩上，淚痕未乾的臉上閃過一絲得意的笑。哼，看你再跟我鬥？平時老輸，那是讓著你呢，以為你真天下無敵了？

冷華庭此時的眼裡全是寵溺，哪裡不知她又在耍小心機，可是沒法子，他還真怕她用這一招，她一哭，他就會莫名心慌，就算明知她在裝，也忍不住就要寵她，看不得她半點傷心的模樣。

拍了半晌，他突然無奈地發現一個事實——自己越來越有妻奴的潛質了。看她不再抽泣了，冷華庭將她扳過身來，拿了乾淨的帕子將她的臉抹了一把，無奈地說道：「看吧，變成隻哭臉貓了，眼都腫了，也不怕出去了別人看著笑話。」

錦娘嘟了嘴，輕哼一聲道：「看你還欺負我不，明兒我還就哭給娘看，說是你欺負我哭的。」

冷華庭聽了又急，只差沒給她作揖了。「娘子，不能這樣的，剛才妳的要求我都答應了，可不能在岳母面前丟了我面子啊，明兒她老人家覺得我不好，將妳要回去，那可怎麼辦？」

「又胡說呢，娘怎麼會把我接回去呢？嫁出的姑娘潑出去的水呢，收不回的。」

「呵呵，那就好。娘子，我的腳又在疼，妳幫我揉揉吧，妳按的穴位最舒服呢。」可不能就這樣讓她勝了，太便宜她了。冷華庭臉上露出一臉痛色，突然大聲對錦娘道。

這回輪到錦娘心慌了，爬了過去幫他按腳。

冷華庭便舒適地躺在床上享受著她越發精湛的按摩手藝。

「前兒妳弄出去的人，我讓阿謙選了幾個要緊的，與玉兒和姨娘的哥哥關在一處了，總要從他們嘴裡弄些有用的東西出來才是。」他悠閒地說道。

錦娘聽了便笑，還真是跟他心有靈犀呢，她也正是如此想的。王嬤嬤親族裡的那些人裡，有幾個可是在王妃院裡擔著重要差事，那些人怕是知道一些過往，以冷華庭的手段，應該很快便能問出一些有用的東西來。

第二日半晌午時，王爺和王妃終於回來了。

王爺因著朝廷有事，一下車，便又騎馬去了衙門裡，王妃臉帶微笑地進了院子，錦娘和上官枚一路將她迎進來，看王妃眼角眉梢都是笑，錦娘心裡也高興。看樣子，和王爺在山上的日子真的過得很舒心呢，她不由又羨慕，不知道什麼時候自家相公能正大光明地站起來，也帶著她出去遊山玩水才好啊……

一偏頭，看到上官枚眼裡也帶著羨慕和期待，不由莞爾一笑，拉了拉上官枚的手道：「嫂嫂，放心吧，妳要是想啊，隨時讓大哥帶妳去一趟便是，那可是咱們自個兒的莊子，隨妳玩。」

上官枚聽了笑容就有點僵，看了王妃一眼，喃喃道：「去什麼啊，過幾日，妳家姊姊就要過門來呢，人家新婚燕爾的，又是新人，從來就只有新人笑的，那時還有誰能看得見我啊……」

王妃聽了便搖了頭道：「側室永遠都是側室，怎麼能跟妳比？妳只管做好自己就行了，她要是個不省心的，妳找姨娘去治她就是，姨娘可是有手段的。」

這話倒是真的，不過，由王妃說出來，定然是感慨頗深吧？當年劉姨娘進府，怕也沒跟王妃少鬧過，王妃又是個懶怠算計和籌謀的人，定然也是吃過不少虧的，到如今，連自己身邊最得力之人也是個奸細……唉，不知道一會子跟王妃說起王嬤嬤的事，王妃會作如何是想呢？

錦娘暗暗在心裡嘆息著，和上官枚一起扶了王妃進了正堂門。

碧玉立即出來服侍王妃解了錦披，又讓王妃淨了面，沏了杯蔘茶讓王妃解乏提神。王妃其實精神好著，只是惦記著屋裡的事。

出去了好些天，也不知道錦娘能不能鎮得住院裡的那些人。

山上時，王爺其實還是有耳目上去報告府裡發生的事，但王爺一心就想讓王妃好生地閒暇幾天，問什麼全說好、無事，用這些話應付她，她也懶怠想太多，反正錦娘也是個聰慧的，這次離開時，王爺又是授了權的，相信以她的手段，定然能治下一批惡人來。

上官枚其實心裡也有事想和王妃商量，且她如今也正想與錦娘將關係進一步拉好，便也一起坐在堂裡，並沒有離開的意思。

錦娘看著就有些為難，畢竟當著上官枚的面，怕王妃臉上會過不去，王妃卻是一點也不介意，主動問了起來。「錦娘，可是查處了一些人？」

錦娘聽得微愣，正要說話，上官枚倒是先笑著接了口。「兒媳可是要恭喜母妃呢，得了個能幹精明的好媳婦，她這幾日可是雷厲風行地處置了好些人，兒媳看著都覺得爽快得很，大快人心啊。」

王妃聽了臉上便帶了笑，心裡卻是詫異。走的時候上官枚不是對錦娘掌家一事意見大得很嗎，怎麼這會子倒是為錦娘說起話來了？正思慮著，就聽錦娘笑道：「哪裡就是我一個人的功勞了，也多虧了嫂嫂鼎力支持呢，不然我也沒那麼順利能做好。」

王妃見了更是不解，不過，她們兩個不鬧，這倒是更好，便放了心聽錦娘的下文。

錦娘想了想才斟酌著說道：「娘，我將王嬤嬤一大家子全拘了，賣的賣，打的打，關的關，有些重要的，就等您回來處置呢。」

王妃雖是早有準備，卻還是沒有想到會有這麼嚴重。王嬤嬤一家在她院裡有多少人她比誰都清楚，在山上時，她便想，王嬤嬤也許只是做了些貪財欺人之事，對付錦娘不過是因錦娘斷了她的財路，心還是會向著自己，忠於自己的，沒想到……

錦娘看王妃的臉色有些發白，頓了頓，有些不忍心再說下去，王妃卻對她說道：「不用顧及我，這麼些年，她們都當我是傻子看，我不過是不喜歡與她們爭鬥，只要做得不太過分，我總是睜隻眼閉隻眼就算了。如今看來，我是錯了，妳說吧，我受得住的。」

錦娘便道：「王嬤嬤的嫂子劉婆子反了水，指認王嬤嬤很多年前便被劉姨娘收買了，就是劉姨娘如何進得府……王嬤嬤也是出過力的。」

這話猶如一記重錘敲在王妃心上，她震驚得身子一顫，差點自椅子上摔了下去。碧玉忙過去扶住王妃，王妃臉色蒼白，眼裡泛了淚意，卻是哽著聲對錦娘道：「接著說。」

錦娘卻覺得下面的事情倒是無關緊要了，因為最重要的便是這一點，她一下便點出來，就是要讓王妃震驚，再說下面的事情，她便能接受得多了。

「我以貪墨之名，將王嬷嬷一等管事之位奪了，又將她發配到浣衣房去當差。她的親戚大約二十幾人，賣了十幾個，打了六、七個，那些打傷了的正關著，還沒賣掉，就等娘您回來了去問話呢。」

王妃便點了點頭，對錦娘微微一揮手道：「好了，我知道了，妳們兩個下去吧，我要一個人待一待。」

錦娘便知道，她要單獨去見王嬷嬷。這是王妃心裡的痛，她不想讓別人看得太多。

上官枚也很是理解這一點，心裡卻是更加同情起王妃來，想著劉姨娘的卑鄙，想著即將要進門的孫玉娘，她心裡升起一股同病相憐的悲痛，恭謹地給王妃行了一禮，真誠地勸道：「母妃，想開些，別太在心裡過不去了，為那些人憂了心不值得。」

王妃點了點頭，揮揮手，將兩個媳婦一起打發了。

人一走，王妃便扶著碧玉站了起來。「關在哪裡？帶我去。」

王嬷嬷被錦娘打了十板子，趴在床上動彈不得，好在錦娘是示意過的，那板子也沒下死力氣，這會子雖是痛，卻不會要了她的老命去，但心裡卻正在盤算著，要如何才能在王妃這裡回還。算算日子，王妃今天該要回來了，可恨那劉婆子，竟然不顧親情恩義，當眾就揭了自己的老底，這事……怕是難了。

正想著，門吱呀一聲開了，王嬤嬤轉過頭，便看到王妃扶著碧玉進來了。

王嬤嬤眼圈一紅，掙扎著便要起身，哀哀地叫了聲。「主子，您可回來了。」那聲音，可是要有多委屈就有多委屈。

碧玉看了就在心裡冷笑，又來這一招，想利用王妃的心軟逃過這一劫吧？哼，少奶奶早就料到這一點了，便對王妃說道：「主子，您先坐了，王嬤嬤那傷並不重，少奶奶只是小懲了下她而已，只傷了皮肉，沒傷筋骨呢。」

這話一出，王嬤嬤正要繼續往下裝柔弱便有些假了。王妃哼了一聲，對碧玉道：「放心吧，我再不會對她心軟了。」

接著又對王嬤嬤道：「我自問待妳不薄，為何要背叛和出賣我？」

「主子，奴婢沒有啊？您別聽那起子小人亂說，二少奶奶看著年紀小，心可野著呢，她就是想打發了奴婢，好搶了您掌府之權呢。」

「碧玉，去給我甩她幾巴掌。」到了這個時候還在中傷錦娘，王妃真是憤怒得無以復加。錦娘一個小姑娘，進府才不到半年，能捏出那麼些與事實相近的東西來？這個老東西果然狡詐得很。

碧玉也不遲疑，走過去毫不客氣地抓住王嬤嬤的頭髮，正反幾個耳刮子，啪啪幾聲脆響，打得王嬤嬤兩眼直冒金星，打完後，冷靜地退回，還不忘用帕子擦了擦手，鄙夷地將帕子扔在地上。

王嬤嬤見了差點沒氣暈過去，又是痛呼道：「主子……」

「說，為何要背叛和出賣我?!」王妃的聲音冷若冰霜，再問了一句。

「主子……我沒有……」

「碧玉，拿針來，她再不說實話，先扎瞎了一隻眼睛再說。」王妃怒不可遏，對碧玉說道。

碧玉早就準備好了，王妃只一開口，她便拿了一根特長鋼針在手裡，冷冷地走近王嬤嬤。

「是主子先對不起我的，我這不過是將妳作的惡還給妳而已！哼！」王嬤嬤收起一臉的柔弱哀悽，大聲對王妃吼道。

王妃大怒，顫了聲問道：「胡扯！我何時對不起妳了?!妳自小服侍於我，我將妳當半個娘待著，屋裡一應事物全交由於妳，明知妳貪財，仍是一再放縱於妳，妳在這府裡比半個主子還要風光，妳……竟然還說我對不住妳？妳這條老狗，今日不說清楚，我要將妳全家活剮了去！」

王嬤嬤眼裡露出驚恐。這是她自王妃嘴裡聽到的最狠的話了，不由心裡也害怕了，但想著橫豎是一死，總要死個明白的，便咬了牙道：「妳也知道是我自小將妳哺大的，那麼些年，我連自己的兒子都沒看得那樣重，一心一意地待著主子，可是妳呢？哼，我那可憐的姊姊，當年得了怪病，非要一味冰雪蓮才可以求命，我幾次三番地求妳，妳若不給也就罷了，卻是拿了味假的，讓我姊姊一服之下便送了命去，妳也太狠毒了些吧，就因為她是服侍外室之女嗎？就因為劉姨娘與妳生隙，妳就下如此狠手……妳當初可曾念過我們的主僕恩義？如今再來裝好，任誰都會寒了心的。」

王妃聽得莫名其妙，驚詫地說道：「妳胡說八道，當年妳要討那冰雪蓮，我想著法子去宮裡，找劉妃娘娘幾經周折才討到，宮裡的東西哪裡就有假了？而且還是親手交到妳手裡的，當時妳自己也看過了，妳竟是拿十幾年前的事情來誣衊我嗎？我是什麼心性妳還不明白？」

王嬷嬷聽了，腦子裡立即回憶起來。當年王妃確實是盡心盡力地去討過那藥的，可是，為何姊姊一吃下那藥便死了呢？而且還是中毒症狀，自己可是親自給她餵的藥，親眼看她死的……

「我與妳姊姊無冤無仇，她不過是個服侍人的下人，我害她做甚？妳有沒有用腦子想過這事啊？她那病發得就蹊蹺，死得更是蹊蹺，妳不去找那害她之人，倒是怪到我頭上來了，我有那心計，怎麼還會被妳騙了幾十年？」

王嬷嬷越聽越覺得有理，又想起當年劉姨娘的所作所為來，自己的姊姊再怎麼對劉姨娘重要，但也只是個奴婢，劉姨娘卻拿她當親娘一般地待著，端茶送藥殷勤得不是一般二般，當時她看著也覺得不對勁，再想想劉姨娘這些年所用的心機和手段來，王嬷嬷的心就慢慢往下沈，顫了聲道：「真的不是主子嗎？」

王妃氣急反笑。「妳如今不過是要死之人，我還用得著騙妳？妳又還有什麼值得我去騙？這麼些年主僕情義，我可不像某些人那樣下得了手，妳若不信，如今還可以找出當年給妳姊姊治病的大夫來。過去十多年了又如何，總有蛛絲馬跡可以查到的。」

王嬤嬤終是想明白了，劉姨娘是什麼人，王妃是什麼人，看了幾十年啊，自己真是被豬油蒙了心，怎麼就會信了劉姨娘呢？那日，劉姨娘非得讓自己親自煎藥，親自餵藥，為的就是讓自己相信，是王妃下手害死自己姊姊的，那人真是心機深沈，手段毒辣啊……

王嬤嬤突然便如瘋魔了一般，連連甩了自己好多嘴巴子，眼裡全是痛悔。「主子，是奴婢錯了，您……您打死奴婢吧！奴婢這些年，沒少害您，沒少害您啊！」

王妃也是傷心，怒道：「妳個蠢貨，我一心待妳，妳卻聽命於她？說吧，都合著她一起做過什麼事？一一道來。」

王嬤嬤一臉的愧色，哽了聲道：「主子，您別太氣，為奴婢氣傷了自個兒身子不值得，奴婢一一告訴了您就是。

「當年，劉姨娘見您與王爺情投意合，她只見過王爺一次，便起了心，想要與您姊妹共事一夫，可王爺對她就沒拿正眼看過，她於是就讓我以您的名義去請王爺到一幽靜的小莊子中幽會。王爺見是我，自然是信了的，她便在茶裡下了藥，讓奴婢送給王爺喝。那是致人迷幻的藥物，王爺糊塗之下，便……便與她……那後來之事您也是清楚的，我就不再多說了。」

王妃聽得一震，驚怒地自椅子上站起來。「王爺那時便知道妳做了這種事，為何……」

「王爺不知道的。那藥致人迷幻，讓王爺眼裡看到的全是您，以為是與您在……而且，那藥一醒，他便會忘了發生過的事情。」王嬷嬷老臉羞紅地說道。

「那事後王爺怎麼就認了？她那樣鬧回家去，說是王爺奪了她的清白，王爺應該不會認了才是啊。」

「她後來也怕敗露了我，又使人騙過王爺幾回的，又在王爺身上留了印記，拿走了王爺貼身之物。主子難道忘了，當年您屋裡的那個二等丫頭環兒被王爺一掌給打死了，王爺那就是惱羞成怒所致的。」王嬷嬷接著又道。

「他也太過糊塗無用了！如此招數，中過一回便罷，竟是連中好多回，虧他還是個鐵帽子王呢。」王妃沈聲痛恨地說道。

「也怪不得王爺，當年，王爺一門心思地想與您結親，卻不知在哪裡聽說，您心裡原是有人的。當年的裕親王可不就是與王爺一同去國公府求的親嗎？裕親王可是皇上親弟弟的，那地位也是尊貴無比，又是風流俊逸、一表人才，王爺自然是怕您對他心有所屬……加之奴婢也說了些……說了些似是而非的話，王爺便更是昏了頭……她又故意弄了幾齣假象出來……讓王爺誤以為您真的與裕親王有情……所以……」王嬷嬷結結巴巴的，一張老臉被打得腫起，說話都不太利索，只是從她眼裡仍能看出滿是愧意和心痛，想來，是真悔了。

「原來那些事，都是妳與她一同弄出來的，不過，光妳們兩個婦人，又如何能做得了這麼多事？定然還有人在背後幫著妳們吧。」王妃頹然地頓坐在椅子上，悠悠說道。

「確實是有一個男人，看那穿著打扮也很是尊貴，但奴婢卻是不認識他，劉姨娘只說是她娘舅表兄，奴婢一直就想，她娘家不過是個小門小戶的，哪裡就有那種親戚了？不過，那時奴婢也管不了那麼些事，便沒有多想……」王嬤嬤又解釋道。

「堂兒……也是在那個時候有了的吧？」王妃只覺得自己的心都沈到谷底去了，說話都沒了力氣，要虛脫了一般。越往深究，越是讓她傷心沈痛，自己這麼些年，還能活得好好的，怕就是仗著王爺的寵愛了。

那女人若不是看王爺對自己太過情深，怕自己死了，也會一併殺了她，只怕早下手殺了自己了……

「應該是的。其實，前幾次，王爺並不知道自己做了什麼，那藥只是讓王爺像作了個春夢一樣，醒來時，只當自己是日有所思夜有所夢，並不知道自己真做了那些事情的。

「但她最後一回給王爺下的藥輕，王爺醒來時，發覺自己是與她躺在一床的，差點氣得就要打死她，可她是您妹妹，又說王爺與她早就成歡多次，王爺腦子裡就真有了些模糊的記憶了。她又說王爺如此待她便是始亂終棄，她又有了身子，王爺就沒有下得手去，正好二老爺與裕親王兩個不知怎地趕巧來了，撞破了那事，後來，又鬧到國公爺那裡去，國公爺雖是氣，但到底是自己的親生女兒……逼著王爺非納了她不可……再後來，您也知道了。」

王妃聽得心都要碎了。怪不得王爺那時心存愧疚，一直也是這麼跟自己解釋的，自己哪裡就肯信了，差點就退了這門親事，若不是父親硬扳著，她還真的不會嫁給王爺了。自己還沒進門，他就有別的女人……還有了孩子……真是教人氣都氣死了，早知道嫁給裕親王也不至於遭這些罪……

可是，心裡還是對他有情的，雖然只是一面，但那一面足以讓自己難以忘懷，若不是自己身邊最親信的幾個人騙他，他又如何會著了那賤女人的道？難道這一切，全是注定的嗎？

王妃不想再問下去，踉蹌地起身，碧玉忙小心地扶著她。王妃走到門口處，卻聽見撲通一聲響，回過頭看去，只見王嬤嬤趴跪在了地上，對她猛磕頭。

「主子，奴婢自知罪孽深重，不求主子能饒了奴婢，主子一定要保重身體，不要被奴婢氣著了，奴婢不能再服侍主子了……庭哥兒那病……奴婢如今想來也是蹊蹺，您一定要仔細查下去，要小心大少爺啊，她生的兒子，心腸怕是……怕是比她還要毒呢！」

第五十四章

王妃聽了猛地回身，一把扯住王嬤嬤的衣襟。

「妳說什麼?庭兒身上的毒真是他們下的手?」

王嬤嬤搖了搖頭，哭泣著說道：「奴婢著實不知，奴婢只是猜測的。她那人，從來是不信任任何人，對誰都存著三分戒心，又會裝，奴婢沒有看到她下手，卻總感覺不對勁。如今二少奶奶是個精明厲害的，主子您……您萬事要與二少奶奶商量著，您……您太過單純溫厚了，鬥不過她的啊！」

王妃聽她這話還說得有理，倒是聲音變緩了些，心痛地說道：「妳知道她是個好的，卻仍是想方設法地害她，難道這也是那個賤人的主意嗎?」

王嬤嬤聽了便慚愧地低了頭，向前又爬了幾步對王妃說道：「主子，奴婢那時確實是被豬油蒙了心啊，恨少奶奶擋奴婢的財路呢，不過她也確實是起心的，但是，奴婢沒有參與，只是知道少爺屋裡的玉兒……其實也是被她收買了的。」

「玉兒?那不是妳幫我選了放到庭兒屋裡的嗎?妳說是她的人，為何不說是妳的人呢?妳這老貨，庭兒的病若是那賤人下的手，那玉兒定然是脫不得干係的，說是她起心害了庭兒，怎麼不說妳也是幫凶，沒有妳的幫助，她又怎麼能夠買通得了我屋裡的人?妳……妳還有多少事情瞞著我？快說！」王妃氣急，也顧不得平日的溫婉高貴，俯身一把抓住王嬤嬤的衣襟，使勁地推搡著，似乎想要將王嬤嬤的心也要抖了出來，看看究竟是紅的還是黑的。

「奴婢、奴婢只是知道她買通了玉兒，真沒指使玉兒做過什麼，只是提醒主子一聲而已，少奶奶屋裡怕是還有她埋的眼線呢，好在少奶奶是個靈慧機智的，很快就將玉兒給揪出來了……若蒼天有眼，或許、或許二少爺的病會好呢！」王嬤嬤被王妃搖頭暈頭轉向，連連咳嗽著，好半天才說完這一番話。

這話倒是讓王妃聽得一震，鬆了她，眼裡露出驚喜之色。「妳……妳是知道庭兒中的何種毒對嗎？庭兒會好的對嗎？只要那毒性解掉，庭兒就能站起來的，對不對?!」

「奴婢不知道，主子，奴婢只是猜的，若二少爺身上的毒與大少爺有關，那便不會是致命的，大少爺他……他是不想害死二少爺的，奴婢這一點倒是看出來了。二少奶奶精明得很，只怕早就發現了玉兒有問題，所以才想了法子治了玉兒的罪，就像奴婢也是這樣。那日確實是二少奶奶要拿東西砸奴婢，奴婢心急之下才對她動了手，其實，二少奶奶定然是早就發現奴婢有問題，只是找個由頭來治奴婢罷了。主子，您總算還是有福的，至少有個心善又精明的兒媳婦。」王嬤嬤安慰著王妃。她如今對劉姨娘恨之入骨，又對王妃內疚得很，但現在是待罪之身，根本無法報仇也無法贖罪，心裡是五味雜陳，痛苦和悔恨堵了滿心，卻又無計可施，只希望能給王妃減少些悲痛才好。

王妃聽了眼裡就露出希望。王嬤嬤說得不無道理，或許錦娘已經找到了庭兒身上的毒源，正在幫庭兒解著也不一定呢，庭兒……要是真能站起來，那該有多好啊！

自己再也不能像以往那十幾年一樣渾渾噩噩了，一定要振作起來，幫錦娘一把，不能再讓錦娘一人孤立無援了，王嬤嬤這老貨都能看清的事情，自己也應該能看清楚。

想到這一點，王妃站直了身，冷冷地對王嬤嬤道：「妳起來，好生養傷，傷好後，便去浣衣房吧。」

王嬤嬤聽得眼睛一亮，高興地叫了聲。「主子您……」

王妃淡淡看了她一眼道：「這是最後的機會，如何做，妳應該知道。我要以其人之道還治其身。明兒起，妳照常鬧，我繼續糊塗，看那賤人和她兒子還有什麼後續的高招出來，我要一點一點地全還給她。」

王嬤嬤驚奇地看著王妃，好半晌才又磕了頭道：「奴婢知道了，奴婢也恨著呢，被仇人當條狗使喚了十幾年，連最親近的主子都背叛了，這個仇，奴婢也要報！謝主子給奴婢這個恩典，以後，奴婢就是肝腦塗地，也不敢再對主子有半句妄言了。」

王妃不再看她，轉身走了出去。一出門，便聽到王嬤嬤在屋裡的叫喊。「主子啊，您不要信二少奶奶！她那就是想要離間咱們主僕關係……」

門砰地一聲關了，王妃面無表情地繼續走著，碧玉立即在一旁大聲說道：「主子，這王嬤嬤也忒不是個東西了，怎麼至了這步田地還在罵少奶奶？您應該將她亂棍打死了才對。」

「唉，丫頭啊，她雖是年老昏聵，但畢竟是服侍過本妃幾十年了，情分可不是說斷就能斷得了的。」王妃也是嘆了一口氣說道。

主僕二人如此這般，一直聊到了王妃院子裡。

回到屋裡，王爺也回來了，王妃一見王爺就板了臉，自顧自地進了屋裡，王爺無奈地愁著臉跟了進去。

「娘子，可是問出些什麼東西來了？」王爺小心地站在王妃身邊問道。

「你可以再糊塗一些嗎？當年究竟與清容是怎麼一回事，你好生說說！」

王妃冷著臉，狠狠瞪著王爺，看得王爺的臉上一陣紅一陣白的，窘了好一陣才道：「也是我大意了，妳也知道，她與妳原就有幾分相似，又特意裝扮成妳的模樣，我……我那時就怕妳真跟了裕親王去，也……也動了那生米煮成熟飯的心思，加之，又是妳貼身的丫鬟請了我去的，更是沒作他想。誰知道，她還給我下了幻藥……那就更是糊塗了。」

王妃聽了大怒，氣得聲音都在抖。「你既是知道她對你下了藥，你還能容她進門？如今看她將我娘兒倆害成什麼樣子了，明知道她心術不正，你還姑息養奸，你……你真是太讓我失望了！」

王爺無奈地苦笑道：「當年我知她對我用過藥，又做了那下作無恥之事，當時便想要打死她的，卻是讓裕親王正巧撞上了，又鬧到了岳父那裡，岳父明言，我若不收了她，便絕不將妳許配於我……我……對妳的心，妳也知道，怎麼能眼睜睜地讓妳嫁給他人？」

王妃聽了還是氣，想了想又道：「你自己也知道是幻藥了，迷糊之下定然神智不清，那齷齪事是不是你做的還是兩說，哼，指不定她肚子裡懷的就不是你的呢，這麼些年，你給人做了冤大頭都不知道。」

王妃這話可說得夠尖銳了，刺得王爺臉都脹紅了，想要罵她，卻又捨不得，男人最在乎就是女人給他戴綠帽子，王妃這話可以說是將他的尊嚴踩到最底下去了，他便是再糊塗，也不可能如此蠢笨吧。

「娘子！」王爺微微拔高了嗓子喝道：「堂兒是我看著生下來的，我當時便狠心將他丟到冷水裡凍，又放在風裡吹，讓他發兩天兩夜的高燒，他的身上同樣與庭兒一樣，有青龍花紋的，妳也知道，這是我冷家親子的特有印證。當年……若非堂兒命大，只怕也被我這父親給親手弄死了。方才這話，妳在此處說說便罷了，以後可不得在外亂說啊，堂兒如今也是雙十年華，他也要尊嚴的。」說著，又長嘆了口氣道：「若非為了堂兒，這麼些年，我早就容不下她了，一紙休書將她休棄就是，就算岳父再來說道，妳已經進了我的門，我也不怕了。」

王妃嘆氣，幽幽地說道：「你呀，也不知道你是如何處理政務的，家事都理不清，你看這府裡，被她鬧得是污穢得很，這麼些年來，你就沒有認真地管過家事，讓我一個人操碎了心。」說著，眼圈一紅，淚水就下來了。

王爺心裡又憐又痛，忙擁了她入懷道：「娘子妳也清楚，我一年總有五、六個月不在府裡，要在南方打理去南洋的商隊和基地上的事情，回來後，又處理刑部和戶部的事務，實在是沒工夫管這府裡的事情，妳又是個溫厚心善的，唉，真真是為夫無能，讓妳和小庭受苦了啊。」

王妃聽了也是愧，哽咽著說道：「我也是沒用，若不是錦娘，身邊伏了那麼一條蛇都不知道，你……你如今可還記得，當年你為何那樣就輕易地著了她的道？」

王爺聽得也是迷茫，拍著頭想了又想道：「說起來，還真是怪，第一次著人來請我去的，我記得是妳身邊最得力之人，可是事後就是想不起是誰，後來只是覺得有個丫頭可疑，就將她打死了。娘子，難道是……是王嬤嬤那老不死的？」

王妃聽了點點頭，咬牙切齒地說道：「正是那老貨，今天她可是全認了。」

王爺便嘆氣，更是愧疚。「其實，我在家的時日雖是不多，但也感覺出王嬤嬤不是很對勁，但想著是妳最貼心的奶娘，又覺得不可能，就沒有往深裡去想。唉，我在外面四處奔波操勞，回到府裡，真的很懶怠去想這些事情，只要妳是好好的就心滿意足了，清容愛怎麼鬧，由得她去，又想著她這輩子嫁與我後，我也再沒進過她的院子，她這輩子其實也是可憐的，又看在堂兒的面上，便睜隻眼閉隻眼了……」

王妃聽了更是怒，指著王爺的鼻子罵道：「還有比你更糊塗的嗎？明知道王嬤嬤那老貨有問題也不提醒我一句半句，任她惡奴欺主？你……你真真是要氣死我去！」

王爺聽了忙哄她。「娘子，不是這樣，我當時只覺得她貪，而且打著妳的幌子作威作福的，想著反正是妳的奶娘，咱們家也不缺那點子錢，她愛貪點就貪點吧，她在妳這裡能拿大錢，就會貼心貼意地對妳好啊，不然妳要是倒了，她又從哪裡去弄錢呢？娘子妳可是她的靠山啊，哪有金山銀山不靠，去靠個山堆子的理？我真沒想到她會背叛妳啊！娘子，那老貨如今是如何處置的？錦娘下了什麼令？」

「只是打了她十板子，貶到浣衣房去了。」王妃無奈地瞪了眼王爺說道。

「妳……也另有打算？是想打起精神來跟清容鬥了嗎？」王爺眼裡挾了絲笑意。

王妃聽得一怔，斜睨著他道：「這會子怎麼又變聰明了，一下就猜到了我的心思？」

王爺聽了立即涎著臉，扶著王妃的肩道：「妳又不是不知道，我只對妳用心，其他的事，我懶怠去管，只要不傷及妳和府裡的根本，我都裝沒看見。」

王妃聽了便更是氣。「那庭兒呢？庭兒如今可是被害成這樣了，你也不管嗎？」

王爺眼裡露了一絲冷厲，拍了拍王妃的手道：「庭兒這事確實是我疏忽了，當年，妳為了清容一氣之下去了宮中別苑，與劉妃娘娘住在一起，我那時就急了，以為妳真的會……真的會……」

「真的會如何？那時謠言滿天飛的，你以為皇上對我也起了心，是皇上藉故將我留在別苑裡的，還……還聽信他人之言，以為庭兒不是你親生……你……我真真要氣死了，若不是回來後，小庭突然發病，又看到他身上的青龍……你……你真的就會不管我們母子了嗎？我如今一想到這個，就不想再見到你，真是恨死你了，都是你害的庭兒，你該疑心的不疑心……」王妃又哭又罵，說得王爺的臉一陣青一陣紅。

以前那些事如今想來，也是覺得自己糊塗得很，不過，當年他確實是親眼看到王妃與另一個男人在一起，但後來卻是知道，那個時間王妃不可能出現在那個地方，如今想來，總覺得府裡藏著一個易容的高手，能將人改頭換面，乍看之下很難分辨。自己對婉清是一見鍾情，可能太過在意，反而更會犯糊塗，但若非親眼所見，親耳所聽，又怎麼會輕易去懷疑婉清……

看來，那時定然是有人設計，先讓自己對婉清起了疑心，再想法子又刺激她離家出走，然後自己放下一切去找婉清……小庭便失去了保護之人，再對小庭下手……

而最終得利的就是堂兒……堂兒啊，真的也參與了嗎？一時又想起小庭的話，和冷華堂腕上那個齊整的傷口來，那傷難道是……庭兒下手割的？不然，他又如何會那樣清楚明白……一時心裡又有了期待，庭兒……腿腳不便，又如何能夠親自動手……難道他的腳也能走了？

唉，那孩子如今是越發摸不透了，不過他越強，自己倒是越欣慰，最好是他能夠保護自己，不再讓父母擔心就好。

「娘子，庭兒之事，我定然會給妳一個交代。如今我也有了懷疑之人，清容定然也是參與的了，只是，她一個婦道人家，就算是有那心計，也沒那麼大的本事，這個局布得太大，不是她一個婦人能夠掌控的。前錯已然造成，後面，妳就看我如何找出那幕後真正的凶手來吧。」王爺冷靜而認真地對王妃說道。

王妃冷哼著瞋了他一眼。「怎麼找？開年你便又要去南方，一待便是幾個月，哪有精力來管府裡的事情？我不管，這一次，不管你如何在乎堂兒的心意，清容我是再不能容的，一會子我便要去整治了她去。真以為有個好兒子撐著就能為所欲為呢？我是再不心軟了。」

王爺聽了臉上就露出一絲苦笑，想了想對王妃道：「我哪裡是要在乎堂兒的心意了？她如今已是攀上太子妃了，皇后因著劉妃娘娘的關係，對她也很是青睞，輕易動她，對庭兒不好的。我還想著，快一些讓小庭接手南邊的事，墨玉雖然給了錦娘，但名頭可是只能用小庭的，但皇上一直沒有應下……而如今也正是關鍵時期，皇上正是心存疑慮之時，怕就怕這個時候有人在皇上耳邊說三道四，一點對庭兒不利的東西都不能有。世子之位雖然也好，但墨玉也代表著取之不盡的財富，有了那條路，庭兒以後大可以帶著錦娘離開府裡，過得逍遙自在了去。」

王妃聽了便也默了下來，轉念一想又道：「她就有那樣大的能耐？皇后不過是利用她罷了，她在皇后眼裡不過是只小得不能再小的棋子，哪裡就會如此重視她了？我不過是以大婦身分教訓懲治她而已，你簡親王後院裡的事，還真能鬧到皇后那裡去了？」

王爺又是苦笑。「娘子啊，妳不知道，滿朝的親貴都盯著簡親王府裡，巴不得府裡能出點事就好，他們想的，就是錦娘手裡的那塊墨玉啊！妳相公我的爵位那是聖祖爺時就定下的，世襲罔替，永不削爵，但墨玉可不一定非只簡親王府一家能擁有的，只要皇上稍有不滿，對簡親王府不再放心，那掌玉之權便有可能會落到別人手裡去，那時，庭兒失去的會是更多。我這也是為庭兒打算呢，這些年，一門心思撲在外頭，勞心勞力，少有理會家裡之事，為的就是讓皇上能更信任簡親王府，最終也就是為了這兩個兒子，總希望他們兩個都有個好的將來。」

王妃聽了便一跺腳，轉了身去不再理他，卻也知道，他有他的苦衷。「那你的意思就是任由她如此為所欲為下去？你就不怕她哪一天害死了我和庭兒？」

「害死妳？她沒這個膽，我早就警告過她，一旦妳有任何事情，我便不問任何緣由，直接殺了她。這些年，王嬤嬤雖是被她收買了，但她可真的對妳不利過？不過是小打小鬧罷了，若非她害怕，只怕娘子妳不知道死過多少回了，我雖是糊塗，但最緊要的還是會護著的。只是沒想到庭兒也是他們的目標……真是對不起庭兒了，若是……若是庭兒的腿是好的，又真有證據……那……我會想法子還庭兒一個公道的。」王爺神情痛苦地說道。

王妃聽了便轉過身來，認真地盯著王爺道：「你可要記著你方才所說的話，若真找到了證據，便一定要還庭兒一個公道。」

簡親王點了點頭，擁住王妃道：「娘子，不若咱們再生個兒子出來？那倒可以省去很多麻煩了。」

「再生一個，你能護得住？哼，一個好好的兒子都成了這樣，再生，只會添傷罷了。」

夫妻二人一直談了很久，王妃執意要懲治劉姨娘，王爺便說：「好吧，只要妳覺得出氣，那就懲治她吧，不過，這事得先與劉妃娘娘商量商量，讓她有個準備，在皇上那裡多說說庭兒的好話就是。皇上如今最信任的還是劉妃娘娘……而且妳一定要處理好與枚兒的關係，不能讓她為了這事鬧到太子妃那裡去。三人成虎，這個道理妳要懂，若只是皇后一人在皇上那裡說庭兒的不好，有劉妃娘娘擔著，倒沒有什麼，若是連太子妃也鬧，怕就是劉妃娘娘也扛不住，唉……說來說去，若庭兒的腿是好的，那皇上便不會有半點遲疑了。庭兒小的時候，皇上還是很喜歡他的……若不是……」

那天下午，王妃便進了宮，與劉妃娘娘密談了好久才回府，一回來，又送了好些個劉妃娘娘賞下的禮品給世子妃，晚上又留了上官枚與錦娘夫妻一起用了飯，飯桌上相談甚歡，王妃始終面帶微笑，似乎根本就沒有將王嬤嬤之事放在心上一般。

錦娘和上官枚也不好多問，怕王妃只是強撐著，一提起便會觸了她的傷處，於是，婆媳幾個都聰明地避開那些憂心的事情，只聊了些宮裡的插花、頭飾啥的。

吃過飯，王妃說乏了，錦娘與上官枚便各自回了院子。

第二日，錦娘一大早便推了冷華庭一起來給王爺和王妃請安。因著年節就要到了，王爺朝裡的事並不太忙，也在家裡閒著，並未去衙裡。見錦娘進來，王爺臉色很好，等錦娘行了禮之後才道：「兒媳，這幾日在府裡妳辛苦了。」

錦娘忙道：「兒媳年輕，見識淺薄，只怕有很多做得不太周全，還請父王和娘親多多教導。」

王爺聽了便讓她坐，不必拘禮，又道：「妳對王嬤嬤一族處理得很得當，如今妳娘親也與我商量了，一切便按妳原先處置的法子不變。以後，妳便天天來妳娘這裡，多幫幫她吧。」

錦娘乖巧地點頭應下。

沒多久，上官枚也來了，說起孫玉娘進門之事。「父王、母妃，院子已經收拾妥當了，只等新人進門就可以住進去，不知娘是否還要去看過？」

王妃聽了便笑道：「妳辦的事我放心，這幾日怕是要忙著妳了，畢竟妳是在大的，她要進的也是妳的院裡，所以，一應禮節儀式如何規制調擺，全由妳拿主意了，娘就不操那份心了，有那不懂的，再來問我就是。」

上官枚聽著便應了，王妃又道：「昨兒我去了宮裡，正好碰到了太子妃，她正說起錦娘呢，說是讓妳帶了錦娘去她那兒坐坐，妳忙完了，有時間便去一趟吧，妯娌兩個也乘機多親近親近。」

上官枚聽了笑道：「正是呢，前兒我還跟弟妹說這事來著。姊姊如今身子越發重了，就盼著錦娘能進宮去幫她理理事呢。哪知弟妹忙，我也忙，一時還真是抽不出空呢，等孫家妹妹的事妥了後，我一定帶了弟妹去。」

王爺聽了臉上笑意更濃，對上官枚道：「枚兒到底是郡主出身，說話做事就是大氣，錦娘啊，妳可要多多向妳嫂嫂學學，以後，妳嫂嫂治家管家時，妳也要在一旁多多輔佐才是。」

錦娘覺得今天王爺和王妃都有些刻意對上官枚好的樣子，一時也摸不清他們的心思，不過，如今她自己也正是打算著與上官枚聯手對付二太太呢，自然不在意這一點的，忙連聲乖巧地應了。

上官枚原因孫玉娘就要進門之事而惱著的心，一下子被他們幾個說得舒暢了好多，尤其是王爺親口說了，以後還是得她來治家管家，她心情更加熨貼了。

原本，她是堵著氣不管孫玉娘進府的一應事宜，但後來到太子妃那裡去了一趟，太子妃將她訓了一頓。「就算妳再不願意又如何，已經成了定局的事情，妳反對也沒有用，不如裝得大度一些，在妳公公婆婆處留下好印象，等孫氏進了門，妳再慢慢收拾她就是，何必事事掛在面子上？落在明處，那就是處了下風了，只有抓著明理，在暗處使勁，妳才能贏。」一番話如醍醐灌頂，讓上官枚茅塞頓開，一回來，便主動找王妃討了差事，認真辦了起來。

又坐了一會子，王妃便問上官枚。「這幾日劉姨娘可還好？」

上官枚聽了微愣了下，回道：「身子不太好，不過相公天天去照看她。」卻不說自己去看過，看來她心裡也沒將劉姨娘看得如何地重了。

「喔，身子不太好啊，那也沒法子，來人，將劉姨娘請來，就說王爺特意免了她的禁足令了。」

上官枚聽得一怔，沒想到王妃突然就來了這麼一齣。劉姨娘身子確實比前幾日要好多了，王妃這個時候請她來，怕是為了王嬤嬤的事情吧？

沒多久，劉姨娘嬌嬌柔柔地來了，一看王爺也在，那柔媚的眼裡就帶了絲幽怨，似喜還嗔地看了王爺一眼道：「王爺如今可真是越發不待見妾身了，妾身受了姊姊的欺凌，王爺不說主持公道，反而將妾身禁足，難道王爺眼裡，妾身便是那螻蟻嗎？」

這話既是怨怪王爺對她的不關懷，更是罵王妃將她看作螻蟻，任意欺凌。

王爺聽了不置可否，只在劉姨娘正要輕移蓮步坐到一旁的椅子上去時，說道：「妳還是站著吧，先給王妃行了禮再說。」

劉姨娘進門便是一股子怨氣，哪裡肯給王妃行禮，這會子聽王爺這樣一說，便更是氣，扭了頭賭氣坐了下去。

王爺見了便眼神凌厲地橫了她一眼，劉姨娘心中一緊，還是起來給王妃草草行了禮，卻也不敢再坐。

王妃見了冷笑道：「妳可知道喚妳來是何事？」

劉姨娘聽了目光連閃，想著有眼線來報，說王嬤嬤並非反水，她心裡稍安，但到底心虛，硬著頭皮說道：「妹妹不知，還請姊姊明言。」

王妃聽了冷笑道：「妳可真是貴人多忘事啊，妳做過什麼，全忘了嗎？」

劉姨娘聽了眼珠子亂轉。這些年，她雖是常常利用王嬤嬤知曉王妃屋裡的一些事情，但最重要的幾件事，她還是防了一手的，王嬤嬤雖是參與了，但不知道中間關節，如今就算王嬤嬤真反了水，不過也是說出當年的醜事來，那些事早就成了定局，王妃就算知道，也只能是氣。

而她也相信，以王嬤嬤狡詐的性子，定然是揀了不太緊要的事承認的，真正參與的那些大事，她也不會真的和盤托出。如此一想，心裡便有了底氣，柔怯地抬眸看了眼王爺。

王爺黑著臉偏過頭去，神情裡帶著絲羞憤，劉姨娘見了又是氣。這個男人，十幾年了，仍是在氣當年自己給他下套的事……不由又恨，若不是有王妃……這個男人還是會喜歡自己的吧？

「妹妹做過什麼？姊姊有話不如明說吧，如今姊姊是越發能了，想打就打，想罵就罵，做過沒做過，姊姊一併栽在妹妹身上便是了，何必還要扯七扯八的，像是多麼公正自持一樣。」劉姨娘一副死豬不怕開水燙的樣子，說話的語氣也是大膽得很。

王妃聽了便斜了眼看她。她以為自己還會像從前那樣，幾句話就被她擠兌住？哼，今天自己就是來栽贓的，就是來陷害的，她又能奈自己何如？

「妹妹既然不肯說，那姊姊便叫幾個人來給妹妹看了。」王妃說著便對碧玉遞了個眼色，碧玉便走了出去，一揮手，劉婆子被拖了上來。劉姨娘一見眼裡便露出了鄙夷之色，還以為王妃會將王嬤嬤弄上來呢，原來是劉婆子，這個老貨平日裡只會貪，成事不足、敗事有餘，自己可沒怎麼信任她過，哪裡就會讓她知道一些真正內幕了？

劉婆子跪在了堂中，王妃便說道：「劉氏，一併且將昨兒對本妃說過的話再說一遍給劉姨娘聽聽。劉姨娘如今記性不好，一併說些事情提醒提醒她，讓她能多想些事情起來。」

劉婆子聽了便抬眸看了眼王妃和一旁的王爺，見王爺那眼睛瞅都沒有瞅劉姨娘一下，心裡倒是有了底氣，吞了吞口水，說道：「是，王妃。奴婢和王嬤嬤早年間便被劉姨娘收買了，她叫奴婢幫她做事，許諾說，世子接位後，一樣給奴婢榮華富貴。」

王妃聽了便皺眉輕哼了聲，劉婆子立即接著道：「回王妃，先前在少奶奶藥裡動手腳之事，正是劉姨娘指使的。劉姨娘聽說孫家二小姐要嫁給世子後，便密見過孫夫人，在孫夫人處得知了少奶奶身患不足之症，但正在醫治，於是便找上少奶奶的丫頭平兒和柳綠兩個，在少奶奶藥裡動了手腳。後來，又見平兒敗露，便派了劉家大舅兄去暗殺了平兒，此事奴婢便是聯繫之人，如今奴婢痛改前非，再也不敢有所隱瞞，只望王爺王妃能對奴婢從輕發落。」

這話一出，最先感到震驚的便是上官枚，她不可置信地看著劉婆子。給錦娘藥裡動手腳一事，她多多少少還是明白的，真正的背後之人並非劉姨娘啊，且自己那日也在錦娘面前明說了，那是二太太下的手……這會子又是這樣的說法，她不由就向錦娘看去。

錦娘神情卻是淡定得很，一點也沒有驚訝奇怪的神情，見自己看過去，她還微微一笑，對自己遞了個安撫的眼神，上官枚見了倒是心安不少，不過，心裡疑慮是更深了。

劉姨娘一聽，氣得臉都綠了，顫著手，指著劉婆子道：「妳……妳真真是一派胡言！我何時讓妳聯絡做過此事了？我何時去見過孫夫人了？妳這老狗，不要亂咬人，不拿出證據來，我撕了妳！」

劉婆子聽了便是一笑，自懷裡拿出一個玉手鐲和一條手帕，雙手呈上。「王爺請看，這手鐲便是劉姨娘讓奴婢辦事時，特意賞給奴婢的。還有這帕子，當時奴婢去劉姨娘院裡，她正拿了包白蔘在分，說是自己要用一些，另一些便用這帕子包了，讓奴婢拿去送給平兒。」

劉姨娘聽得快氣暈過去。那帕子和手鐲的確全是她的，但她又不是豬，就算要陷害孫錦娘，那包蔘的藥紙多了去了，瘋了才會用自己的帕子去包，故意給人留下把柄。而那手鐲，不過是平日裡賞給王嬤嬤的，定是王嬤嬤又給了這個貪財的老貨……孫錦娘之事她原是想動手的，卻不想太快，想緩一緩的，沒想到有人先她一步而行了，還搭上了她的哥哥，她至今都是惱恨得很，不知那背後之人會是誰，可這事……王妃竟然……竟然串通了這些下作人來陷害於她……真真是太過卑鄙了！

「妳住口，我從來就沒有讓妳做過此事，妳、妳血口噴人。」劉姨娘氣得大罵劉婆子，轉而又看向王爺。「王爺，就算再不喜歡妾身，但也要看在堂兒的分上，明察秋毫、主持公道，這事可是姊姊在栽贓陷害於我啊。」

王妃聽了，嘴角便噙了絲冷笑。「王爺若能明察秋毫，妳……又是如何進得了王府的？」

這話一出，王爺的臉便紅了起來，微嗔地看了眼王妃，眼裡也帶著絲乞求，王妃白了他一眼，不再看他。

劉姨娘聽得也是一陣臉紅，心裡卻是翻江倒海地活動了起來。看來，王嬤嬤那老貨將當年之事都告知王妃了，但正如自己所猜度的，那幾件重要的事情，她沒有吐真言，不然，王妃也不用弄劉婆子這個小丑來了，如此一想，她心裡稍安，抬頭似嗔還怨地看了眼王爺。王爺可是個要面子的，定然不會允許王妃在兒媳面前將當年的事情抖漏出來的……如今也只有讓王爺去治王妃了。

「妾身如何進門？當然是王爺與妾身情投意合才成就好事的，當年可是王爺親自去下聘，姊姊，妾身可只比妳晚上三天進來的，妳怎麼全都忘了？」劉姨娘含情脈脈地看著王爺道。

王爺聽得一滯，忙轉了頭去睃王妃，果然見她臉色更不好看，便斥責劉姨娘道：「都一把年紀了，妳還扯那些做什麼?!」

劉姨娘聽了嘴一癟，淚水就湧了上來，淒淒哀哀地對王爺道：「是姊姊非要翻當年的老底，妾身不是也沒有辦法嗎？」

王爺聽了果然又看向王妃，王妃懶得看他，卻也知道在這堂裡扯這事不好，便改了口道：「這兩樣東西可都是妳的？」

劉姨娘聽了不屑道：「是又如何，妹妹我平日裡賞人的東西多了去了，誰知道妳從哪裡弄了來陷害於我？」

王妃又一聲冷笑。「劉婆子可是我屋裡的人，什麼時候會與妳勾搭上的？妳若不讓她做那些下作之事，又如何會收買我屋裡之人？哼，還要嚴詞狡辯，來人，先拖了下去，給我打十板子再說。」

這話一出，連上官枚和錦娘都一同怔住。王妃今天可是豁出去了吧，竟然真的對劉姨娘下狠手了。上官枚原想阻止的，但看王爺聽了這話一點反應也沒有，心裡便明瞭的，一定是王嬤嬤那裡定然供出劉姨娘另一些見不得光的罪行，王爺王妃不能將之拿到明面上來，所以用了這個法子來罰劉姨娘，這事……怕是牽扯甚多，自己還是少管為妙。

劉姨娘聽得大怒，指著王妃的鼻子罵道：「妳——劉婉清，妳不要太過分！別忘了，我也是有品級的側妃，妳敢用對待奴才那一套對我？」

王妃聽了便冷笑道：「奴才？哼，妳比奴才還要賤，不知羞恥的東西，比妳娘更下作無恥。」又對進來的兩個婆子道：「還磨蹭什麼？拖出去打，有什麼讓王爺頂著。」說著轉過臉對王爺嫣然一笑道：「王爺，你看妾身處置得可是妥當？」

「十板子少了，打十五板子吧，竟然連庭兒媳婦也害，太過陰毒了。劉氏，妳也不要狡，妳那兄長至今畏罪潛逃，若不是妳指使，他又怎麼會在王府裡害人？若沒有妳的遮掩，他又有何本事進得了王府？這頓打，妳受得不冤。」王爺冷冷地看著劉姨娘道。

劉姨娘不可置信地看著王爺，他竟然與王妃兩個串通一氣來害自己……想來當年的事揭穿，他定然也是覺得在王妃面前顏面全無，所以才要下狠手的吧，一時便急了，衝口道：「你就算心裡沒我，也要看在堂兒的分上，如此待我，可將他置於何地？」

王爺聽了，蹭地一下站了起來。「劉清容，若本王去請示了皇上，將妳的側妃位奪了，堂兒以後就認婉清為母，庶子變正，妳說如何？」

這種事情也不是沒有先例的，小妾或通房生了孩子直接就入到正室的名下，而那生孩子的小妾，一般都會被正室弄死……若真是那樣，自己這麼些年的心機手段可不就全白廢了？

一時，她嚇得大汗淋漓，不敢再胡言亂語，王妃一揮手，讓婆子將她拖了下去。

板子剛打兩下，冷華堂得了訊，飛快地趕來，一進門便跪在了王爺和王妃面前。「父王、母妃，兒子求你們放過姨娘吧，她身子不好，怕是經不得這一頓打了啊！」

王爺聽了便道：「你來得正好，你姨娘犯的事還不止這一樁，一會兒再讓你看一個人聽聽她會說些什麼，如今只是打她板子，算是便宜她了。堂兒，父王不是針對你，只是你姨娘太過狠辣惡毒了，若再不治，將來是會連你一起害了的。」一席話說得無比痛心又難過，對冷華堂又比往日要慈和得多，倒像是忘了前次他手傷之事一般。

冷華堂聽了心裡稍安，卻仍是跪著哭道：「姨娘……姨娘不管犯了何錯，她那心還是為著兒子的，父王，求您看在她疼愛兒子的分上，您……您饒過她吧！」

王爺聽得臉一板，喝斥他道：「她那不是在疼你，是在害你。你可是堂堂的簡親王世子，將來要繼承爵位的，有這樣一位不知羞恥又行為惡毒之母，傳出去，都會讓你丟了臉面，在親貴面前更會讓你抬不起頭，再不治她，她只會變本加厲，將你一併毀了去。」

說話間，劉姨娘已經被打完拖了回來，一看冷華堂在，哇地一聲便哭了起來。「堂兒……娘……娘會被你母妃治死去，她……她在陷害為娘，說……說你大舅是娘指使的……」

冷華堂聽了臉色一變，目光連閃，忙去扶了她，一臉痛心道：「姨娘，大舅若不是您指使，又有誰使？母妃若不是拿到了證據，也不會如此對您了，您……還是好生悔過了吧。」

劉姨娘一身被打得鮮血淋漓，背後皮開肉綻，原以為兒子會來幫她，結果他竟然是勸她認罪……這讓她原本就又氣又恨的心更加痛苦和悲哀，難以置信地看著冷華堂。

「堂兒你……你怎麼會……」

冷華堂一時不敢與劉姨娘對視。那日手腕上的傷口已然讓王爺對自己起了疑，若再為劉家大舅之事生了嫌隙，以後怕是更會引得父王的反感。他從來就不敢將父王看成一個糊塗可欺之人，這麼些年，很多事情父王怕也是清楚一二的，除了小庭那件事做得實在隱密之外，又有什麼事是逃過父王眼睛的？

父王不過是對自己有愧，所以好多事才會睜隻眼閉隻眼罷了。當年，父王懷疑自己的身分，便將自己放到了冰水裡浸，又放在寒風裡凍，結果，自己連連高燒了好幾天，差一點就送命，幸虧自己發燒後，身上也有青龍紋，父王才肯好生醫治了自己……

如今父王對自己已是越發不信任了，若再出點岔子，恐怕……若非小庭的腿傷不能好，自己也只會成為父王的棄兒了。

他目光閃爍間，便向劉姨娘遞了一個哀求的眼神，劉姨娘見了更是震驚，轉而又無可奈何地仰天長哭，不再看他。

兒子那眼神分明是讓自己扛下那罪名了……原來，那先下手之人便是他，怪不得自己的兄長肯摻和進了這件事裡……

第五十五章

一直在冷眼旁觀的錦娘見了這一幕，不由心裡也是一陣悲哀。王妃所謂的證人和證據確實拙劣得很，不過是為了出氣故意栽贓劉姨娘罷了，沒想到一向精明的冷華堂見了不但不鬧，反而勸劉姨娘認罪……哼，真正有罪之人便是他了吧，此人真是心如蛇蠍，連自己的生母也能用來頂罪。劉家大舅兄突然失蹤，這事一定在他心裡便是根刺吧，如果能就此解決了，他自然便可以放下一半的心了……

王爺見了那冷華堂的表現，也是頻頻搖頭。此子心地不純啊，他越發懷疑小庭身上的毒是與冷華堂有關了，不由滄桑地嘆了口氣，轉頭看向自己的小兒子，冷華庭也正好看了過來，眼裡露出一絲了然之色，又似有鼓勵，王爺便對他微微點了頭。

「來人，將另一個證人帶上來。」王爺不等冷華堂回神，又揚了聲道。

這時，兩個婆子押了一個纖瘦的女子走進堂來，冷華堂乍看之下，立即神色大變。就是錦娘看了也是大吃一驚，轉頭向冷華庭看去，卻見他嘴角含了絲調皮的笑，對自己挑了挑眉，一副讓自己繼續看好戲的樣子。

進來之人，正是突然失蹤多日的玉兒，就是劉姨娘看了，也是大驚失色，不知道王妃是在哪裡將玉兒找回來的，一時又驚慌地看向冷華堂。冷華堂此時也是面無人色，定定地盯著玉兒，似要用眼神將她生吞活剝了一般。

玉兒神態淡定，面無懼色，她淡淡地回頭看了冷華堂和劉姨娘一眼，慢慢跪下，對王爺和王妃行了個磕頭之禮。

「玉兒，妳且說說，妳為何無故失蹤？」王妃喝了口茶，淡淡地看了眼地上的劉姨娘一眼，心裡便在冷笑，不是經常會為自己有個好兒子而得意嗎？這回讓她親自嚐嚐被自己兒子陷害的痛苦吧。

玉兒微偏頭，睃了一旁坐著的冷華庭一眼，恭敬地回道：「回王妃的話，玉兒差點被人滅口，幸得冷侍衛相救才得以脫險，逃離在外，苟活至今。」

王妃聽了便斜了眼冷華堂和劉姨娘，果然那兩母子同時臉色一白，尤其是冷華堂，扶著劉姨娘的手指節都發白了。看來，他內心定然是很緊張的。

「喔，為何會有人要滅妳的口，妳可是做過何等不該做的事情？」王妃不緊不慢地問道。

「奴婢該死，奴婢被王嬤嬤選中服侍二少爺，但劉姨娘找到了奴婢，她拿了銀錢給奴婢，讓奴婢每日煎了鯉魚給二少爺吃，又在二少爺的燉品裡放甘草。奴婢先前不懂，後來看二少爺身上之毒越發厲害，才明白劉姨娘的意思。

「後來，奴婢在一位老婆子嘴裡套問出，鯉魚和甘草混吃是有毒的，二少爺……混吃了六年之久，身上之毒自然是日積月累，越發嚴重了。」玉兒說話時，眼皮都不敢抬，她實在是很害怕王爺和王妃知道了這真相，會不會將自己碎屍萬段。

果然王爺差點自椅子上震下來，心痛地看向冷華庭。王妃鬧著要整治劉姨娘，但又沒有找到合適的罪證，庭兒便說，他會提供一個有力的證人來指出劉姨娘的罪行。王爺也一直在猜度，劉姨娘又耍了何計讓庭兒發現，沒想到，她竟是用這樣陰毒的法子在害庭兒。庭兒已經腿殘，世子之位也給了堂兒，她還想要怎地？難道非要置庭兒於死地才甘心？

「妳個死蹄子！妳胡說什麼，我何時指使過妳幹這種下作事了，妳空口白話亂咬人，我……堂兒，去，打死那個誣衊為娘的小賤人！」劉姨娘雖然也是害怕得緊，但想著自己雖然確實是指使過玉兒，但沒有任何把柄留在玉兒手裡，料她也拿不出什麼切實的證據來。

冷華堂也正是恨玉兒得緊，此番聽了劉姨娘的話，當真起身就向玉兒踢去，王爺眼疾手快，一閃身便攔住了他，沈聲說道：「當著我的面你也敢滅口？茗烟是怎麼死的，你不要再說你不知道，如今故技重施是不是太拙劣了些？」

冷華堂激動得眼都紅了，對王爺道：「父王，姨娘雖是厲害，可也不會心狠到那步田地，她在弟妹藥裡動手腳那還說得過去，畢竟枚兒的身子一直沒有動靜，她作為母親，害怕二弟先有了孩子會對兒子不利，這一點還是想得通的。但是小庭已經是那樣了，又對兒子沒有威脅，她何必要一再害他？這小賤人分明就是栽贓，兒子不打死她，怎麼對得起姨娘對兒子的養育？難道父王想兒子眼睜睜看著生母一再被誣陷和凌辱而默不作聲嗎？那兒子豈不成了不忠不孝的畜生？」

一番話言詞激烈、正義凜然，把自己標榜成一個為母不平的孝子，王爺聽了冷笑一聲，將他推開道：「是真是假，為父自有定奪，事情還沒有調查清楚，你便要打死她，分明就有滅口之嫌。你給我退到一邊去，好生聽著，若她真是栽贓，為父自然會給你一個交代。」

冷華堂聽了，只得悻悻地回到自己的位置，將劉姨娘扶了起來，半托著她的腰，讓她歪靠在一旁的繡凳之上。

「玉兒，妳可是有證據？且拿出來讓劉姨娘看，也好讓劉姨娘心服。」昨天玉兒被暗衛送回來後，王妃便問過玉兒了，玉兒的手裡的確是沒有有力的證據，但她相信玉兒句句是實，反正今天咬不死冷華堂，咬死劉姨娘也是好的，沒有證據，似是而非的總要能弄出兩件來的。

玉兒便自懷裡拿出一張紙，和幾張銀票，雙手呈上對王妃道：「回王妃的話，此事還有王嬤嬤也可以作證，當年便是王嬤嬤帶了奴婢去見劉姨娘的，而且……」說至此處，玉兒怨恨地回頭看了一眼劉姨娘，眼角噙了淚，頓了頓才道：「玉兒之所以會聽劉姨娘擺布，是因為劉姨娘給奴婢的幼弟下了一種慢性毒藥，每月都必須得了劉姨娘給的解藥才能繼續存活。王爺和王妃若是不信，大可以去大通院裡將奴婢的幼弟帶來，讓大夫查驗一番便可知曉。」

碧玉將玉兒手中的東西拿了放到案桌上，王妃也沒看，先是讓人去將玉兒的弟弟帶來，再問道：「妳說王嬤嬤也參與了這件事情？」

玉兒還沒有回答，一旁的劉婆子便插了嘴道：「王妃容稟，此事奴婢也知曉一些，劉姨娘常使了王嬤嬤的兒媳去找玉兒，即是想要瞭解二少爺屋裡的一切消息，更是對玉兒下指令呢，這事您可以傳了王張氏來，一問便知。」

王妃不由得讚賞地看了劉婆子一眼，這個劉婆子還是很機靈的，自己之所以沒有讓王嬤嬤親自上堂指證劉姨娘，便是想讓王嬤嬤反水，當自己的暗棋，並不想太快將王嬤嬤給暴露出來，方才問時便只是試探下，果然，劉婆子立即就想到另一個法子。

那王張氏原就是王嬤嬤姊姊之女，如今知道自己的生母其實是劉姨娘害死的，便一門心思地想要為她親娘報仇，雖然……王妃也看得出她有一些功利心，但王妃此時是只要用得上的，全都拉了過來，不將劉姨娘一次踩死，難解她心頭之恨。

王張氏很快便被帶了上來，一進門，便一副膽戰心驚的樣子跪在堂前，兩眼看地，瞟也不瞟周邊人一眼，與前日在王嬤嬤屋前那囂張跋扈的樣子完全不一樣。

劉姨娘初見她很是詫異。王張氏一直對王妃有著殺母之恨的，今天怎麼會來為王妃作證？她雖算不上是自己的心腹，但很多事她也是知曉一些的，好在自己向來不會完全信任任何人，凡事都留了一手，不然，就王張氏這張嘴都能讓自己死個好幾回去。

「王張氏，玉兒說，劉姨娘一直指派了妳與她聯絡，一是探聽二少爺屋裡的事情，二是指派玉兒下一步行動，對吧？」王妃冷靜的問道。

王張氏聽了便微微抬頭，怯怯地看了眼王妃，偏頭一瞟，觸到劉姨娘那要吃人的眼神，嚇得身子一抖，縮了脖子低下頭去，小聲說道：「回王妃的話，正是如此，劉姨娘每月初三之日便讓奴婢去二少爺屋裡一趟，傳消息的同時，也送銀子和解藥給玉兒。」
其實，王張氏此言並未撒謊，確實每月初三之時都由她去冷華庭院子與玉兒聯絡的，所以，她雖是很害怕，卻說得很坦然。
劉姨娘自然也知道她此言非虛，但她哪裡肯就此認罪？虛弱地扶著冷華堂，衝著王張氏吼道：「妳這條瘋狗，我養了妳幾十年，沒想到妳竟是看我一朝落難便反咬！說，妳收了人家多少錢，妳要昧著良心來害我？」
王張氏緩緩地回過頭，一改方才膽小怯懦的樣子，從容地對劉姨娘說道：「主子，我記得曾經二少奶奶說過一句話，她說，人在做、天在看，舉頭三尺有神明，奴婢方才所言若有半句是虛，就讓奴婢遭天打五雷轟。」
這些詛咒在這個時代還是很嚴厲的，古人甚是信神靈，一般是不賭咒發誓的，王張氏此言一出，剛想幫著劉姨娘說話的冷華堂也噤了聲，王妃聽了便伸手將桌上玉兒先前呈上的紙條打開，看了一遍後遞給王爺，王爺看完後便問王張氏。「妳方才說，每月初三便會送銀兩給玉兒，那本王問妳，妳每月所送是多少？」
「回王爺的話，奴婢每月送五兩銀子給玉兒。」
王爺聽了，便將那紙條擲之於地，對劉姨娘道：「妳自己看看，本王方才可沒有問過玉兒，直接問王張氏，妳自己也說了，王張氏是妳養的狗，但她如今的供詞與玉兒所記完全吻合，劉清容，妳還有何話可說？」

劉姨娘看也不看那紙條，輕聲冷哼道：「王爺，欲加之罪，何患無辭？她若早被收買，想怎麼串供都行，今天這罪怕是我認也得認，不認也得認了，對吧？」說著，她轉頭，沈痛不捨地看著冷華堂。「堂兒，娘沒用，娘出身不好，所以才害你在人前沒臉，娘……不能再照顧你了，娘……受不得這份冤，娘先走一步。」

說著，虛弱地站起身，作勢就要向立柱上撞，冷華堂自然是要去拉她，但動作卻是微緩。他也知道劉姨娘不過是做做樣子，想以自盡來逃過這一劫，所以，他便想拿捏最好的時機去救劉姨娘，也就是說，要等劉姨娘撞到立柱但力未盡時，再拉她一把，那樣效果便會是最好。

或者，將這個救人的機會讓給王爺，若王爺能看在自己的面上去救劉姨娘，一切便不在話下，只要王爺心裡還是捨不得自己母子出事，便都是小問題，矇也好，耍賴也罷，悲情求饒都行，只要能揭過就好。

但令他失望的是，王爺坐在椅子上動都懶得動一下，像是正等著看好戲一樣，等著劉姨娘自殺。他只好急切地起身，大步跨了出去，身後的衣襟卻被什麼勾住，眼看著劉姨娘就衝向了立柱，低頭撞了過去。他心急想要救，卻被扯著走不動，眼睜睜地看著劉姨娘頭破血流地暈了過去。

再轉頭看時，只見冷華庭笑嘻嘻地看著他，一雙眼純真乾淨，讓他一時又看怔了眼。多少年了，小庭多少年沒有對自己如此笑過？還是小的時候吧，小自己一些的小庭常偷偷地找他玩，也是如此扯著他的衣襬……

「大哥，你的衣襬掛住我的輪椅扶手了。」冷華庭說道，無辜得一如孩子時的模樣。

冷華堂聽得一滯，無奈地將自己的衣襬扯了出來，忙向劉姨娘跑去。往日精於謀算的他一時竟沒有想通，為何剛才明明離自己好幾步遠的小庭會突然到了自己的身邊，而且還掛住了自己的衣襬。

劉姨娘的額頭撞了個洞，不過並不是很嚴重，氣息仍在。她原就不是真心要自盡，自然不會下了死力氣去撞，只是原以為會有人及時相救的，料想落了空，一時又痛又氣，暈了過去。

冷華堂探得劉姨娘氣息還在後，忙悲痛地大呼了聲。「姨娘……都是兒子害了您啊……」然後抱起她便向外衝去。

「堂兒，你要去哪裡？」王妃冷冷地叫住冷華堂。

冷華堂轉過頭來，悲痛欲絕地看了王妃一眼道：「母妃，就算姨娘犯了錯，她也受到應有的懲罰了，您……就得饒人處且饒人，放過她吧，她……也是苦命之人。」

王妃聽了便是冷笑。「她的苦命都是她自找的，若非貪戀榮華富貴，不自量力地只想攀高枝，又怎麼會落得如此地步？不要以為她用尋死這一招就可以免去罪責。她毒害庭兒六年之久，豈能就此便宜了她？哼，謀害嫡子，證據確鑿，按大錦律法當如何論處？王爺，你可是管著刑部呢，應該最清楚了吧。」

冷華堂沒想到王妃今日是不依不饒，非要致劉姨娘於死地不可。劉姨娘如今血流不止，他又不敢當著王爺的面顯了功夫給她點穴止血，只能眼睜睜看著她的血不停地流著，心裡不由又急又痛，抱了劉姨娘便衝到王爺面前，撲通一聲跪在地上，哭求道：「父王，先給姨娘止血吧，再有什麼，也先救了她一命再說。」

一直冷眼旁觀的上官枚此時也看不過去，站了起來跪在王爺面前求道：「請父王先救救姨娘吧，就算要定罪，也等她先緩過這口氣來了再說。」

上官枚先前看到冷華堂讓劉姨娘認罪時，心裡一陣發寒，有些不相信自己所看到的一切是真的。冷華堂平日裡為了一些利益耍些小手段，那個她覺得很正常，在深宅大院裡頭不厲害，就會被別人欺負，但是，他對自己的母親都如此狠心，偏又能裝出一副孝子賢孫的模樣，她心裡便升起一股厭惡之感。他連母親都能騙，那對自己不是更加用盡心機嗎？誰知道他平日裡對自己說的話又有幾句是真心？孫玉娘之事難道就真如他說的那樣嗎？

心裡一旦起了疑，便不如過去那樣關心對方。因此，她一直冷眼旁觀，半點也沒有要為劉姨娘和冷華堂說話的意思，這會子見他真情流露，像是真為劉姨娘急了，她才跟著來求情的。

看到上官枚也跪下了，王爺還是慢慢地伸出了一根手指，連點幾下，總算為劉姨娘止了血。冷華堂再也顧不得許多，自袖袋裡拿出一瓶上好的金創藥，撒在劉姨娘的傷口之上，隨手撕了自己的中衣，給劉姨娘包紮了，上官枚也在一旁搭了把手。

王爺看到他手裡的那瓶藥就凝了眼，但這當口，他也不想多問，只是心裡的懷疑是越發加深了。

那種金創藥，可是只有練武常受傷之人才會隨時備在身上的……

好一會子總算消停了，王妃也不等冷華堂喘口氣，又對王爺道：「王爺，劉清容毒害嫡子一事，按律當如何？」

王爺看了冷華堂一眼，悠悠地道：「妾室謀害嫡子者，亂棍打死，此乃家規，不是國法。」

冷華堂聽得一震，猛地從地上站了起來，紅了眼道：「父王，她可是兒子的親生母親。」

王妃怒道：「庭兒還是我親生兒子呢，你們下手害他之時，可有想過我和你父王的感受？小庭也是你的親弟弟，姨娘所作所為，你難道半點也不知曉？你如今也知道親人受傷時的痛了嗎？可想過一個母親看著自己明明健康活潑的兒子因毒而痛苦地在床上打滾，又殘了雙腿時的痛苦？劉姨娘如此惡毒陰狠，不整治她家宅也難以安寧，你若不想一併被治罪，那就讓開。」

冷華堂原本脹紅的眼睛裡露出陰戾的光，凶狠地看著王妃道：「不過是幾個下賤奴婢的證詞罷了，母妃，您若能拿出令人心服口服的證據，那兒子便咬牙認了，若是不能，兒子再不會讓您繼續欺凌下去。」

錦娘覺得這事鬧到這個地步，也算是勝利了一大半，畢竟劉姨娘太過狡猾，王妃手裡怕是真沒有切實有力的證據證明劉姨娘是下過手的，光有人證仍是不夠，還必須有物證。冷華堂行事也肯定是得了劉姨娘的真傳了，每行一步也是非常小心的，必定沒有留下真正有用的證據，所以才敢如此跟王妃叫板。

「娘，這事畢竟是發生在王府裡頭，姨娘又是大哥的生母，怎麼著也得顧及下大哥的面子。姨娘雖是罪行惡劣，其行可恨，但是，看在大哥大嫂一片赤子之心的分上，從輕處罰了姨娘吧。」

錦娘看情勢僵持，王爺定然也知道證人和證據的破綻，真要上了檯面，還是很容易便會被戳穿的，不如給大家一個臺階下算了。反正劉姨娘今天受的罪也不少了，只是，這罪全讓劉姨娘一個人擔了，冷華堂片衣不沾濕，她還真有些不甘心，不過，還算是取得了階段性的勝利，見好就收吧。

王爺聽了便讚賞地看了錦娘一眼。他倒不是捨不得劉姨娘死，只是，在這個當口，府裡確實不能鬧得動靜太大了，若讓外人知道了王妃亂棍打死了有品級的側妃，宗人府也會來過問的。而且，那些證據一旦被推翻，那便成了誣陷，到時，王妃也會陷入麻煩，還是錦娘懂得審時度勢，聰慧機靈得很。

「娘子，妳看……」王爺看著王妃道，他希望王妃能如錦娘一樣見機就好。

王妃聽了便斜睨了他一眼道：「那好，就看在堂兒和枚兒的分上，從輕發落。不過死罪可免，活罪難逃，自今日起，她與王嬤嬤一樣，去浣衣房當差，罰她在那裡待半年再回來。」

王爺聽得一滯，再沒想到王妃竟會想出這樣一個法子來治劉姨娘，劉姨娘可是正經的主子，是有品級的，竟然如奴婢一樣被罰去洗全府的衣服，王妃這也……太兒戲了吧，不過只要她出了氣，開心就好，一切由著她吧。

就是錦娘聽了這條罰令也是驚得目瞪口呆。劉姨娘就算死不了，應該也會羞死吧，這如將一個慣坐雲端的人直接打下十八層地獄沒什麼兩樣，雖說那活兒做不死人，卻將劉姨娘的尊嚴踩在最底下了。劉姨娘奮鬥了一輩子，怕就是想要一個體面的身分，一個人上人的生活，而如今，她由一個王府堂堂世子之母、簡親王側妃的身分，降為一個最下等的奴婢，這要她如何能接受？

冷華堂聽了也是羞憤交加。「母妃，您這樣太過分了。」

上官枚剛一聽到時，也是很想笑，但看冷華堂神情憤怒又羞惱，只好強止住了，這會子見他對王妃發火，忙勸道：「相公，母妃已經是法外施恩了，你難道想讓姨娘被亂棍打死嗎？」說著，又輕蔑地看了劉姨娘一眼道：「再說，相公，你可別忘了，王妃才是你的母妃，哪有對嫡母大喊大叫，無禮不敬的道理？還是先抱了姨娘回去養傷才是正經呢。」

冷華堂沒想到上官枚也是用這樣的語氣跟他說話，而且，今日的上官枚根本就不肯幫自己和劉姨娘，在一旁冷眼看著，這讓他更加生氣和心寒，但他又不想在王爺和王妃面前對上官枚怎麼樣。最重要的一點是，如今他在府裡的地位已然不穩，而他最大的倚仗便是上官枚，只得忍氣吞聲地抱了劉姨娘站起來，轉身走了。

上官枚倒是給王爺和王妃行了禮之後才離開。

玉兒的弟弟這會子才被人帶了上來。那孩子看著不過十一、二歲的樣子，果然病懨懨的，一副營養不良的樣子。錦娘見了便問玉兒：「妳不是說，每月都會有解藥給他的嗎，為何吃了那麼些年的解藥一直沒有完全好呢？」

玉兒聽了眼圈便紅了，對錦娘行了一禮道：「奴婢也正納悶呢，按說給了解藥，一次一次地吃，總要好了才是，可是每回到了月底，奴婢的小弟便會又發病一次，那樣子可嚇人了。」

錦娘忙又問了那孩子發病時的症狀，聽她說起，竟然與冷華庭發病時很是相似，不由便留了個心眼，問道：「妳這些日子不在府裡，他可是又用過了解藥？」

玉兒正擔心這事，忙問那孩子，那男孩聽了便痛苦地搖了搖頭道：「沒呢，痛了好幾日，但總算是熬過來了。姊姊，娘和爹爹都擔心死妳了，妳去了哪裡？」

玉兒聽著便哭，那邊，王張氏見了便走過來道：「玉兒妹子，我這兒還備得一些呢，不如妳先拿去救了急吧。」說著自懷裡拿出一小包藥粉來。

錦娘見了便喜出望外，問玉兒：「他離下一次毒發還有多長時間？」

「回少奶奶的話，今天是十六，離下一次得有十多天吧。」玉兒輕擦眼角淚水說道。

錦娘便將那包藥粉接了，讓四兒拿了張小紙來，分了一些出來自己包了。

玉兒看了便是心驚，疑惑了一會子，突然眼睛一亮，對錦娘撲通一下又跪了下去。「謝少奶奶！謝少奶奶！」

錦娘聽了也不扶她，只是看著她說道：「我不過做自己該做的事而已，希望，妳也做了自己該做的事，如今妳是待罪之身，究竟該如何處置妳，應該少爺說了算，畢竟妳毒害的是少爺，雖說妳也是被奸人所逼，但妳完全可以有別的法子解決的，但妳沒有。所以，妳謝過我以後，該去求少爺。」

玉兒聽了淚流滿面，羞愧異常，她跪爬到冷華庭身邊，抬頭看著冷華庭，顫聲道：「少爺……奴婢沒臉求您，奴婢該死啊。」

冷華庭看了便皺了皺眉，也不理玉兒，對著錦娘便吼：「事都完了，妳還待在這裡磨什麼？回屋去，都不知道和妳說過多少遍，別理那些不相干的人。」說著推了輪椅就到了錦娘身邊，將她衣袖一扯，便要離開。

玉兒聽得更是慚愧，眼裡一絲心疼和失望閃過，又爬到冷華庭身邊求道：「少爺，還是讓奴婢服侍您吧，奴婢服侍了那麼些年，總是比別人更熟悉一些，奴婢再不會有二心，會盡心盡意地服侍您的。」

冷華庭看也不看她，也不跟王爺和王妃行禮，逕自扯著錦娘就往外拖，錦娘無奈，回頭對王爺和王妃道了聲歉，老實地推著他往外走。

玉兒還跪在那兒哭，王張氏見了就搖頭，輕哼了一聲道：「妳都這樣了，還起那不該有的小心思，少爺少奶奶那是心善，不然，妳早死八百回了。」

王妃一直看著錦娘幾個說話，這會子也聽出些什麼來了，便對碧玉道：「使個婆子來，將她先關著吧。」

錦娘推著冷華庭回了屋。

王妃屋裡的事也理得差不多了，她便想著玉娘進門前趕緊回去一趟，一進門，便問秀姑收拾好東西沒，又讓冷謙去備馬，冷華庭卻不肯換衣服，豐兒無奈地扯了錦娘的衣袖指給錦娘看。

錦娘也不知道他這會子突然發什麼脾氣，俊臉沈沈的，也不說話，只是瞪著她，只好走過去哄他。「相公，不是說好了今兒要和我一起回門子的？你……不想去嗎？」

冷華庭聽了便對她翻了個白眼，卻仍不說話。

「相公不想去啊？那你就在家歇著吧，我一個人去啊，一會兒回來，帶我娘做的栗粉糕給你吃。」說著，她無所謂地拍拍他的肩，轉身就走。在王妃屋裡鬧了好一陣，眼看時辰也不早了，她想趕過去用午飯呢。

冷華庭見了更氣，一把揪住了她的衣襟，單手推了輪椅就往裡屋拖，錦娘被他拽得差點倒到他身上去，歪著身子踮著腳跟他走，氣得罵：「你又發什麼神經，有話好好說嘛！」

說話間，冷華庭已經將她拽進門，一回手，便將門關了。只有兩個人在屋裡，他也懶得裝，自椅子上站起來，拖住她就往床上去。

錦娘不由又哇哇亂叫。「昨兒才答應過我的，不會在大白天……那個什麼的，你個混蛋，說話不算數！」

「妳想得美呢！」他邊拖邊罵道。

冷華庭兩手一抄，抱著她，將她扔在了床上，隨手將她梳得好好的一頭秀髮揉成了一團亂，掀了她的裙襬就在她屁股上拍了一下。

打得錦娘一怔，回頭瞪他。「你……你究竟生什麼氣嘛，你不說，我哪裡知道，無緣無故地就打我，再打……再打我哭給你看了喔。」

冷華庭俯身壓住她。「妳個笨蛋，剛才還存著心思想讓玉兒回來是不？妳眼裡到底有沒有我啊？」

錦娘被他罵得莫名，嘟囔道：「是看她可憐嘛。她是犯過事的，若是到別地去，人家定然是看不來的，反正她如今也知道悔過了，應該不會再犯了才對，總要給她一碗飯吃的……」

話音未落，屁股上又挨了一記。錦娘扭著身就想要掙開他，冷華庭將她壓得死死的，罵道：「我管她悔不悔過，我只問妳，心裡可是有我？」

這話說得沒頭沒腦，錦娘聽著又氣又臉紅，風馬牛不相及嘛，回了手就想擰他。這廝太氣人了，無緣無故地就鬧彆扭。

「快說，心裡有我沒，不然我要破戒喔。」說著就動手去解她的衣襟。

錦娘看時辰越發晚了，若再跟他鬧下去，今兒又去不成了，年節又逼得近……

「當然有你了，哪裡敢不裝著你啊，我的少爺。」她沒好氣地回道。

「那妳還想弄個人進來勾引我？妳沒看出她對我有小心思嗎？妳……妳就是心裡沒我，妳不在乎的，對吧？」他聽了便放開她，卻是眼圈一紅，錦娘看著嚇了一跳，跳坐起來，輕哄道：「對你有小心思的多了去了，我也不能為這就斷了人家的飯碗吧？誰讓你長成了天下第一美人呢——啊，別哭、別哭，我錯了，下回看到對你拋媚眼的，我直接就打將出去，行了吧？」

說著也去揉他的臉，看他任自己亂捏著，像個得了好處便任大人逗弄的孩子，這才笑了起來，又急急地自床上跳下，扯了自己頭上的釵子就要叫四兒進來。冷華庭一把捂住她的嘴，柔聲說道：「娘子，我會梳頭呢。」

錦娘聽得愣了下，將手裡的木梳遞給他。他這會子心情好了，對她便溫柔得不得了，一梳子下去，小心又細緻，生怕扯痛了她。錦娘自鏡裡看著他溫柔又專注的模樣，輕笑了聲，嗔道：「小心眼，我心裡自然是在乎的，只是我信你，信你不是那貪嘴好色之徒，更信你不會做讓我傷心的事，所以才……」

他聽了拿梳子的手僵在了空中，眼角眉梢都是笑，好半晌才低頭親吻了下她的額，又接著給她梳頭。「總之我不喜歡那些個人，一看到那眼睛放光的，我就煩躁。妳最好是給我緊著點，見那心思不純的，就不要放進來，省得我又要抓人往外扔。」

錦娘便對他翻了個白眼，見他作勢又要生氣，忙老實地應了。

到相府時，正好趕在飯前，二夫人聽得報，早就迎到二門了，一見錦娘推了冷華庭過來，嘴角便輕輕翹起，過來便拉了錦娘的手。

冷華庭仍如上回一樣，恭敬優雅地給二夫人行了一禮，又甜甜地叫了聲岳母大人。

二夫人聽得心裡熨貼，眼裡都帶了淚花，錦娘忙拍了拍她的手。「娘，軒哥兒長得可好？」

二夫人一聽問軒哥兒，眼睛裡都放出光彩。「好著呢，如今也有半歲了，長得敦實得很，就是皮，一個人還看他不住。」

錦娘聽了更想快些進去了，秀姑見她們娘兒倆說話也差不多了，便上來給二夫人行禮，二夫人對秀姑很客氣，說了幾句鼓勵的話，又賞了秀姑二兩銀子。

幾人閒閒地聊著往屋裡走，二夫人見錦娘心急著想見軒哥兒，便小聲附在她耳邊說道：「聽說……圓房了？可得恭喜四姑奶奶呢。」

錦娘聽了耳根子就發熱，瞋了秀姑一眼。這事定然是秀姑傳了信回來的，二夫人也真是，當著冷華庭的面說這個，真真羞死個人了。

二夫人見她那樣子就知所言非虛，不由笑出聲來，又扯了她，這回子連聲音都不壓著了。「妳若真喜歡軒哥兒，不如自己早些生一個去。」

錦娘聽了還沒怎麼的，冷華庭卻是回了頭，很正經地對二夫人道：「請岳母大人放心，小婿一定在明年給您帶回個小外孫來。」

錦娘聽了差點沒鑽進地下去，二夫人聽了也是怔了怔，隨即哈哈笑了起來，就是一邊的秀姑也是拿了帕子捂著嘴，強忍著沒笑出聲來。

錦娘窘得只想要撕爛他的嘴，卻見他回了頭，對她微挑了挑眉道：「娘子，妳說是吧，明年咱們一定得生一個。」

錦娘聽了便氣呼呼地嘟囔道：「那敢情好，明年相公你就生一個吧。」

「我們一起努力。」他聽了，又是正經八百地回了句。

幾人說說笑笑地到了老太太屋裡，給老太太見了禮後，錦娘便帶著冷華庭去了大夫人院裡。大夫人倒是沒躺在床上了，歪靠在一個大躺椅裡，杜嬤嬤將錦娘幾個迎了進去。

錦娘看著椅子上的大夫人，神情憔悴，原本豐滿的雙頰已經陷了進去，顯得她的眼睛更加大而突出，見錦娘進來，她微微轉過臉來，瞟了錦娘一眼，帶著陰戾和怨恨，神情越發陰森。

錦娘皺了皺眉，還是上前恭敬地給大夫人行了禮，推了冷華庭過去。大夫人其實也算是第一次見到冷華庭，一見之下也是錯不開眼。這個男子太過美貌了，怪不得二丫頭尋死覓活地就要嫁他，也不嫌棄他是個殘廢……

冷華庭只是意思意思地拱了拱手，就算是草草行了禮，便推著輪椅退到了一邊。

錦娘便讓秀姑送上自己帶來的禮物，說道：「一聽說母親病重，錦娘便和相公一起來了，母親可好了一點沒？」

那邊，杜嬤嬤笑咪咪地接了秀姑手裡的禮品，對錦娘道：「四姑奶奶就是客氣，每次回來都帶這麼重的禮。」

大夫人聽了便瞪了她一眼，對錦娘道：「都躺床上幾個月了，你們簡親王府的消息可還真是不通啊，謝妳惦記著，死不了呢。」說話仍是刻薄，是怪錦娘來晚了呢。

錦娘笑了笑，也不以為意，反正來看過，禮行到堂了，一會子便走就是。她轉頭就看冷華庭神情很不耐，便對大夫人道：「母親就多休息休息，時辰也不早了，老太太屋裡擺了飯，我這就和相公過去了。」說著，就起身要走。

這當口，就見孫芸娘和孫玉娘兩個同時走了進來。

錦娘見了芸娘臉上帶了笑，正是有事要找她呢，她果然又回了娘家。

孫玉娘卻是一見到冷華庭就錯不開眼，雙眼含淚，如癡如醉地看著他。

冷華庭見了不由大怒，強忍著砸人的衝動，扶在椅扶上的手指節都有些發白，偏了頭去，眼不見為淨。

芸娘原本要拉著錦娘說話的，見了這情形，忙去扯玉娘，玉娘卻幽幽地道了一句。「公子，總算是又見到你了。」

芸娘聽了就搖頭，趕緊將她一扯，拖到大夫人身邊。「怎麼進來也不給娘行禮，我看妳是越活越沒規矩了。」

孫玉娘也不理她，撲通一下就跪到了大夫人面前，淚流滿面地說道：「求娘親成全。」

大夫人氣得手又在發抖，正要罵她，孫玉娘開始猛磕頭，就跟要磕死似的，大夫人見了不由眼淚也出來了，對錦娘道：「四姑奶奶，妳……妳可有法子救她，她……她已經中了魔了，真要嫁過去，只怕會死的，妳就想法子成全她吧，畢竟也是妳親姊姊，她過去了也能照顧妳一些。」

這話雖沒明說，但是每個人都能聽出意思來。錦娘氣得一炸，差點沒有拂袖就走，那邊冷華庭倒是開口了。

「娘子，妳若不想我將那醜八怪的頭砸開，那就快些走。」

說著，推了輪椅過來就扯錦娘。

芸娘去過簡親王府幾回，冷華庭喜怒無常，經常一個不高興便會拿東西砸人的事她也聽說了不少，上回在家裡還聽冷婉在抱怨，說冷華庭目無尊長，竟是連二太太的頭也砸了。

她忙去勸大夫人道：「母親快別糊塗了，嫁給世子，妹妹怕是還有活路，最多跟我一樣，過得不開心而已，但那個人可是個魔王，簡親王府裡，只要他看著不樂意的，便會下狠手砸呢！」

說著又對玉娘道：「妳醒醒吧，別以為只要是自己喜歡的，就非要得到，這可不是妳小時候看中一個頭飾，喜歡一件衣服，想要就能得了去的，妳再這麼著，小心死無葬身之地。過幾日花轎就要來迎妳了，妳去了那邊，就好生地過著吧，儘量不要往二少爺那邊去。錦娘雖是厚道，怕也管不住他呢。」

冷華庭剛才的樣子，孫玉娘也見了，被他當面罵成了醜八怪，一顆芳心正碎了一地，那想改嫁給冷華庭的幻想總算是破滅了不少，一時又仍是放不下，回頭還去瞄門口，只見門簾子晃動著，那個人早就走遠了，心裡又覺得哀悽了起來，被芸娘這一說，突然眼裡又有了光彩。

或許，他並不知道自己的好，錦娘那小賤蹄子都能得了他的心，以自己的容貌才幹，他也應該會喜歡才是，嫁過去，仍是在一個府裡頭，天天都有機會見面……總是會有希望的。於是她出人意料地點了頭，對大夫人道：「娘，您也別氣了，我不再鬧，好生嫁了便是。」

大夫人聽了這才鬆了一口氣，又讓杜嬤嬤將錦娘送的東西打開看，見裡面全是貴重的藥品，便開口罵道：「也不知道送些珍貴的首飾來，真真是摳門得緊，昨兒二夫人那賤人還戴了個鑲貓兒眼的戒指在我面前顯擺呢，她一個奴婢出身，哪有錢買那個，還不是四姑娘送的？玉娘，妳過去後可得好生哄著妳家相公，他可是正經的世子爺呢，手裡頭定然是比個次子更寬的，妳讓娘操心了這麼些年，也總得孝敬孝敬娘才是。」

第五十六章

孫玉娘聽了又哭了起來。她一百個不願嫁給冷華堂，迎親的日子越近，她便是越慌越難受，如今總算見到了日思夜想之人，卻被他一句話拈碎了芳心，偏生自己的親娘還在想著讓自己嫁過去後多弄些好東西回來，心裡不免更傷心，就如被大夫人拋棄了一樣，感覺孤寂又痛心。

她懶得回大夫人的話，起了身來，捂著臉抽泣著，轉身就衝了出去。

大夫人看了更氣，對著芸娘吼道：「我說錯什麼了嗎？養了這麼大，從沒見妳們孝敬過我什麼，還沒嫁呢，就敢跟我甩臉子。」

芸娘其實對大夫人的話也很氣惱，但她不敢說什麼。如今她剛拿了一大筆私房錢投在三老爺城東的鋪子裡頭，一個月沒到，本都沒回，別說紅利了，所以，手頭也不寬裕，又老是跟寧王世子膈應著，三天兩頭就回了娘家。嫁出去的女兒總比不得沒嫁的時候，再親……也有人給臉色看，那些下人們眼裡流露出的鄙夷之色她不是沒看到，如今，自己的娘也是這樣，罵玉娘何嘗又不是在罵她啊？

苦笑了一聲，芸娘還是勸道：「玉娘只是孩子氣，等嫁過去了，成了世子的人，那小心思就會沒了的，她有了，當然會孝敬娘妳的。」

「哼，誰知道呢，妳不也是嫁了的嗎？還是堂堂世子妃呢，又怎麼著，還不是半個子也沒見妳拿回來，如今還想著法子摳娘家的，若不是妳娘我有些老底，只怕……」大夫人罵罵咧咧的，平日裡也沒這麼刻薄，今天怕是被錦娘給刺激了，她一想到二夫人有事沒事就戴件新首飾在她面前晃，心裡就堵得慌，想著自己還生了兩個嫡女呢，怎麼就沒一個爭氣的呢？

其實二夫人只是每日裡必須為了府裡的一些瑣事去請示大夫人，錦娘當然孝敬了不少好東西給她，但真正給得多的，還是王妃。就上回二夫人為玉娘的事登門拜訪，王妃就送了好幾件宮裡的精品給她，兩個原都是溫柔細緻的人，又談得來，自然關係就好了，大夫人看著就嫉妒。

孫芸娘聽了大夫人的話，臉色一黯，心裡也是一陣抽痛，看杜嬤嬤給大夫人熬了燕窩來，忙接了過來，服侍大夫人喝，大夫人看了臉上便有了絲笑意，卻又道：「妳不能總和世子較勁，該跟他說說軟話兒才是。男人嘛，妳乖巧些，他總不至於還把妳推出去吧，等有了兒子傍身，妳什麼都好說了。」說著，接了一口燕窩吞下後，又道：「快年節下了，四姑奶奶又得送年禮回，妳呀，也得給我長長臉才是，總不能比個庶出的還不如吧，一會兒妳奶奶又會當著娘的面死勁地誇錦娘，言都不言妳們兩個一聲，就是那老三丫頭，還沒嫁過去呢，那侯府的公子也是成箱成箱的東西往府裡抬……妳讓娘我的臉往哪兒擱？」

芸娘實在是聽不下去了，好不容易餵完那碗燕窩，草草行了個禮，便如逃難似地轉身離開了。

錦娘正在老太太屋裡逗著軒哥兒，冷華庭則被剛剛下朝的大老爺請到書房裡去了。

書房裡，大老爺與冷華庭剛剛才對奕完一盤，落下最後一粒子，大老爺哈哈大笑了起來，冷華庭恭謹地看著他，抬手行禮道：「岳父大人何以發笑？」

大老爺笑著俯近他道：「小庭啊，外面可是傳你……是個半傻子呢，以岳父看，你呀，比他們不知聰明到哪裡去了，若你這樣的人精還是半傻子，那他們便是白癡。」

冷華庭被大老爺的粗豪弄得臉上有些掛不住，大老爺的話說得太直白，不過，他卻是喜歡的。大老爺看著粗，其實心細如髮，就剛才這盤棋，他便可以看出大老爺的精幹了，殺伐果斷決絕，下子毫不猶豫，落子不悔，性子豪爽得很，錦娘的性子倒是與他有些相似呢。

「岳父何以如此說？」冷華庭也饒有興致地看著大老爺道。他今天特有興趣跟大老爺聊，好多年了，他一直孤獨，戒備地活著，很難有朋友，更難與人真心交流，常覺得心惶無助、孤寂冷漠，有了錦娘，他才覺得飄蕩的心找到了方向，如今與大老爺在一起，他也有想要放開心胸、暢所欲言的衝動。

「你與我對奕，用心極深，你不想我敗，想輸我，卻又不想讓我看出你相讓的痕跡，我自認棋藝還行，想贏得痛快點，但你步步為營，謀算縝密，讓我雖贏，卻是贏得艱難，而你也讓得巧妙。若你用全力，你岳父我啊，早就一敗塗地了啊！」說著又哈哈大笑。

冷華庭被看穿用意，臉色微窘。

大老爺嘆了口氣。怪不得二丫頭尋死覓活地要嫁他，這回倒是眼光不錯了，只是時機不對啊，哪有姊姊妄想妹夫的道理？大老爺一想到孫玉娘就頭痛得緊，真是什麼樣的娘就帶出什麼樣的女兒，大夫人那人只知道一味貪心刻薄，把兩個女兒帶得也和她一樣，還真是惱人得很。

「岳父果然心思敏銳，小婿……班門弄斧了。」冷華庭微羞著說道。

大老爺仍是笑著，突然掌風一起，便向冷華庭胸部攻去，冷華庭不自覺地雙掌一錯，架住大老爺的攻勢，手腕一翻，便向大老爺的腕脈探去，大老爺忙手骨一滑，險險地脫了出來，又併指成刀，攻向冷華庭的面頰，冷華庭只是輕描淡寫地二指一剪，便將大老爺的攻勢化解。二人一時連過幾十招，大老爺始終想將冷華庭攻出輪椅，但他穩坐椅上，紋絲不動，只用雙手便一一將大老爺的攻勢全都化開，而且做到儘量不傷大老爺分毫。

一場較量下來，大老爺額頭已是密密的汗，而冷華庭動作舒緩而美妙，如清風明月一般淡靜寧泊，讓大老爺看了更是歡喜。

「痛快、痛快！四丫頭好福氣，小庭，你是我最滿意的女婿。」大老爺哈哈大笑著說道。

冷華庭聽得雙眼放光，眼角眉梢全是喜悅的笑意。「岳父過獎了。」

大老爺這才又坐回椅子上，讓長貴沏了茶過來，邊喝著茶，邊問道：「聽王爺說，你如今在將作營掛了個六品的閒職？」

「那都是娘子的功勞，她聰慧得緊，畫了幾個好圖樣給了將作營，皇上這是賞給小婿玩的呢。」冷華庭不以為意地說道。

大老爺聽了眼睛一亮，放下茶杯問道：「你說那軍車改良的主意都是四丫頭想的點子？」

冷華庭點了點頭。

大老爺便皺起眉頭沈吟起來，好半晌才說道：「你也是個走運的，我那四丫頭以前可是木訥得緊，也不知道怎麼突然就變個人似的。她要不變，估計跟了你，你也會煩死她去，說句話都要老半天，急都給她急死去。」

冷華庭聽著新鮮，還是第一次聽到錦娘以前的事，他不由瞪大了眼睛問道：「還有這事嗎？岳父大人，您快快說說，她以前還怎麼樣呢？」那神情八卦得很，弄得大老爺忍不住就在他頭上敲了下。「女兒家的事，管那麼多做甚？小庭啊，我可知道，你是深藏不露的，你那王爺爹爹和我一樣，都是不喜歡管家裡的瑣事，看來，你是深受其害啊。」

這話說得突然，冷華庭立即提了三分警惕，定定地看著大老爺道：「岳父為何如此說？」

大老爺見了就拍拍他的肩膀道：「你也不用瞞我，我曾救過太子，如今太子殿下視我為心腹，有好些事都透露一二給我聽的。你家那塊墨玉之事……如今可是有不少人在打主意，你父王正為這事奔忙著呢。」

「父王將墨玉傳給了娘子。」冷華庭一語驚人。

大老爺正端了茶喝，聽了這話，一口熱茶全噴了出去。冷華庭很有遠見地將輪椅滑出好遠，以策安全。

「傳給了錦娘？那怎麼可以？她可是個婦道人家。」大老爺一副不可置信的樣子。

「是啊，誰讓小庭是個殘廢的呢，父王不信小庭呢。」冷華庭一副委屈無奈，大老爺看著又想敲他的頭。

「傳給她還不就是傳給你？你呀，就別裝了，好生地出來做事，那該是你的，都得拿了回來才是。你那二叔，可不是個好東西，如今正與寧王聯著手在打墨玉的主意呢！哼，在皇上那兒沒想到轍，就往太子府裡頭跑得勤，你呀，得想法子防著才是。」大老爺語氣沈重地說道。

冷華庭聽得一震。最近雖讓暗衛一直跟著二叔，但二叔也是狡猾得很，跟的人總是跟著跟著就跟丟了，而且他辦事又神神秘秘的，還特別謹慎小心，很難抓到他的把柄。

大老爺既然肯指點這一些，說明他也是看到或聽到了一些的，於是他抬手作揖。「還請岳父大人指教。」

大老爺沈吟了好一會兒，才突然眼睛極亮地看著冷華庭道：「那基地裡的事我也是聽說過一點的，聽說原是一奇人在南方建的製造廠，那些機械運轉起來快得很，一疋布人工紡織得要一天，而上了那機子，就只需半個時辰……不過，我聽太子說，如今那機械老化得很，那奇人又沒傳個徒弟接班，壞了的東西就無人會修理，再過十年、八年，機器一旦徹底壞掉，基地裡就不能大量生產出物美價廉的東西，又拿什麼去南洋賣？就算是收了民間的東西去，利潤可是要少了大半不止，朝廷裡大半的銀子可是靠那裡出來的呢。如今你父王和皇上最頭疼的便是機械改造的問題，若是……你和錦娘能將這問題解決了……」

冷華庭立即聽懂大老爺的意思。這事他既沒經歷，也沒見過，錦娘確實有些歪才，但那也只是小打小鬧，遇到大的東西，怕是也不一定就有辦法……

「你莫要小看那一個小小的軸承和鏈條，其實基地裡的設備上就有，只是那奇人怪得很，說是什麼不能改變歷史，一張圖紙也沒留下。你不知道皇上看到錦娘畫的兩張圖紙時的心情，就如拾到了星星一樣，兩眼發亮呢，只不過我看你父王也是不願意將錦娘給抖出來，畢竟她只是個女兒家，出頭露面的也不好。你父王借著你的名說的，皇上還嘆息，說你要是能站起來……」

大老爺又道，一雙眼睛也是目不轉睛地看著冷華庭。這可是不只關係冷華庭和錦娘兩口子的事，若冷華庭真能將那墨玉繼承了，將來孫家也會大大得益。如今孫家雖然有老相爺和自己撐著，但人丁單薄，權勢雖盛，財力卻是不夠，後繼無力，老太爺又是講究中庸之道的，有財貪，但不大貪，隨大流但也不失本性，此道雖穩，財力卻難盛，更經不起府裡眾多人口嚼用消耗，若是能在基地那裡參上一股，那孫家也會有取之不盡的財富。

冷華庭的腦子裡也是飛快地轉著。大老爺說的這些信息很重要，他說來說去，也就一個意思：如今二老爺、裕親王、寧王，或者還有更多的人都在打那塊墨玉的主意，而王爺如今也因著基地內部的問題而守土艱難，現在只要自己和錦娘能解決了基地上的問題，那墨玉別人就搶不走。但皇上對自己的智力和身體都不放心，所以，這事肯定就僵在那兒了，大老爺便是想勸自己帶著錦娘出山，出其不意地將基地之事解決了，從而將墨玉牢牢掌控在自己手裡，而孫家，也能從中分一杯羹。

「這事，小婿回去和娘子商量商量，小婿身子如今仍是不便——」冷華庭沈吟了一會兒，斟酌著說道。

話還未完，大老爺就輕哼一聲截口道：「你可以瞞得了你那糊塗父王，卻瞞不過我。方才我與你對招中已然發現，你氣血通暢，血行無阻，你雖是不肯站起來，但你那雙腿必定已然痊癒了。」

冷華庭聽得汗都出來了，一時呆怔著看著大老爺，大老爺硬朗的臉上難得帶了絲調皮。「你上回回家給老太太行禮時，那腳步可是沈重艱難得很，這一次可輕鬆多了、氣息平穩，泰然自若，而且頭上半點汗珠也無。岳父我可是整個大軍的統帥，戰場上，將士受傷的多了去了，看得多，不會醫，也有了經驗，傷輕傷重，多看幾眼便能探個七、八出來。」

冷華庭更覺得大老爺可怕了，幸虧他是自己的岳父，又肯敞開了給自己講明，不然，以後還真要多一個厲害的對手呢。

「還有啊，上回你行禮時，錦娘那丫頭，臉都皺成一團了，緊張得不得了，這回她一點也不擔心。小庭啊，岳父可不是傻子喔，一會子老太爺來了，你還是多裝裝吧，那也是個老狐狸，別一眼讓他也看出來了。」大老爺眨眨眼睛又道，那神情還真與錦娘調皮時相似。

冷華庭聽了又是一身汗，幸虧自己在王府裡頭從來沒有在外人面前站起來過，不然……還真要露了餡。

大老爺見話說到這分上也差不多了，拍了拍冷華庭的肩膀，嘆息了一聲道：「放心吧，錦娘是我最得意的女兒，你也是我半個兒子，這事在這裡說，就在這裡了。我也知道你們倆在王府裡也過得艱難，大戶人家裡，總是污七八糟的事情特多，你家又是幾世的王族，那就更加複雜了，今兒的話就說到這裡了，以後多帶著錦娘回門子，咱翁婿兩個多聊聊。」

一會子長貴在外面說：「老爺、四姑爺，老太太打發人來說，飯擺好了，請二位過去用。」

冷華庭聽到這話，心裡一鬆。和大老爺在一起還真有點壓力，像什麼都不能逃過他的眼睛似的，可他又嚴重懷疑大老爺，為何錦娘和她弟弟在家時，一再地被大夫人欺凌，而精明強幹的大老爺不管呢？想到這裡，冷華庭的眼裡就露出一絲怨尤，大老爺看出他的心思，老臉也有些窘，吶吶道：「你那岳母啊……太強悍了，我懶得跟她吵，再者我長年在外，又哪裡顧得這許多來，倒是太放縱她了，弄得四丫頭沒少受苦……好在她如今也有了你照顧著不是？小庭啊，男人嘛，得以事業為重的，哪有一天到晚圍著娘兒們轉的理？你父王也是這麼一個人呢。」

說著，也不等冷華庭說什麼，一揚聲，對長貴道：「進來服侍四姑爺去老太太屋裡用飯。」

軒哥兒果然與二夫人說的那樣，長得敦實得很，錦娘抱在手裡就覺得沈，偏他還不停地手舞足蹈，一雙小腳踩著錦娘的肚子就往頭上爬，揮舞著小手拚命地想要抓錦娘頭上的玉釵，嘴裡不停地吐著泡泡，不時還呀呀地說道：「吉，吉，玩，玩。」

二夫人聽了便笑，忙過來要將他抱過去，錦娘也覺得手痠得很，問二夫人：「娘，他咿咿呀呀的說啥呢？」

「叫妳姊姊呢！才八個多月，就會叫人了，我們軒哥兒啊，可聰明呢。」老太太便在一旁笑著解釋道，那神情要多驕傲就有多驕傲。

錦娘聽了更是喜歡，跑過去抱住就在軒哥兒的胖臉上啃了一口，軒哥兒傻傻笑著，乘機一手揪住了錦娘頭上的釵子，連著頭髮一起扯，二夫人見了忙去扳他的小手，呵著他的胳肢窩，軒哥兒怕癢，立即鬆了錦娘的頭髮，扭動著小身板咯咯笑了起來，錦娘見了便拿了個博浪鼓逗他，軒哥兒見了又來搶，小手亂舞，一點口水全甩錦娘臉上了。

錦娘拿著帕子邊拭邊對二夫人道：「真是個皮實的，得多弄兩個人才能看住他呢。」

老太太見了也是笑。「可不，前兩月我還敢抱他，如今，邊都不敢挨近他了，根本就抱他不住，一個不小心他就滑到地上去了，看這樣子，將來就跟他爹爹一個樣兒，肯定是當大將軍的料呢。」

錦娘聽了連連稱是。「大將軍好啊，將來保家衛國，咱軒哥兒也是大英雄、大忠臣呢！」

軒哥兒聽了便在那兒咿呀著「英囧英囧」，屋裡幾個大人聽了直樂呵。

一會子，紅袖打了簾子進來。「老太太，大姑奶奶來了。」

老太太聽了便皺了眉，對二夫人道：「怕是找四丫頭的吧。唉，四丫頭啊，妳……能應的就應，不能應的也別想那麼多，推了就是，可不能讓妳在簡親王府裡難做人就是。」

二夫人也是擔憂地看著錦娘，小聲道：「說是在婆家跟婆婆吵得厲害了，自己在外面弄了個鋪子，想要賺了錢單過呢。也太大膽了些，這事可千萬不能讓老太爺知道了，不然又會氣著他老人家。」

錦娘聽得一怔，倒是沒想到芸娘會有如此勇氣，竟然敢要出寧王府單過，以前倒是小瞧她了。不過，只怕難成啊，這都是大夫人以往太慣著她和玉娘了，在娘家時任性妄為慣了，一時到了婆家仍如此衝動，只怕會沒有好果子吃呢。

老太太讓紅袖迎了芸娘進來，芸娘一臉的笑，先給老太太行了禮，也恭敬地對二夫人行了禮。「這些日子二娘又要照顧老太太，還要照顧小弟，又要管著府裡雜七雜八的瑣事，可真是辛苦了。」

二夫人聽得一陣錯愕，這可是芸娘第一次在她跟前如此恭敬，話也說得中聽，愣怔了半晌才回了半禮道：「大姑奶奶謬讚了，這都是我應該做的。」神情謙虛溫婉，還是一如既往地顯得怯懦膽小。

但錦娘如今是知道二夫人的厲害的，也明白二夫人過去裝弱的原因，就如現在的自己和冷華庭一樣，府裡壞心眼的人太多，越是強，越是遭人忌，越是被打，弱了總能讓人失去戒心，這也不失為保護自己的一種手段。

芸娘果然對二夫人的態度很是滿意。紅袖給她搬了繡凳，芸娘便親親熱熱地坐到了錦娘的下首，卻是對老太太道：「奶奶，我可是趁四妹妹回來，特地也來您屋裡蹭頓飯吃的，您可不能偏心，只給四妹妹吃，不給芸娘喔。」

老太太看她對錦娘和二夫人都還有禮，便也安了心，笑著說道：「看妳這張嘴，怎麼說話的，妳哪時來，奶奶不給妳飯吃了？一會子只是妳妹夫也在，就怕妳覺著不方便呢。」

芸娘臉上微露出一絲不自在，卻隨即又笑道：「妹夫不是跟爹爹和老太爺一起用飯嗎？怎麼也和咱們女眷一起用啊？」

錦娘聽了便不好意思地笑了笑道：「相公他平日裡總是讓我布菜的……我不想他跟著我回門子還覺得不自在，所以……」

芸娘聽得微愣，又道：「那一會子爹爹和老太爺都會在吧，無事的，反正都是一家人，我可沒覺得不自在。妹夫是小孩兒心性，我就當他是弟弟好了。」

老太太覺得她這話還算有理，也就沒再說話，一會子，大老爺笑呵呵地親自推了冷華庭進來，老太太見了便高興得很，忙動了身，大家一起去了飯廳。老太爺倒是有事並沒回來。

大家分主次坐好，大老爺看到芸娘也在，神色黯了黯，當著錦娘和冷華庭的面忍住了，沒說她什麼，只是拿眼橫她。芸娘自顧自地吃著，只當沒看見，大老爺也只能乾氣。

用飯時，錦娘果然細心地每樣菜都給冷華庭挾了，挾一樣，問一聲，看他願意吃不。冷華庭只愛吃肉，尤其喜歡紅燒排骨，桌上一大盤排骨都被他一人吃得差不多了，好在他原就長得俊美，吃相又優雅斯文，看他吃飯就是一種享受，哪裡還會顧及他吃了多少，等大家反應過來時，桌上那盤紅燒排骨也所剩無幾了。錦娘也不客氣，只要她家相公喜歡的，她便往他碗裡送，連問下別人的意思都沒有，只是當錦娘挾第四筷子青菜到冷華庭碗裡時，他才不滿地看著錦娘，小聲嘟囔道：「娘子，吃過三筷子了。」一副再讓他吃便如吃藥一樣，很不情願。

「三筷子那是在家裡，這可是你跟我回門子呢，我叫你吃多少你就吃多少，少囉嗦了。」語氣凶巴巴的，與剛才的溫柔賢慧判若兩人。

冷華庭委屈地抬眼控訴錦娘的暴行，她兩眼一橫，他便低了頭，老實地將碗裡的青菜吃了。

芸娘看著就怔了眼，突然就覺得羨慕和心酸了起來。這樣的夫妻才是真夫妻吧，什麼時候，自己也有一個這樣的男人寵著，自己也寧願如錦娘那樣去寵著他……

老太太和二夫人看著也是一臉的欣慰，原以為四姑娘嫁得最不好，畢竟好好的姑娘家，誰願意嫁個殘疾啊，可如今看來，他們小倆口才是處得最好的呢，看著就溫馨，這樣的夫妻才能恩愛到頭、白首偕老吧。

大老爺倒是知道冷華庭的底細，看他雖是做出害怕錦娘的樣子，但看錦娘的眼裡全是寵溺，一時更堅定了要幫助冷華庭的決心。這小子看著就是個可造之材，而且城府深得很，將來，孫家要仰仗他的事還不少呢，當初老太爺總算做對了一件事，那就是將四丫頭配給他了，不然換了大丫頭、二丫頭兩個，怕是一個也難成事，更不可能得了這個年輕人的心。

用罷飯，錦娘安置好冷華庭，讓他與大老爺一塊兒說話，自己便起身去貞娘那兒。

芸娘忙跟著出來，說是一起去看貞娘。

錦娘原也有話和她說，二人便邊走邊聊。

芸娘道：「四妹妹，年節快到了，姊姊我可在城東那鋪子裡投了不少錢，如今也快一個月了，三老爺也不肯提前支些錢給我……」

錦娘聽著就詫異。「大姊手頭很緊嗎？我記得當初母親可沒少陪嫁妝給妳。」

說到嫁妝，芸娘自然是又想起自己以前對錦娘做過的惡事，吶吶地說道：「那些嫁妝，有一部分原就是寧王送來提親的禮，抬過去後，婆婆就搬走了，說是要留給二姑娘出嫁用的呢，餘下的妳也知道，咱們家比起皇親貴族來，可是寒酸得很，我過去後又要撐門面，沒少打賞出去，手頭的活錢可沒剩多少了，這會子又參了這麼大的一股……」

錦娘想來也是的，寧王府看著大，聽說內裡其實虛著，寧王與世子兩個都是只好玩樂，並不太懂經營之道的，尤其是世子冷卓然，更是個會花錢的敗家子，就算是有金山銀山在家裡，怕也會被搬得差不多了。

「姊姊倒是可以再問問三老爺的，他其實是個爽快人，保不齊就會先去妳一些紅利呢。」

「我倒是找過呢，三老爺很不耐煩，說是大股東都是定著日子給的，日子沒到不能亂支錢，不能為了我一個壞了規矩。」芸娘臉暗沈地說道。

三老爺這樣做也沒有錯，那家鋪子的股東可不止芸娘一個，總得把一個月的盈利都盤算清楚了，才能按股份分……她如今來跟自己說這事，莫不是想要借錢？

「剛才在娘親那兒時，被娘親狠斥了一頓，說生女無用，一點孝敬她的東西也沒有拿回來，還說……還說我就是個賠錢的，四妹妹，姊姊……」果然芸娘支吾著邊說就邊哭了起來，那樣子倒是將錦娘當成了她最親的妹妹，哪裡還有半點先頭在娘家時的囂張氣焰？

錦娘聽著就嘆氣。大夫人是什麼樣的人她也清楚，只是不知道她會對自己的女兒也如此刻薄，不過，芸娘這話定然也是半真半假，主要目的就是想引起自己的共鳴和同情。唉，算了，看她要借多少吧，自己正好還要用到她呢。「大姊若是手頭實在緊，妹妹我這裡也還有些私房，只是明年開春，我那鋪子也要開起來了，到時妳可得還我。」

芸娘沒想到錦娘如此爽快，自己還沒開口，她就肯了，忙高興地拉了錦娘的手道：「四妹妹，以前在家時就覺得妳是個貼心的，果然，還是妳最肯幫姊姊。妳放心，三老爺那裡一分了紅利，那錢我就還妳。」

錦娘便道：「這會子出門子，我哪裡帶那麼些銀錢在身上？明兒妳去我府裡頭拿吧，把婉兒也帶過來。喔，大姊妳知道不，先前咱們看到那個丫頭，就素琴來著，妳猜，她肚子裡的是誰的孩子？」

芸娘一聽便來了興趣，附在她耳邊說道：「不會是三少爺的吧？三少爺看著可是個神仙般的人物，不會也……不過男人嘛，都好這一口的，這也說不定的。」

錦娘聽了便點頭道：「還真是小軒的，我也沒想到呢。後來，那丫頭差點就被二太太給毒死了，三少爺跟二太太可是大鬧了一場。」

芸娘不屑地道：「這也怪不得二太太，正經的媳婦還沒進門呢！他們府裡可比不得妳那邊，是正經的簡親王傳下，到底是隔了一層的，自然身分上就要差了好多，雖說二老爺也算是功成名就，家裡也還富足……可是畢竟比起寧王府來還算是高攀了，二太太自然是容不得任何丫頭小妾在婉兒進門前先生孩子的，以婉兒那性子，定然是受不得那個辱的。」

錦娘聽了便在心裡嘆氣。芸娘的立場與自己不一樣，她是慣用主子的思想去想事情的，丫鬟婆子的命在她眼裡便是草芥，可是，那肚子裡還有個孩子呢……

「其實，簡親王府裡還沒一個孫子輩呢，若三少爺先得了，對東府也只有好處，那素琴畢竟只是個丫頭，再有兒子也越不過婉兒去，若是婉兒一進門，便將那孩子劃在她的名下，那豈不是更好嗎？大姊，不若妳回去跟婉兒商量商量這事看，或許，也能救得那素琴一命呢。唉，救人總比害人好，對吧，大姊。」錦娘便將自己的打算說了出來。

芸娘聽了便低頭思考，一會子才對錦娘道：「妳說的這個也有道理，一會兒我回府去，給婉兒說說去。」

錦娘又說起烟兒一家來，便對芸娘出主意。「妳如今在寧王府裡也就這個姑娘肯跟妳貼心了，妳對她好點，自己在府裡也過得舒坦一些，將來過來走親戚，妳也多個人家去不是？妳明兒帶了婉兒一起來，讓婉兒跟二太太說，把烟兒一家都給了我院裡算了，二太太如今是連她們一家都不能容呢。妳放心，婉兒一定會高興應下的，而且，還會認為妳是在真心對她好。」

芸娘一聽也對，婉兒若是願意養了那個孩子，定然是巴不得那孩子的母親一家全都消失了才好呢，想到這裡，她忙點了頭，真心地對錦娘道：「四妹妹，以前在府裡時，是姊姊不好，不該欺負了妳，如今，妳不但不記恨姊姊，還一門心思地為姊姊著想，姊姊……就是再渾，也知道好歹的。」

錦娘聽了便拍了拍她的手，說話間，兩人到了貞娘屋裡。貞娘早聽說錦娘回了，原想去看她的，這會子見她來了，自然是高興得很，聽到丫頭來報，便迎了出來，卻看到錦娘和芸娘手牽著手來了，不由怔了眼，好半晌才擠了絲笑道：「今兒可是什麼風，把大姊姊和四妹妹一起吹來了，我這小屋恐怕存不下兩尊神呢。」

芸娘聽她話裡有話，臉上便有些尷尬，想要退回去，又覺得做得太明顯了，反而失了面子，進去吧，又招貞娘不待見，一時猶豫著。

錦娘沒想那麼多，拉了她便往貞娘屋裡鑽，一邊還跺著腳道：「三姊姊，可凍死我了，我要烤火呢。」

貞娘聽了便拿手戳她。「誰讓妳在外頭緊著說話，小心一會子凍壞了，四妹夫會心疼呢。」

錦娘罵道：「沒羞沒臊，三姊姊可是待嫁之身呢，瞧妳說的這個話。」心裡卻在疑惑，不知芸娘還是大夫人又做了什麼下作事，讓一向好脾氣的貞娘說話總帶著刺。

三姊妹說說就進了屋，貞娘屋裡早就燒了盆炭，火燒得旺旺的，很暖和，錦娘便與芸娘一起圍著火盆坐下。

「三姊姊是開了年就要出門子了吧？」錦娘掐手指算著日子，想著年節前，又讓秀姑拿了早就備好的禮送給貞娘。「東西也不怎麼貴重，只是妹妹一點意思，給姊姊添個箱。」

芸娘聽了更是尷尬，錦娘當著她的面給貞娘送禮，自己也同樣是嫁出門的姊妹，按理應當也給貞娘添箱才是，但她從來就沒想過這事，在她眼裡，貞娘比錦娘更不起眼，就沒拿正眼瞧過貞娘，也就那回要害錦娘時，特意跟貞娘說過兩句話，這會子突然要裝個姊妹情深，還真做不出來。

一時她也覺得不自在，便對錦娘道：「二妹妹先前哭哭鬧鬧的，我很不放心呢，四妹妹，妳就在三妹妹這裡坐坐，我去勸勸那個死丫頭去。」說著，便起了身，貞娘作勢要送，她忙道：「三妹妹莫送，姊姊自己走就是。」

貞娘仍是將她送出了穿堂。等芸娘一走，貞娘便冷哼了聲道：「她們母女就沒一個是好東西。」

錦娘聽得詫異。自己嫁出去也有好幾個月了，難道貞娘在府裡仍在受大夫人和玉娘幾個的欺負嗎？

「妳是不知道，靜寧侯府送了納彩的禮來，大夫人又是故技重施，把裡面看得上眼的全都換走了，若不是二夫人幫著，姊姊我……我怕是一嫁過去就得丟盡臉面了。」貞娘氣得眼淚直掉，哭著跟錦娘說道。

錦娘聽了也是氣，忙拿了帕子幫她拭淚，勸道：「不是開年就要嫁了嗎，嫁出去就好了。」

貞娘仍是哭道：「光這個，姊姊我還不至於如此生氣。妳是不知，那玉娘不知犯什麼魔症，尋死覓活地不肯嫁簡親王世子，那天大夫人招了我去，她……她竟然……竟然讓我替玉娘出嫁，說是要我跟她換……」

錦娘聽了氣得都要炸了。大夫人太不是個東西，這也虧她想得出來，難道只她的女兒便是人，這些庶女都是草嗎？怎麼會無恥到了這步田地？

「後來怎麼著了？她那婚事過幾天便要辦了，爹爹他們定然是不會肯的。」錦娘又氣又急地問道。

貞娘見她急得臉都紅了，破涕為笑道：「自然是不肯的，我連爹爹都沒告訴呢，只說了一句話，大夫人便死了心了。」

「什麼話？」錦娘知道貞娘其實很聰明的，又善於保護自己。

「我說靜寧侯次子某年某月的某一天，也正好在寧王府，可是看到某一樁醜事了。」貞娘說著自己眼睛都笑瞇了，帶淚的臉上，笑容如雨後的梨花，格外嬌美。

錦娘聽了也忍不住笑了起來。貞娘這話可算是說到點子上去了，大夫人再不要臉，也怕自己女兒嫁出去後遭人嫌棄吧？那日之事，可算是傷風敗俗了，除了簡親王府，稍好些的人家，誰又願意再要孫玉娘呢？

她忍不住就促狹地笑道：「三姊姊，妳不會是私會過姊夫吧，怎麼看著你們很熟的樣子呢。」

貞娘一聽，耳根子就紅了，嗔著作勢要打錦娘，好半晌卻是又羞又喜道：「我……我曾在寺廟裡遇到過他一回，他是個好心性的……不然，以他的身分，也不會求娶我一個庶出的女兒了。」

錦娘聽得眼睛瞪得好大，卻也為貞娘高興。「三姊姊，恭喜妳嫁得如意郎君。」

貞娘羞紅著臉嗯了聲，又細聲細氣地對錦娘道：「他如今是在工部當差呢，聽說妹夫也在將作營裡掛職，以後總會碰上的。」

錦娘聽得愣了愣，並不知道她說的是什麼意思，不過這倒是好，將來兩姊妹能走得近些，自己也有個貼心的姊妹交往著，總好過一睜眼，沒個可信的朋友，看誰都得防三分。

在貞娘處坐了不久，錦娘惦記著冷華庭，便匆匆告辭了。

過了幾日，總算到了玉娘進門的日子。臘月二十三這一天，簡親王世子終於將側室孫玉娘迎娶進了門。

喜字滿堂，紅燭搖曳，新郎冷華堂喝得醉醺醺的，自喜娘手裡接過秤桿，挑開新娘的紅蓋頭。燭光照耀下，新娘一張嬌美的俏臉上淚痕斑斑，冷華堂原就煩悶的心裡便更添了幾分堵。

大婚的日子這個女人就要哭，真是晦氣得很，她也嫌棄他只是一個庶子嗎？嫌棄他的娘只是一個外室之女嗎？

他一揮手，將屋裡的人全轟了。

這幾日，他為了劉姨娘之事操碎了心，又因為事情一步一步地敗露，更是又慌又怕，若不是……二叔總來鼓勵著，他怕是扛不住了，好不容易弄個婚事來沖沖喜，這女人卻一臉不情不願，真當自己是金枝玉葉呢……

揭開蓋頭的那一瞬，玉娘一抬眸，便觸到新郎眼裡濃濃的戾氣，心裡便冒出一股火來，對著冷華堂便喊道：「你那樣凶做什麼？本姑娘也不想嫁的！」

啪的一聲脆響，冷華堂一巴掌甩在了玉娘臉上，打得她頭上的鳳冠都歪了。那樣子帶著三分可笑，卻更是嬌豔。冷華堂突然覺得腦子裡一顫，身子便有了反應，一抬手，將玉娘的頭冠扯掉，帶起玉娘的髮絲也跟著扯了幾根，玉娘痛得大哭，大罵道：「你這瘋子！」

她越罵，冷華堂便越覺得興奮，粗魯地撕玉娘的衣服。玉娘死死守著，她不想跟他圓房，她心裡還存留著一線希望，只要能保住身子的清白，或許自己……還有機會的，所以她才敢在大婚之夜對冷華堂吼，打的就是讓他厭棄的主意，可沒想到，這個人根本就是個妖魔，越罵他越起勁。

兩人開始撕打著，可玉娘哪裡是冷華堂的對手，很快地身上的衣服便被撕了個乾淨，露出雪白玲瓏有致的嬌軀。冷華堂兩眼放出異樣的光彩來，看得玉娘渾身發抖。那眼神太過可怕，就像一頭餓狼看到了美味的小羊，很快就要將自己生吞活剝了一樣……她嚇得往床裡縮，不敢再罵，哭著求饒了起來。

冷華堂此時熱血沸騰，看她還是哭，伏在她身上便開始掐她，俯近玉娘胸前，張口就咬，竟是不出血便不放口，但也不將她肌膚撕爛，咬一口，換一個地方，痛得玉娘哇哇亂叫，他聽到那尖叫聲便更加起勁……連大腿根部也被他咬得血跡斑斑……

當玉娘被他折磨得遍體鱗傷之後，他便不管不顧地衝進了玉娘的身體，玉娘不過是個十五、六歲的小姑娘，哪裡經得起他如此粗暴，大叫一聲後，竟是暈了過去。

而冷華堂，那晚竟是在玉娘身上肆虐了整整一夜。

那夜，上官枚心思煩悶得很，嫉妒和怒火灼燒著她，她幻想著冷華堂不會留在雨茶小苑過夜，心裡期待著自己的丈夫會回到身邊。

但等了好久，仍不見他回來，便起了身，披了件厚衣，帶著侍書往雨茶小苑那邊走去。

其實，她也不知道自己究竟要做什麼，只是漫無目的地走，就是想要靠近丈夫一些，腦子裡浮現著自己新婚之夜那一幕，丈夫溫柔又多情地寵愛著自己，那時他們甜蜜而幸福，可如今，他正用同樣的溫柔對待著另一個女人，這讓她心裡又痛又悲，心像是被人挖去了一塊似的，空落落的……

走近雨茶小苑，躲在樹蔭處，她忍不住眺望那間燈火通明的新房。那是她親手妝點過的，一應用具全是新的，新床新被，兩個新人……

她越想越痛，剛要轉身回去，便聽到院裡傳來尖叫聲，那聲音淒婉，還帶著哀求，接著，她又聽見幾聲男人的嘶吼和獰笑。她先是聽得一怔，沒有聽出來是誰，後來再細細分辨，竟然是自己丈夫的聲音，與他平日裡溫潤優雅判若兩人，竟像是地獄裡的妖魔發出的一般，讓人毛骨悚然。

女子的淒厲尖叫夾雜著妖魔的嘶吼，讓上官枚渾身一陣顫慄，提了裙便慌慌張張地往回跑，似乎再慢一步，便會被妖魔追上吞噬——

第五十七章

第二日，錦娘早早地推了冷華庭去王妃那兒請安。她其實也還是有一些擔心玉娘的，也不知道新婚之夜過得怎麼樣，有沒有任性地發脾氣，希望她能夠認命就好。

王爺一大早去了朝裡，只有王妃在。劉姨娘正傷著，來不了，且王妃現在也不給她這個做婆婆的待遇，就算她好了，也得先去做半年的奴婢再說。

二太太和三太太、四太太幾個都來了，就是老夫人也被從佛堂裡請了出來，畢竟孫家是宰相府，玉娘又是嫡女身分嫁過來的，雖是側室，但也是三媒六聘，家譜上有名的平妻，所以，新婚敬茶之禮，一樣不能免的。

錦娘推著冷華庭進了堂裡，各位太太穿得都很正式，二太太神情仍是一如既往的清冷孤傲，看不出有半點不豫的樣子，看來她府裡最近還算平靜。

見了錦娘過來，她連一個眼神都欠奉，目光悠遠，卻不知落到了何處。

三太太倒是一臉的笑，老遠就對四太太道：「老四家的，妳看小庭媳婦，好像長開了些，越發漂亮了。」

四太太也是笑了笑道：「可不是，好像庭兒都變得溫和些了呢，我剛才看到他看我了，真的，他肯看我了呢，以前他看過誰呀。」

王妃聽了四太太這話還真是哭笑不得。四太太這人就是這樣，誇人兩句時，也不忘了貶個半句，總不肯讓人聽著太舒坦就是。

錦娘先給老夫人請了安，又給各位太太們都行了禮。老夫人在佛堂關了一月多，倒真是平靜了不少，眼角眉梢都帶了絲祥和的氣息，錦娘便在心裡想，希望這個老太太一直這樣下去，別又弄什麼幺蛾子才是，估計年節到了，王爺也是乘機接了她出來，好盡盡孝。

大家等了好一會子，還不見冷華堂和孫玉娘來，倒是上官枚臉色蒼白地先來了，神情看起來很倦怠，有些神不守舍的樣子，老夫人看著心裡就不喜。這個郡主怕也是個嫉妒的，堂兒娶新人，定然是心裡不舒服了。

上官枚上前來先給老夫人行了禮，又一一給王妃和二太太、三太太、四太太行了禮，默默無言地退坐到錦娘的對面座位上。

老夫人見了就皺眉道：「枚兒可是有何心事？昨兒是堂兒的新婚，家裡難得又添喜事，妳是做大的，應該寬容些才是，多個人助妳，早些為王府開枝散葉，豈不更好？」

上官枚原本飄搖著的神思被老夫人的話說得一怔，耳邊似乎又響起了孫玉娘淒厲悲慘的叫聲，不由心一緊，打了個哆嗦。她昨夜一整晚沒有睡，總是不敢相信自己聽到的一切，一向溫和優雅的丈夫怎麼就會變得如妖魔般可怕了？因為不喜歡孫玉娘嗎？不喜歡可以冷落她就是，何必要……不對，那根本不是人做的事情，不是人……

見上官枚半晌沒有回話，老夫人更是不豫，又問道：「枚兒，怎麼不見新婦來上茶？」

上官枚聽了總算有些反應，抬了眼怔怔地看著老夫人，眼裡有著一絲驚惶。一大早她還是去過雨茶小苑的，冷華堂倒是神清氣爽地起來了，一出門看到上官枚，他臉色微僵，轉而有些不自在地上前來想擁她入懷。上官枚見他走近，心裡便一陣發怵，忍不住後退一、兩步，想要避開他。

冷華堂眼神微黯，隨即又笑著哄她道：「娘子可是吃醋了？唉，是她的頭天，我總不至於太讓她沒臉的，今兒晚上我便不會進這裡的門了。」

上官枚聽著更害怕，又退了兩步，見他神情更加陰鬱，忙道：「我……是來看孫妹妹起了沒，今兒是頭天，得給長輩們敬茶的，怕她……晚了，讓長輩們等，壞了規矩可不好。」

冷華堂聽得眉毛一揚，嘻笑著走近上官枚。「沒想到，娘子倒是個有心胸、能容人的，為夫方才錯怪娘子了，她……怕是沒醒吧，妳且先去，一會子我再帶了她來就是。」

上官枚點了點頭，提起裙襬，逃跑似地飛快離開了雨茶小苑。

「枚兒，老夫人問妳話呢，妳這孩子今兒是怎麼了？神不守舍的。」那邊二太太也看出了上官枚不對勁，輕聲說道。

三太太倒是笑了，挑了眉對二太太道：「二嫂嫂，妳是沒受過這樣的苦，妳把二哥管得死死的，院裡一個通房小妾都沒有，我們幾個可都是心裡明白的。咱們女人家，再怎麼大方大度，遇到這事心裡總有些過不去的，堂兒可是第一次娶平妻呢，枚兒心裡不痛快那也是應該的，妳就別怪她了。」

上官枚聽了這話才從沈思中驚醒過來，目光閃爍著，也不敢看二太太幾個的眼神，低了頭道：「相公說，孫妹妹是頭天，可能有些不適吧，一會子他帶了孫妹妹一起來給各位長輩敬茶呢。」

聽了這話，屋裡的太太們才算是定了心，不過也對那沒見過面的孫氏心裡存著不屑。都是過來人，第一次是會有些不適，但哪裡就那樣嬌氣了，再是相府嫡女又如何，嫁過來不過是做側室的，比之正室更加應該小意些才是，倒是大剌剌地讓好幾個長輩等她，算個什麼事。

二太太聽了上官枚的話便看向了錦娘，端起小丫頭呈上的茶，揭了蓋輕輕撥著茶沫，輕幽幽地說道：「當初，小庭媳婦進門時，也沒讓人少等，這會子孫氏也是這樣，孫家的女兒果然嬌貴一些呢。」

錦娘早料到這話頭遲早會繞自己身上來，所以只當沒聽見，也端了茶在喝，心裡卻在擔心，玉娘昨晚上不會出什麼事吧，她那任性潑辣的性子，怕是一來就會與冷華堂對上呢……又想起自己新婚那天，某個妖孽故意賴床不起，害她無法及時給長輩們敬茶，想起舊恨，不由睨了眼身邊的妖孽，見他正似笑非笑地看著自己，不由更為光火，學著他往日的模樣，白了他一眼。

冷華庭卻是心情好得很，悄悄將輪椅滑得離錦娘近些，廣袖下，偷偷伸了手抓住她的，輕輕捏了捏再放開，眼裡帶了絲討好之色。錦娘也沒真生他的氣，這會子唇邊也忍不住含了笑，又嗔他。大庭廣眾之下呢，也不怕二太太她們看了笑話。

王妃卻是對二太太的那番話很是惱火，那日錦娘為何遲到，當場都已說明白了，如今又因玉娘之事再翻了出來說，還真是討厭得緊。她也喝了口茶，斜了眼睨著二太太，不緊不慢地說道：「也不知道老二家的何時做正經婆婆，我們幾個可是都等著喝喜酒呢。不過，老二家的還真比咱們幾個有福氣，媳婦沒進門，就要做祖母了，唉，堂兒和庭兒可真是不爭氣呢，怎麼就還不如軒兒了呢？」

這話正觸到二太太的痛腳，她正為素琴這事與冷華軒槓著，軒兒自小乖巧，可在這件事上倔得很，怎麼說都不肯聽，還嚷嚷著要去寧王府退親，真真氣死她了。

四太太聽了這話立即接口。「王嫂說的可不？二嫂嫂可真是身在福中不知福呢，好不容易軒哥兒有了後，她偏要想著法子弄死那一對母子，真是造孽呀，這種事，做多了怕是要遭報應的。」四太太如今得了城東一部分股份，因著她得的那股，也是自二太太親戚處勻來的，也被二太太好說過一頓，如今她與三太太關係好著呢，最看不得二太太裝清高了，這會子只要能刺激二太太的話，她半句也不放過。

二太太聽了差點砸了手裡茶杯，倒是老夫人像是沒聽太明白，歪了頭問二太太。「老四家的說啥？妳那日送到佛堂裡的那個丫頭，有了身子的那個，她肚子裡懷的是軒兒的種嗎？」

二太太聽了，便更是恨王妃和四太太了。沒事在老夫人面前提這個做什麼，這個老太婆總是成事不足、敗事有餘，又喜歡管閒事……

「娘，是軒兒的，不過，兒媳並沒有毒害──」

「老四家的都說了，若不是妳做過，她也不會拿出來誣衊妳。老二家的，不是我說妳，以前就妳一個最厲害，就是王妃她也讓清容進了門，以前的陳氏她也是容下來了的，只有妳，心胸狹窄，最是不能容人，把個老二管得死死的，弄得他現在就軒兒一條根，妳怎麼就不向老三家的學學呢？妳看老三家裡人丁多旺啊，如今好不容易有個丫頭懷了身子，唉，就算妳不能容那丫頭，但孩子總是咱們冷家的骨血吧，真真是，氣死我也！」老夫人也不等二太太說完，便截了口，絮絮叨叨地說了一大通，把個二太太說得臉上一陣僵，想要發火卻又強行忍了。

二太太氣得臉都白了，強忍著怒火瞪著四太太，四太太幸災樂禍地喝了口茶，卻也知道不能將二太太刺激得太過了，便轉了口道：「唉，這一盞茶都快完了，怎麼還不見堂兒和孫氏來呢？我府裡頭可還有不少事呢，這年節下的，我老爺在外面又忙著朝裡的事，好多東西都得準備妥當呢，真是，堂兒也越發不像話了，成了世子就可以如此不敬長輩嗎？」

二太太聽了便是冷笑。「老四家的，妳既知道堂兒是世子，說話就得客氣著些，這王府將來可是要他繼承呢，你們家……哼，若沒有王府的支持，老四也難得混得如此風生水起啊。」

這話可算是在揭四太太的老底了，老二和老三都是王爺的親兄弟，只有老四是堂兄弟，比起來是隔了一層的。平日裡，四太太往這邊走得勤，當然也存著要傍著王府過的意思，四老爺雖也有爵，在朝廷也有官職，也確實仰仗了簡親王的面子，而且，四太太其實心底覺得自己確實不如二太太、三太太幾個有底氣，在王妃面前說話也沒那樣說得起，按說她應該比別個更加小意些才是，但她就那性子，越是不如別人親，她就越要作出強態，平日裡又尖酸慣了的，加之王妃又是個好心性，更助長了她的氣焰，見誰說話都要帶幾根刺，心裡才舒坦。

「那是，我家老爺可比不得二哥那樣見機，自己兒子都常常放著不管，就巴著堂兒了，成天就圍著堂兒轉，哼，知道的，說二哥是堂兒的叔叔呢；不知道的，還以為二哥才是堂兒的親爹呢！」四太太眼一斜，不管不顧地衝口就道。

這話一出，二太太臉都綠了，也顧不得什麼賢達優雅的淑女形象，指了四太太的鼻子就罵道：「老四家的，可注意了妳這張嘴！這話說出去，小心王爺劈了妳，妳這話罵我家老爺也就罷了，可是連王爺也一併罵進去了，妳……妳真是越發混帳了！」

老夫人也是被四太太那一句話說得膽戰心驚的，她不由偷瞟了王妃一眼，見她眼神複雜，不知道在想什麼，心裡就更是急，也跟著二太太罵道：「老四家的，妳原是那邊府裡的，因著都是一個祖宗，所以一有大事，妳王嫂還是敬著妳，從沒有外待過妳，只是妳說話也忒渾了些，以後再要如此，這邊府裡妳也就少過來些吧！」

四太太這才覺得話說得重了，看著形勢不對，忙閉了嘴，也斜了眼一旁的三太太，怪她沒有給自己幫腔。

三太太向來是怕二太太的，雖然後來有了些膽氣，但如今老夫人也向著二太太，她就更不敢言了，見四太太看過來，只好怯怯地勸道：「唉呀，今兒可是堂兒大喜的日子，說那些個無趣的事情做什麼？妳說也是，堂兒怎麼還沒來呢，怕是少年人貪歡呢。」說著，拿了帕子捂嘴裝笑，還不好意思地看了上官枚一眼。

這當口，冷華堂總算是扶著孫玉娘進來了。

錦娘見玉娘臉上雖然撲著粉，又塗了些胭脂，可總覺得她臉色異樣，蒼白得很，走路的姿勢也是彆扭，歪靠在冷華堂臂彎裡，像是隨時就要倒下去一般，眼神也不如往日靈動，原本美麗的大眼裡此時連悲傷都沒有，只有深深的恐懼，眼珠子盯著一個地方就不知道轉動，像是突然變了一個人樣。

她心裡不由一緊，又轉頭看冷華堂，見他狀似親密地扶著孫玉娘，但那動作與其說是在扶，不如說是挾持。

兩人緩緩進來，玉娘眼神空洞地看著前方，像是誰也看不到眼裡去似的，錦娘忍不住就叫了聲：「二姊！」

玉娘聽得人喊，緩緩轉過頭來，一看到是錦娘，空洞的眼裡便開出一股希望來，剛要出聲，手臂處一緊，身上無處不在的傷口便被夾得一陣刺痛，耳邊便傳來冷華堂的聲音。「玉娘，先給老夫人敬茶。」

這聲音便如魔咒一般，讓玉娘聽得一陣發抖。她僵硬地轉過頭去，在冷華堂的攙扶下，到了老夫人面前。碧玉早令人擺好了軟墊，玉娘看著軟墊，腿肚子便打顫，想要跪，腳卻不聽使喚。冷華堂將她的身子一鬆，她差一點就直挺挺地撲倒在地上。

好在冷華堂見機得快，立即又扶住了她，耳根後也紅了起來，不好意思地對老夫人叫了聲：「奶奶。」

果然老夫人見此不氣反笑，瞋了冷華堂一眼道：「堂兒，玉娘是初經人事，你得疼惜著點才是。」

玉娘一聽這話，淚水便忍不住要出來，冷華堂很憐惜地又去扶住她道：「玉娘，是為夫的不好，以後會疼愛妳一些的，妳……一定不會責怪為夫吧？」

玉娘驚恐地看向他，眼神一觸之後便立即轉開。好在這當口，她人總算是跪下去了，青石端了茶來，給玉娘送過去，玉娘顫著雙手，幾次差一點將茶盤給摔了。

冷華堂見了便嘆了口氣，寵溺地扶住她的手，對她道：「原就知道妳嬌弱，沒想到會嬌弱至此，快些給奶奶敬茶。」

玉娘低了頭，忍住渾身的劇痛，雙手將茶呈給了老夫人，老夫人端了茶喝了一口後，剛要將早就準備好的紅包放在茶盤裡，玉娘的手一鬆，那茶盤便掉在地上。

二太太在一邊看著終於忍不住道：「孫氏，妳也太不自重了些，哪有如此給長輩敬禮的？」

玉娘聽了仍有些呆木，她慌張地伸手去拾地上的托盤，嘴裡連連說著：「對不起，孫媳不是故意的，不是故意的。」那聲音帶著顫意，就像要哭了一般，老夫人看她半點不像裝的，倒也不怪她，只覺得這孩子身子怕是不能康健，經個人事就能弱成這樣，唉，還盼著她能給堂兒生個兒子出來呢，這願望只怕又要落空了。

玉娘將托盤拿起的一瞬，錦娘眼尖地看到她手臂上似有傷痕，不由凝了眼細看，冷華堂卻是很關心地拉住了玉娘的手，笑嘻嘻地接過她手裡的托盤，對老夫人道：「奶奶，上回您可是賞了弟妹一個好東西，這回可不能虧待了玉娘喔。」

老太太聽了便作勢要打他，瞋他一眼道：「也不知羞，哪有相公來給娘子討賞的？給，這可是奶奶壓箱底的，看看，不會虧了你吧。」

冷華堂笑著接過，將之塞到玉娘手裡，又親熱地扶了她起來，向王妃走去。

錦娘見了便看向上官枚。很奇怪的是，自上官枚臉上看不到半點醋意，更沒有嫉妒，自玉娘一進門後，她的眼神便是複雜得很，像是同情，又像是憐憫，更多的，卻是說不清道不明的感覺。這樣的眼神看得錦娘很是費解。這於上官枚平日的性子大相逕庭，前兩日因著玉娘要進門，上官枚還很是惆悵的鬱悶，今兒見冷華堂當著她的面對玉娘如此寵愛，她竟然是這般反應，很不正常。

玉娘在冷華堂的攙扶下，艱難地給每個長輩行了禮，又被扶到了一邊的繡凳上坐下。她神情一直是呆呆的，眼神比剛進來時要活泛了些，卻怯懦得哪裡也不敢看。

王妃見了便皺了眉，關心地問道：「玉娘，妳身子像是不太好，不如請了太醫來看看吧。」

玉娘聽得一怔，猛地抬頭看王妃，大大的眼睛裡就露出一絲乞求之色。王妃以為她初進門，有些話不敢說，便笑了笑道：「妳是錦娘的親姊姊，有什麼為難之事儘管說，母妃會為妳作主就是。」

玉娘張了張嘴剛要說，冷華堂的一隻手便環上了她的腰，她忙改了口道：「謝謝母妃，兒媳只是昨兒著了涼，有些昏沈沈的，相公方才給兒媳吃過藥了，不礙事，不礙事。」說是不礙事，那聲音卻是帶了哭腔。

上官枚終於忍不住道：「母妃，您放心，枚兒會請個好太醫來給孫妹妹看病的，孫妹妹這樣子怕是坐不得久，不如兒媳扶了她回去吧。」

王妃倒是對上官枚投過讚賞的目光。枚兒到底是郡主出身，那胸襟還真不是一般人能比的呢，便點頭應了。

冷華堂聽著卻有些急，忙對上官枚道：「娘子，奶奶難得回來，妳還是留下陪奶奶坐坐，我這就扶了玉娘回去，給她請太醫來瞧瞧。」說著，也不等上官枚有反應，半扶半挾地就帶著玉娘往外走。

錦娘越看越不對勁，冷華堂的表情太過虛偽，對玉娘的寵愛超出了平常之理，玉娘畢竟只是個側室，就算他對玉娘再一往情深，也沒有當著正室的面如此做作的道理，而且，以玉娘的性子也不可能這麼快就又移情於他才是……

當冷華堂扶著玉娘快要出門時，錦娘突然出聲。「二姊留步，妹妹還沒有送二姊大禮呢。」

玉娘聽了僵硬地回頭，眼裡強抑著淚水，冷華堂無奈地也回過頭來。錦娘大步走了過去，故意拍在玉娘的肩膀上，玉娘頓時痛得倒抽了一口冷氣，錦娘大驚，問道：「二姊，妳……妳怎麼了？」說話間，她已經捉起了玉娘一直垂著的廣袖。

一眼看去，觸目驚心，一切疑團便都解開了。玉娘原本皓如白玉的手臂上竟然密密麻麻的全是傷痕，細看之下，那一圈一圈的傷痕上還留有牙印……竟是人咬的，有的還沒結痂，正滲著血珠。玉娘乃千金小姐一個，在娘家時可是千嬌百寵著的，怎麼可能會受如此虐待？這分明便是昨夜所受之傷！冷華堂──真是禽獸不如啊，竟然如此虐待一個女子！

錦娘便是再討厭玉娘，此時心裡也是出奇的憤怒，她突然伸手使盡全力向冷華堂打去。一聲清脆的耳光聲將滿屋子的人全都打懵了，就是冷華堂自己也沒想到，嬌柔如錦娘的一個小女子敢突然出手打他，一時怔著眼睛，半晌都沒有回神。

錦娘打得就是出其不意，將玉娘向自己身邊一拖，大罵道：「你這隻禽獸！」

冷華庭首先反應過來，迅速推了輪椅就到了錦娘身邊，將她往自己身邊一扯，護住她，罵道：「妳管他是禽獸還是畜生，都不是什麼好東西。」

玉娘也被連帶著扯了一下，差點跌落在地，這時，上官枚也衝了上來，痛苦地看著錦娘，默默地扶住玉娘，想要快些離開王妃屋裡。

老夫人卻是不幹了，罵道：「真是無法無天了，弟媳婦竟然打起大伯來了?!這是哪門子的規矩，還有沒有王法……來人、來人……」

王妃緩緩站了起來對老夫人道：「老夫人，您叫人來想要如何？這屋裡，可是本妃說了算。枚兒，將玉娘扶過來，快去請太醫，此事乾脆當著大夥兒的面了了吧。」

錦娘正有此意。她當眾打冷華堂一巴掌就是想要引起大家的注意，這會子她只想將事情鬧大，讓別人看到冷華堂的真面目。

冷華堂總算回過神來，陰戾地看著錦娘，雙手緊握成拳，指節都開始發白，看得出若非當著眾人的面，他恐怕要活撕了錦娘。

玉娘看到他那吃人的目光，嚇得就躲去錦娘身後，嘴裡喃喃地說道：「他……他不是人……不是人……」

冷華堂聽了眼一橫，玉娘嚇得一噤，立即捂住了嘴，不敢再說。王妃和二太太兩個同時走了過來，錦娘扶過玉娘，抬起玉娘的手給她們兩個看。饒是二太太再心狠，看了玉娘身上那傷痕也是倒抽一口涼氣，鄙夷地看了冷華堂一眼，什麼也沒說，退回了自己的位置。四太太也湊著頭想要過來看，卻是被二太太一把扯住道：「不關妳的事，妳若還想繼續到這邊來混，那便趁早回去。」說著，就將四太太往外推。

四太太一聽這話覺得嚴重，難得地沒有跟二太太爭吵，竟然真的就低了頭，裝作什麼也沒看見的樣子，悄悄離開了。

三太太見情形不對，也知道有些東西自己還是不要知道的好，也默默地跟在四太太身後開溜。錦娘也不叫她們，知道她們現在不過是做樣子給老夫人和冷華堂看，以後定然會想盡法子來打探事情真相的，不過，就自己剛才那一連番的舉動，相信三太太和四太太就算沒有看到，也猜到了個七、八分，所以也沒有出口阻止，任她們離去了。

老夫人也看到了事情的嚴重，手一揮，將屋裡一干閒雜人等全轟走了。

王妃看到玉娘手上的傷，眼淚都出來了。她顫抖著指著冷華堂的鼻子罵道：「錦娘說得沒錯，你就是隻禽獸！」

冷華堂見事情敗露，臉上也是一陣青紅，支吾著解釋道：「兒子……兒子昨夜喝高了，真不知道自己都做了什麼。母妃，求您千萬要放過兒子這一次，此事若是傳將出去，兒子的名聲可就毀了啊！」

老夫人拄了枴杖，看了一眼玉娘手上的傷後，冷冷地對王妃道：「不過是兩口子之間的事，妳這個做婆婆的，也不要管得太寬了，叫堂兒下回改了就是。」

錦娘聽了便氣憤地看向老夫人。這個老太婆還真是個心腸狠毒至極的人，玉娘身受如此虐待，她都能輕描淡寫地只說聲夫妻之事就想要蓋掉……天下哪有如此便宜之事，這可是虐待啊。

二太太見了便冷笑著對錦娘道：「小庭媳婦，妳對玉娘的心痛二嬸能夠理解，但是，嫁出去的姑娘潑出去的水，玉娘如今已是堂兒的人了，妳還想怎麼著？難不成嫁過來第一天就要鬧和離嗎？你們孫家丟不起這個人，簡親王府怕是更丟不起這個人，我看，還是好生將玉娘醫治，給全院裡人下個封口令才是正經。」

一直痛苦站在一旁的上官枚聽了，也是仰天長嘆了口氣，勸錦娘道：「相公他……只是最近心情煩悶得緊，昨兒確實是喝高了，把孫妹妹當出氣筒了，弟妹，嫂嫂在這廂代相公陪禮了。」

錦娘聽得目瞪口呆，一個一個根本不太當玉娘的傷口是一回事，說得都很輕描淡寫，難道女人嫁給了這個男人，就算這個男人豬狗不如，也要繼續跟他過下去嗎？

錦娘將最後一線希望放在王妃身上，她定定地、專注地看著王妃，王妃也很無奈地嘆了一口氣道：「這事只能就這麼了了。錦娘、玉娘兩個，此事千萬不能外傳，不然損害的不只是堂兒的名聲，還有簡親王府的名聲。如今簡親王府可是正處在風口浪尖之上，妳父王日日在外周旋，便是為了能平息些事端，咱們府裡千萬不能再出什麼醜鬧傳出去，給他添麻煩，給對手送把柄了。」

此話倒是讓冷華庭想起了大老爺的話。王妃所說的風口浪尖……說的便是墨玉所有權的歸屬問題吧？也是，父王兩個兒子，自己已然是殘了的那個，健全的便只剩下冷華堂，若這個兒子也是個道貌岸然的禽獸，那簡親王可還真是後繼無人……如今覬覦那塊墨玉的人正虎視眈眈著呢。

「娘，似這等豺狼之行，應該處以家法，若是怕傳出府外，在府裡執行了便是，不然，再好的女子嫁給他，也會被他殘害致死的。」向來不發表任何意見的冷華庭突然語言清晰，條理明確地對王妃道。

聽得冷華堂又是一怔，他剛才只是稍稍驚慌了一下，但在聽到二太太和老夫人的話以後，心神便安定下了。也是，比他玩得更厲害的王孫公子多了去了，寧王世子那一夥，會玩的花樣更多，自己不過是在孫玉娘身上偶爾試過一次而已，真算不得什麼大事，只是小庭怎麼……怎麼像突然長大了一樣，看自己的眼神陰鬱，還帶著仇恨，莫非……他想起了什麼事情？

他突然感覺後背一涼，一陣激冷，有些害怕地倒退一步，像是害怕看到冷華庭的眼睛一般。

「好，小庭所言甚是，一會兒等你父王回來，便請了家法來，該如何處置全由你父王來定奪。」王妃聽了確實是開心，難得小庭肯認真地想事情，她怎麼都要聽他一次。

那邊老夫人不幹了，對王妃道：「小庭不過是小孩子心性，他知道什麼？這又不是什麼好事，快些平息就算了，讓枚兒帶了玉娘回去，悄悄地請了太醫好生看了就是了。錦娘，妳雖是為了妳家姊姊傷心鳴不平，但也不能以下犯上、目無尊長，堂兒怎麼都是妳的大伯，妳出手打他便是大不敬，如妳這般，一個婦道人家都能打堂堂世子，那傳出去還真是個笑柄呢，簡親王府還有何家聲可言？」

二太太聽了也是隨聲附和。「小庭媳婦此舉確實有違人倫，大錦女訓可是明明白白地說過，女子以夫為天，以男子為重，豈有女子打罵夫家長兄之理，確實很不應該。」

錦娘差點沒被這兩個假衛道士給氣死，在她們眼裡，男子無論怎麼虐待了女子，那也只是好玩，玩過分了點而已，自己不過稍稍懲治了下虐待婦女的禽獸，便要遭禮教的訓斥，只怕不罰，這兩個人還不會干休呢！

剛要申辯，冷華庭面帶譏笑地說道：「娘子打都打了，妳們倒是想將她如何？」

二太太知道他就是個不講理的，簡親王府裡，他便是王法，就算他做得再錯，也有王爺和王妃護著，自己頭上的那個傷口時不時地還有些痛呢，若再惹他發火，怕是又要挨一下了。於是，她倒是沒有再說什麼，悄悄地退回了自己的位子上去了。

老夫人卻是倚老賣老地說道：「當然也得是按家規處置，堂兒的錯，是堂兒的，錦娘做錯了，也應該受罰。」

「我看誰敢動我娘子一下試試，我管妳是七老還是八十，照樣砸妳一個腦袋開花，提前給妳送個終算了，免得妳有事沒事在這裡冒充我正經的奶奶。」冷華庭斜睨著老夫人，不緊不慢地說道，一張輪椅推得順溜得很，圍著老夫人便轉了個圈，上下打量著，似乎在考慮，該砸哪裡更合適。

老夫人被他說的話氣得兩眼冒火，正要罵，王妃在一邊狀似無意地說道：「唉，年節就要到了，佛堂裡，怕是冷清得很啊。」

老夫人聽得一滯，立即回想起自己是怎麼進佛堂的，再看向來厲害的二太太都縮到一邊去了，她也只好噤了聲，只氣得拿了枴杖重重地敲了幾下地面，也乖乖地退了回去。

這時，王爺正好風塵僕僕地和二老爺、三老爺一起進來了。一見屋裡這陣仗，有些沒想明白，錦娘和玉娘兩個都站在門簾子處，便道：「這裡風大得緊，快進去。」

錦娘便給王爺和二老爺、三老爺行了禮，扶了玉娘進了屋。

玉娘以前見過王爺，所以一見到王爺便撲通跪到了王爺的面前，掩了面直哭。她還真不知道自己該跟王爺說什麼，難道真要和離嗎？和離了自己又能到哪裡去？喜歡的那個人根本就沒拿正眼看過自己，而且，已經是殘破之軀，又有誰還肯要？

真要告冷華堂的狀嗎？若以後他更變本加厲地虐待自己又該怎麼辦？難道真要死在這府裡頭嗎？

可是不告狀，那他會不會更加肆無忌憚呢？那自己還不是一樣也只一個死字等著？一時心情複雜，悲苦無助，只能哀哀地哭著。

王爺一看便皺了眉。新進門的兒媳婦，一見到自己便跪在地上哭得傷天傷地，自己可是特地趕回來等敬茶的，這又是行的哪門子的禮啊？

錦娘見了便上前去，她也難得不顧什麼男女大防，又要抬了玉娘的手給王爺看，玉娘微微有些掙扎，而王妃也及時制止道：「孩子，娘看過就罷了，別……別再讓妳姊姊沒臉了。」

王爺聽了有些莫名其妙，倒是三老爺見了突然哈哈大笑起來，衝著王爺嚷嚷道：「大哥，你可養了個好兒子了，你的範沒學到，倒是把我的學去了個七、八。原來，堂兒也喜歡玩這一手呢，唉，男人嘛，玩玩小妾、通房、外頭的女人都無所謂的，但這孫家姑娘可是你正經的側室，你也拿她當下賤人玩，那可就做得太過了。」

王爺和二老爺這才明白。三老爺是什麼樣的人他們是最清楚的，那是最喜歡玩女人，而且，是想著法兒地玩，以前王爺和二老爺就沒少管過他，但一直有老夫人護著，而他也不服管，這麼些年也就隨他了，反正他也胸無大志，只想當個混混，只要有錢、有飯吃，便讓他混著就是。

可是冷華堂就不一樣，他是堂堂的世子，是要繼承簡親王府的，竟然也學了三老爺做那下作無德之事，王爺和二老爺這一次難得一致地氣炸了。王爺起身對著冷華堂便是一腳踹了去，二老爺看著雖是心疼，卻也沒去勸，嘴裡還罵道：「該，真是該，讀了那麼多詩書，聖人教化之言，你……你都學到狗肚子裡去了吧！」

王爺這一腳去得重，踹得冷華堂差一點吐了血。他趴伏在地上，抬頭乞求地看了眼二老爺，二老爺心裡一酸，看王爺又要去踢他，還是拉住了王爺的手道：「他也是新婚呢，又要到年節下了，先前被你打的傷就沒好利索了，你再傷著了他，明兒進祠堂拜先祖時怕都帶了傷呢，那時，在祖宗面前也不好交代啊。」

那邊，三老爺聽得倒是笑開了，大聲吼道：「二哥，你說啥話呢？你三弟我可是有年頭沒進過祠堂了，那可是老太爺在時立下的規矩，王府子弟有那德行虧損的，是不得進入祠堂的，堂兒犯的事可比我當年更厲害呢，我不能進，他當然也不能進嘍。」

二老爺聽得大怒。這個老三沒事就亂攪和，真是成事不足、敗事有餘，城東那鋪子被他弄得亂七八糟的，他有了銀子便往自己腰包裡塞，哪裡管了正經的經營啊？如今好幾家的股東都在鬧呢，王爺常不在家，他們便守著自己鬧，真是煩都被煩死了，如今他又來壞堂兒的事，哪有世子不進祠堂的理，除非是犯了大錯，被除了世子之位，那才能不進去，不然以王爺如今這個年紀，沒個繼承人進去添香，族裡的那些個老古董們肯定又要找茬子說話了。

「老三，堂兒這錯能和你當年比嗎？你當年是吃喝嫖賭樣樣都幹，他在外面可是行端止矩的，孫氏不過是他自己的老婆，在自個兒府裡，怎麼玩鬧都不為過，你少在那兒瞎起鬨了！」二老爺怒斥著三老爺道。

「唉，二哥，你這就不對了，他這事做得比我當年過分得多喔，孫氏身分可不差，可是孫老相爺嫡親的孫女，孫大將軍嫡親的女兒喔，堂兒連她都如此虐待，此事若是傳回孫家去，你們可有想過後果？哼，若他如此虧德敗行也能進祠堂，那我也要進，你們誰也別想攔我，我玩得還不過是幾個奴婢呢，對正經老婆我可是指甲殼也捨不得彈一下的。」三老爺被二老爺一罵，也生氣了，硬著脖子說道。

王爺倒覺得三老爺這話很是有理，加之他先前就對冷華堂有了疑心，如今再看他做事如此缺德，便對他更是失望透了，也不等二老爺再說什麼，便手一舉，道：「來人，將這逆子給我送進黑屋裡關著去，過年都不許放出來，誰也別想為他求情！如此喪心病狂，哪裡有資格繼承世子之位？別丟了祖宗的臉了。」

冷華堂聽了如遭當頭棒喝，嚇得就朝王爺撲了過去，抱住王爺的腿就求。「父王，堂兒昨夜不過是喝多了酒，堂兒平日裡一直約束自己，從不亂行半點，您在外也能聽到，堂兒的名聲一直不壞，若是……若是不讓堂兒進祠堂，只怕族裡的親族們會亂傳，堂兒一次酒醉犯下的過錯，便會變成終生的污跡，父王，如此可是要毀了堂兒一世的清白啊！」

「放心，大哥，爹爹只會說你病了，無法進祠堂的。小庭我當年不是也因為病得厲害，沒有進去嗎？祖宗會明白你的。」冷華庭笑著推了輪椅在冷華堂邊上轉著，嘻嘻笑笑地對冷華堂道，一副小孩子看好戲一般，歡欣雀躍的樣子。

王爺聽了便慈愛地看他一眼，眼裡露了心痛和憐惜，對他道：「嗯，庭兒如今是越發懂事了，今年，你就替你大哥祭祖上香吧。」

二老爺一聽大急，顧不得那許多，脫口就說道：「大哥，那怎麼行，小庭可是個殘廢之人。」

王爺最是聽不得人家當他面說小庭是殘廢，不由勃然大怒，對二老爺吼道：「老二，你也管得太寬了，此乃我府裡之事，由不得你來多言！」

三老爺倒是幸災樂禍地笑道：「可不是，二哥就是操心太多了，對堂兒可是比對軒兒還要關心緊張呢。唉，可憐的軒兒喔，聽說有個丫頭被他弄大了肚子，他想給自己兒子一個正經的出身……」

「三弟，你也管得太多了，那是你二哥府裡的事，也由不得你來多嘴。」一旁的二太太聽這話又要扯到素琴身上去，忙冷冷地拿王爺的話來堵三老爺的嘴。

「那敢情好啊，以後你們可別再在我跟前說三道四、指手畫腳，城東鋪子我也管了不少日子，出過岔子沒？大哥從來沒斥責過我，你們兩口子倒是隔三差五地來找我麻煩，再如此，我就當你們是放屁，風吹過便散了。」三老爺斜了眼睨著二太太，說話一點情面也不留。

二太太被他的粗言粗語氣得臉直抽搐，狠狠地瞪了二老爺一眼，轉身拂袖而去，連給老夫人、王爺、王妃行禮都免了。

二老爺看著就皺眉，如今話也被王爺說到這分上了，他再說什麼也是無用，便跺了腳對冷華堂道：「你就鬧吧，如今人家越發偏心眼了，你再不自律，人家正愁抓不到你的把柄呢，你就使勁地鬧吧，鬧死你自己最好了。」

冷華堂撇撇嘴，喊了聲：「二叔……」

二老爺便對他猛使眼色，不住地往孫玉娘身上瞟，冷華堂終於理會過來，轉身對玉娘作揖。「玉娘，為夫錯了，為夫只是一時酒後發狂，以後再也不會對妳如此，父王長輩們都可以作證，我若再對妳惡行惡言，妳自可來告父王母妃便是。」

孫玉娘先前看王爺為了她而踹了冷華堂一腳，看著便覺得解氣，但她一直只是哭，不敢多說半句，後來聽王爺和三老爺說的全都是向著自己的，心裡也有了幾分膽氣，只是真將冷華堂的世子之位去了，她心裡又覺得茫然了，如今自己已是他的人了……

再看他又誠心地求了過來，心裡便發怵，矛盾得很，很想上前去猛打這禽獸一頓，可是又怕他以後會伺機報復……想了又想，還是低了頭，對王爺磕了個頭，柔弱地說道：「請父王放過相公吧，只要以後他不再犯，兒媳……兒媳便不計較他這一回了。」

錦娘差點沒被玉娘這話氣死。這個玉娘，平日在娘家囂張跋扈得緊，怎麼到王府裡來了，卻又膽小如鼠了，對個冷華堂竟然如此寬容？只會欺軟怕硬，算了，懶得管她了。

王爺原就是想讓玉娘轉臉，如今看她果然肯為冷華堂求情，便嘆了口氣，輕聲對玉娘道：「讓妳受苦了，是父王沒有教好那個逆子，他如此敗德地對妳，妳還肯為他說情，真真教父王汗顏啊，妳是個好孩子，這事……可千萬別說回娘家去，別再讓老相爺操心了。」

玉娘聽王爺的口氣有鬆動，忙點了頭道：「父王放心，兒媳絕不會將此事透露出去半句，兒媳……也覺得沒臉得很，求父王，就放過相公吧。」

冷華庭聽了，便又將椅子轉到玉娘身邊，歪了頭看著她道：「還沒看出，妳是個忍氣吞聲的主呢。」

玉娘自進門起，一直不敢抬眼看冷華庭，怕自己會失態，更怕自己的心會更痛，如今貞節已失，早已沒了資格再作他想……可是……心裡癢癢的，就是想看他，只是死命地忍住罷了。這會子見他離自己近了，又好生地跟自己說話，便抬了眸，乍看之下，立即垂了眼簾，也不敢答話，卻嗡聲嗡氣地對王爺道：「只是……兒媳遍體鱗傷，心中還是有氣，父王，小懲大戒就好，別不讓相公進祠堂了。」

第五十八章

王爺看玉娘受了如此虐行，還肯為冷華堂說話，倒是對她高看了一眼。不過，方才二老爺極力地護著冷華堂，這讓王爺很是光火。兒子是自己的，想怎麼罰就怎麼罰，堂兒如今變得越發渾了，保不齊就是老二平日裡教的，他怕是巴不得自己的兒子個個都出了問題，爵位就給了他兒子承繼呢！哼，堂兒再不重罰，再不好好扭轉性子，將來必定會成了老三那個樣子。

「堂兒，你看玉娘如此替你求情，你以後再不可傷害她了。」

冷華堂聽王爺語氣鬆動，忙老實地應道：「父王放心，兒子以後便滴酒不沾了，再也不敢犯如此大錯了，玉娘……是好女子，兒子一定會好生待她。」

抬了頭，想要扶玉娘起身，卻又聽王爺接著說道：「以後改那是肯定的，但這一次也不能輕饒。你最近總是一再地犯錯，很讓父王痛心和失望，所以，來人，將世子拉進黑屋裡關起來，年節時不許進祠堂。」

冷華堂正裝作體貼地扶玉娘起來，被王爺這話震得如遭棒喝，手一鬆，玉娘原就雙腿跪發了麻，倚著冷華堂才站了個半起，這會子失了力，人便又跪跌了下去，她衣服遮掩下的肌膚無一處是好的，這會子再一跌，痛得慘呼一聲，聲音淒慘得很，就連一旁看著的老夫人聽了也覺得一陣肉酸發緊，原本想為冷華堂求兩句情的，這會子她怎麼也開不了那口，將頭偏向了一邊。

這時，進來兩名侍衛，架了冷華堂就往外面拖。上官枚見了，向前走了幾步，很想為他求情，但耳旁又響起了昨夜那猙獰的笑聲，她一陣惡寒，不覺就收住了腳，沒有再追下去。

錦娘看著玉娘的慘樣是既同情又氣恨，都是她自找的，怪不得誰，明明可以將冷華堂懲治得更厲害的，她卻放了他一馬，為他求情。原來真是可憐之人，必有可恨之處，若不是她自己太過任性妄為，又怎麼會有如今這個下場？這還只是個開始，若她還是如此欺軟怕硬，以後還會有更苦的果子吃的。

二老爺見冷華堂仍是不允許在年節下進祠堂，心裡更加鬱悶，暗恨冷華堂的不爭氣，卻在心裡存了更深的擔憂。最近堂兒這裡總是連番的出狀況，以前他也曾頑劣過，只是也沒鬧開，王爺和王妃都是不知道，堂兒一向也謹慎，這段日子卻是常常被發現……看來，那個孫錦娘是該想個法子治一治才好，若再讓她查下去，只怕好多事情都會敗露。

思及此處，二老爺凌厲地掃了錦娘一眼。錦娘正在為玉娘的事情而憂心，突然便感覺背後升起一股涼意，她不由轉頭看去，正好觸到二老爺如惡狼一樣凶殘的目光。那樣儒雅的一個人，竟然會有如此懾人的目光，錦娘心裡的警鈴大起。只怕二老爺看冷華堂和劉姨娘連番吃虧，又會起什麼么蛾子呢……

王爺將方才在屋裡的還有外面服侍著的，有可能知道冷華堂虐妻一事的丫鬟小廝全喚了進來，下了封口令，就說世子爺得了怪病，見不得生人，不到開年，不得出府門。

上官枚聽得眉皺了。大年初二可是回門子的日子，王爺那時候還關著冷華堂，難不成讓自己一個人回門子嗎？而且，聽王爺這口氣，冷華堂若是再犯個什麼事，怕是爵位的承繼都要給他奪了……他雖不好，但畢竟已經是自己的丈夫，沒了那世子之位，自己待在這簡親王府還有什麼意思？

節前必須去宮裡一趟，好些事得跟太子妃姊姊商量商量，她可不想自己堂堂一個郡主嫁了個庶子，連世子妃的位分也被奪了，那可真沒臉見人了。

第二日便是二十四了，年節越來越近了，府裡頭也開始忙碌地佈置起來，各種採買都得提前準備著，鄉下莊子裡趕著年節前將上好的大米、魚肉送進府裡，又要備下親戚六眷的禮，節前節後要送的一樣都不能少了。還有下人們也忙碌一年了，該賞的賞，節前還得給他們再置一身新衣服。王妃在府裡忙得焦頭爛額的，錦娘自然也是沒閒著，一大早幫王妃處理了一些雜事，剛回自己的院子，就聽小丫頭鳳喜來報，二太太府裡來人請二少奶奶過去。

錦娘無奈地丟下手裡的東西，就帶了鳳喜一起往東府裡走。鳳喜是上回張嬤嬤挑來的四個人中的一個，十四、五歲的樣子，個子嬌小，性子活潑，辦事機靈得很，很會見事做事，錦娘便想將她升為二等。這丫頭看著就是個性子純良的，不攀高也不欺小，很得錦娘的心意，也越發信任張嬤嬤了。

鳳喜見錦娘肯帶她出去，也很是開心，一路上笑嘻嘻的。「二少奶奶，四兒姊姊可是跟冷侍衛是一對啊？奴婢總覺著他們兩個不對勁呢。」

錦娘聽了便笑了，斜了眼看著她道：「不會是妳自己也喜歡冷侍衛吧，瞧妳一說他的名字就兩眼發亮呢。」

鳳喜聽得臉都紅了，嬌嗔地低了頭道：「怪不得四兒姊姊說，二少奶奶最喜歡笑話人呢，果然是這樣，這話若是讓四兒姊姊聽了去，可得拿眼珠子剜我了，我可是怕得緊呢。」

錦娘不由格格笑了起來，又逗她道：「妳比四兒可愛多了，若真喜歡冷侍衛，不如我去跟四兒說說去？讓妳也一同去服侍冷侍衛算了。」

鳳喜見二少奶奶越說越不著邊，忙大聲道：「啊呀，我的好二少奶奶，求您饒了奴婢吧，奴婢以後再也不敢打聽這事了，奴婢就是有一百個膽子也不敢搶四兒姊姊的心上人啊！」

錦娘這才不再逗她了。她其實也怕奴婢之間會有這些矛盾，原本都是忠心辦差的，若是有人心生了嫉妒，難免為了某些利益而生變。這府裡太過複雜，稍有一個不小心，便會有人乘虛而入，在自己院子裡弄些事情出來。

最近張嬤嬤總在注意先前自東府裡過來的金兒，那丫頭總是想著法子往前屋裡跑，抽空就會在冷華庭面前晃蕩一下，偏生她又生得可愛，神情單純得很，與冷華庭又是幼時舊識，冷華庭對別的女子很是反感，對她卻不，見著了，總會想法子逗弄她幾句，純是找樂子尋開心，錦娘見了也不好說什麼，只是讓張嬷嬷盯緊了她，怕她會弄什麼么蛾子出來。

到了二太太屋裡，果然是芸娘帶冷婉來了，冷華軒卻不在。錦娘進去給二太太行了禮，又與冷婉見了禮，寒暄了幾句，芸娘便說道：「今兒特意是在年節前過來看二太太的呢！前些日子，三老爺給了姪媳一成鋪子裡的股，姪媳不知道是二太太娘家的，等知道後，要推也推不脫了，只好來給二太太陪個不是。」

錦娘聽她這話就想笑。聽著就沒誠意，還要推推不掉呢，怕是只嫌少，不嫌多吧。

二太太自然是不將芸娘的話放在心上，她只是關心冷婉。其實冷婉也來過幾次了，但小軒卻因著素琴的事總是避著她，這讓冷婉失望的同時又很傷心，差一點就讓寧王爺退了這門親事了，把二老爺和二太太兩個急個半死，前兒好說歹說，才讓軒兒帶了年禮去了寧王府一趟，冷婉這才肯又跟著她嫂嫂來了。

二太太見了自是歡喜得很，讓丫頭們擺了好多時新果品，又沏上好茶，一個勁兒地留冷婉在府裡用飯，只說小軒下學後就會回來。

芸娘看閒話也說得差不多了，便步入正題。「二太太，婉兒是姑娘家，有些話她也不好開口，我這個做嫂嫂的，看著她心裡有結，也不好不幫，一會子若是姪媳說的話有那沒輕重的，還請二太太您不要見怪就好。」

二太太微笑著看了眼冷婉，見她聽了芸娘的話，羞澀地低了頭，卻是一副等芸娘繼續下去的樣子，心裡便有些明瞭。「姪媳這是說哪裡話，妳可是婉兒的大嫂。人說長兄如父、長嫂如母，她有些難啟齒的，由妳來說，那是最合適不過的，妳儘管開口就是，都到了這分上了，兩家有什麼話能說開來是最好的。」

芸娘聽了便道：「二太太您也知道，婉兒心裡最不舒服的，自然是三少爺身邊那個丫頭的事，如今那丫頭的身子怕也有好幾個月了吧——」

二太太早料到她會說這事，忙截了口道：「婉兒放心，那個丫頭我是絕對不許她進軒兒的屋的，如今只是……那孩子……」

「二太太您誤會了，婉兒也不是那不能容人的人，只是她還沒進府，其他的女子就有了孩子，這實在是說不過去，所以，不如讓那孩子生下來，不管是男是女，婉兒都自己養了，送那丫頭一筆錢，讓她離府算了，這樣只當是婉兒自己的孩子，也不損了三少爺的名聲，您看怎麼樣？」芸娘喝了口茶，慢慢地說出先前和冷婉商量好的條件。

二太太一聽，喜出望外，高興地看著冷婉道：「婉兒果然是賢慧又明事理，我只是怕委屈了婉兒，所以一直不好意思開這口，妳既是願意，那我更沒話說了，自然是巴不得的。那孩子畢竟是軒兒的骨血，真要流落在外，還真是損了簡親王府的名聲，也對婉兒不好，不知道的還以為是婉兒逼走庶子呢。」

冷婉聽了這話，臉上便帶了一絲譏笑，卻仍是微垂了頭，嬌羞地沒說話。

芸娘便又道：「其實，真要將那丫頭趕得沒有了落腳處，婉兒也怕冷了三少爺的心。聽說那丫頭還有一大家子全在府裡頭呢，以後抬頭不見低頭見的，看著生膈應。若只處置了那丫頭，卻留著她一大家子仍在府裡頭服侍著，婉兒也還是怕的，誰也不敢保證，他們會不會就此恨上了婉兒，會不會弄什麼么蛾子出來生事。」

二太太覺得這話也對，便笑了笑道：「我原本就要將這一大家子全賣了的，只是因著那孩子還沒生下來，便放了放。既然婉兒有這擔心，那一會兒就叫了人牙子來就是了，簡單得很呢。」

冷婉優雅地吃了塊點心，端了茶輕啜一小口，這才抬了眸，眼帶羞意地對二太太道：「那便罷了吧，做得太過了，婉兒也怕軒哥哥不高興。簡親王府大得很，不如將他們一家子送到西府裡，或者是王府裡去，不斷了他們的生路，還是給他們一碗飯吃，想來，軒哥哥還是會同意的。」

二太太聽了便看向錦娘，錦娘正拿了塊桂花糕吃得津津有味，見二太太看過來，便道：「素琴我可不敢收，真收了，三弟會怪死我去。至於他們一家子其他幾個嘛，放到王府裡頭也使得，正好母妃那邊也缺人手，素琴……二嬸子您還是給她一個好去處吧，我可是實在收不了她。」

二太太聽她立馬就將話說死了，便笑了笑道：「妳既肯收他們一大家子，又何必外道了她，讓他們親人分離可不太好。妳若不肯，明兒我自個兒跟王嫂說去，就讓她在妳院裡做個管事娘子得了。王妃若也不收，我就將她賣了就是，倒是省去好多麻煩。」

錦娘聽了便冷笑起來。「呃，那可只能由著二嬸子了，這可是您院裡的事，姪媳作不得主。」

二太太皺了皺眉，便看向冷婉，冷婉果然明白她的意思，站了起來，對錦娘行了一禮道：「二嫂子，軒哥哥對素琴還是有些情分的，這一下子就賣了她，軒哥哥心裡定然是過意不去的，還請二嫂子成全，先收留她，過陣子，妳再找個由頭賣了她就是了。二嫂子這份人情，婉兒定然是會記得的。」

話都說到這分上了，錦娘還真不好推託，便無奈地應下了，心裡也想，自己也算是救了素琴、烟兒一家，她們應該會對自己忠心才是。不過，一會子真的過了府去，也不能將太重要的位置給了他們，那樣就不怕他們一家再有什麼異心了。

這事也算是說妥了，芸娘倒是沒有再找錦娘借銀子。三老爺還算守信，看到了年節下，便將紅利提前分了，芸娘倒還得了二百兩的紅利，喜得一早就給錦娘報了信，說是初二回門子時，一定會送份謝儀給錦娘。

錦娘也並未在意這個，芸娘和婉兒留下在東府裡用飯，錦娘推說有事，便帶了烟兒一家回了王府。

王妃見了她帶來的人，愣怔了半晌，錦娘只好硬著頭皮將前因後果都說了一遍。王妃聽了不置可否，卻對錦娘道：「正好妳姊姊那兒也缺人手，送幾個人去她那邊服侍著吧。」

錦娘聽得眼睛一亮。王妃這回可算精明了一次，不管烟兒一家是不是會忠心自己，但救了他們的那份恩情還是在的，如今再送幾個去玉娘院裡，有些消息自己也好打探一些。再說，玉娘如今剛進府，人生地不熟的，也只能相信自己，自己送過去的人，她定然是不會懷疑的。嗯，這樣一想，錦娘便將烟兒的父母打發到了玉娘院裡，自己就只留下了烟兒，將她帶回院子裡。

烟兒對這處置自然是感激得很，沒想到二少奶奶真想了法子救了自己一家，一進院子，她便朝錦娘跪下來，納頭就拜。「奴婢以後就是二少奶奶的人，一定會盡心盡力服侍二少奶奶，若有半點異心，就讓奴婢生生世世為奴為婢，永世不翻身。」這咒下得也算狠了，奴婢也是人，她們也不願意永遠低人一等，誰願意下輩子還是個服侍別人的賤奴？

錦娘忙將她扶起道：「妳好生辦差就是，只要不生了異心，我也絕不會虧待了妳去，只是妳姊姊那兒，妳還得多勸著些，讓她多跟婉主子親近親近吧，保不齊婉主子就心軟，留下她了呢。」

烟兒聽得也很為難，姊姊的心思她如今也越發摸不透了，但二少奶奶這話也是為了姊姊好，她很快便點了頭，應下了。

錦娘便將烟兒安排在院子裡，仍是做著灑掃的活兒，跟在二太太院裡一樣，沒升也沒降，烟兒很開心地做事去了。

張嬤嬤在一旁看著便道：「二少奶奶倒是可以放心地用這個人，她心裡存著感激呢，不會對二少奶奶不利的，只是……您說的她那個姊姊……還是防著點好。」

錦娘笑道：「嗯，還得煩勞嬤嬤多看著點呢，我也就是想多磨磨她。想要找個稱心如意的身邊人，可真不容易啊。」

張嬤嬤聽了也笑了。「奴婢給您找來的那幾個，其實都不錯，只是……就怕有些人心機深了，猜不透，您謹慎著些也是對的。」

錦娘聽了沈吟起來，好半晌才對張嬤嬤道：「這院裡的好丫頭多得是，倒是哪天我給喜貴指一個，叫秀姑別老為這事揪心了。」

一進屋，便看到冷華庭正在揪金兒的鼻子，口裡還罵道：「小哭臉鬼，妳看妳，吃個糕點都散了一地，髒死了。都成大姑娘了，也不知道愛潔，小心嫁不出去。」

金兒皺著鼻子，瞪著圓溜溜的大眼直哼哼，嘴裡求饒道：「放開奴婢的鼻子吧，原就塌著，少爺還揪，會更塌了去。」聲音清脆甜美，樣子也嬌憨可愛。

錦娘看著就皺了眉。

冷華庭見錦娘進來，鬆了金兒的鼻子，嫌惡地拍了拍手，才推了輪椅到錦娘身邊，拉了她的手道：「娘子，怎麼去了這麼久？把我一個人丟屋裡，無聊死了。」

錦娘聽了便冷笑道：「你哪裡無聊了，還不是玩得很高興的嗎？」

冷華庭聽了怔了怔，歪了頭看她。「娘子妳——」

錦娘懶得理他，一轉身便進了內屋。

金兒在一邊看了，便朝冷華庭吐了吐舌頭，小聲道：「少奶奶不喜歡你了喔，少爺一會兒也要哭鼻子了喔。」說完，笑嘻嘻地轉身跑了。

冷華庭氣得就想拿東西砸她，但她跑得飛快，還留下一路笑聲不斷。

錦娘又自屋裡走了出來，一看那几子上還留了不少糕點，端了便問冷華庭：「都是她做好了送給你吃的？」

冷華庭聽她語氣不善，小意地低了頭，一副作低伏小狀，老實地答道：「娘子，我一塊都沒吃。妳說過，不能亂吃別人送來的東西，娘子的話便是金科玉律，為夫不敢不從。」

錦娘這才莞爾一笑，推了他進裡屋。

一進屋，冷華庭便自椅子上站起來，一把將錦娘擁進懷裡，輕輕地捏了捏錦娘的鼻子道：「娘子，適才妳是吃醋了嗎？是吃醋了嗎？」

錦娘朝他翻白眼，想要從他懷裡掙脫出來，但他個子就高了她一個頭，再加之手臂也長得很，兩手一抄，將她圈在懷裡，任她如何鑽拱就是出不去。

「告訴我嘛，妳不說，我天天都與她一塊兒玩去。」冷華庭耍賴道。

錦娘不由又好氣又好笑，抬手就要揪他的耳朵，斥道：「沒見過這樣的，人家不吃醋也非得讓人家承認。你愛跟她玩，你多玩些就是，我才懶得管你呢，只是，別亂吃東西就成了，多個心眼防備著，總不是壞事。」

「她是我自小就認識的呢，我得病前，院裡那些個服侍過的人全死的死、賣的賣了，她是奶娘的女兒，奶娘也死了。那年她還小得很，家裡就剩了她，若不是我救了她，只怕也被娘一起賣了。」冷華庭眼神悠長又迷離，像是在回想著過去的某些事情，又像是很不願意再回想，秀眉不自覺地攏聚成峰。錦娘看著就心疼，抬手去輕撫他濃長的秀眉。

「相公，喜歡就跟她玩吧，我不吃醋。」

冷華庭看著比金兒年紀大幾歲，可從來沒有聽他說過奶媽一家，定然是都死了吧？他那時小，又身中劇毒，心裡定是恨的，卻也還是會孤獨，身邊熟悉的人一夜間全沒了，服侍他的全變成了陌生面孔……

「妳說的喔，是妳說讓我跟她玩的喔，乾脆明兒我把她收房算了……嗯，她長得也比妳漂亮，眼睛好大，只是喜歡哭，不過妳會教她的對吧？喔，她還會做小點心，手藝很……娘子……」他偏著頭，嘴裡偏生不停地碎碎唸著金兒的好，錦娘的臉已經黑成烏雲，他裝看不見，繼續唸，直到耳朵一陣火辣的痛——

「你要收她進房？」錦娘擰著他的耳朵，咬牙切齒地問道。

「是娘子妳說讓我跟她玩，還說不吃醋，怎麼又擰我耳朵？不能這樣的啊，說話不算數……娘子，輕點啊！」冷華庭俊臉皺成了一團，哭喪著臉看著錦娘說道，深邃的眼裡卻是寵溺和喜悅。

「好，我輕點，我放開你，你去收她入房吧，我給你們騰地，我去廂房裡，我跟秀姑擠一床去——不對，我和四兒睡好了，我再也不要看見你了，我走——」錦娘聽話地放開了他，身子一縮，趁他不注意，一溜煙自他的懷抱裡鑽了出去，氣呼呼地就往外走。

「娘子、娘子，我開玩笑的，妳別走。」他一把扯住了她，見她小臉都氣紅了，心裡便被甜蜜的愛意填得滿滿的，眼角眉梢都是歡喜。

「放開我，你去納小妾去，你收通房去，我知道你嫌我醜，嫌我是庶出的、沒身分，不能幫到你，你嫌棄我……嗚嗚，我回娘家帶軒哥兒去，我不要你了……」錦娘原只是跟他鬧著玩，但鬧著鬧著就想起孫玉娘，想起春紅來。她們都是給人做小的，就算那男人再不好，也只能跟著他過，女人的命還真是苦……若冷華庭真有哪一天要收個通房或小妾，自己能接受嗎？

上官枚那樣的身分又如何，還不得必須接受孫玉娘？人家還是堂堂的郡主，自家姊姊還是太子妃，有權有勢，那又如何，丈夫想娶平妻就娶了……這裡，哪裡有女子說話的分啊……

越想越傷心，眼淚便順著臉頰流，看得冷華庭一下子慌了手腳，臉上的笑意全收了，手足無措地抱她，拿了帕子給她擦，心開始發緊發酸，忙不迭地道歉。「娘子，我錯了，我是開玩笑的，我不喜歡她，我只是逗妳玩。我保證，再也不說小妾和通房的事了，明兒——不，一會子我就打發人來，把金兒送到娘院子裡去，不讓她在妳跟前晃悠了，妳別哭了，別再哭了，我的心都酸了……」

錦娘仍是哭，越哭越傷心，聽他說不讓金兒來晃悠了，突然便明白，那金兒指不定便是他故意弄來氣她的呢，有些想笑他的孩子氣，只是心裡酸酸的、悶悶的，就是想哭，看他為自己哭而著急，又覺得舒心，所以，索性哭了個痛快。

冷華庭是又心疼又後悔，沒事玩什麼刺激啊，他總覺得錦娘不夠在乎他，只要錦娘一個人外出太久，心裡就有些胡思亂想的，就想要抓她回來，可是又覺得自己太過分、太幼稚了，就故意叫金兒出來陪他說笑，想看錦娘會不會吃醋。好吧，她吃醋了，還吃得很厲害，卻把他自己給害苦了。他最怕的就是她的眼淚，那不像是滴在她臉上，像是全澆進了他的心窩裡，讓他的心也跟著濕濕的，提不起勁，卻又懸在胸膛裡，不上不下，沒著沒落，難受得緊。

「娘子，別哭了，我給妳道歉，我唱歌給妳聽好不？或者，我舞劍給妳看，嗯，我跳個舞吧，我跳舞也很好的，娘子，再要不講個笑話給妳聽？」他把能想出來可以哄她的法子全用上了，她還在哭，這下給他弄毛了。什麼也不管用，那只剩一招了……

他捧起她的臉，吻住那仍在抽泣的紅唇。甜蜜芬芳，還帶著淚水的鹹味，他親吻著她，把自己的心疼、心焦，滿心的愛意，全傾注在這一吻裡。

錦娘正哭得起勁，突然就被他堵住了唇，腦子一顫，就一片空白，哪裡還記得哭，心房裡像有千萬隻小蟲在蠕動，癢癢軟軟的，不知不覺雙臂就攀上了他修長的頸項，隨著他的節奏而神思飛舞。這個吻長而久，直到錦娘覺得胸腔裡的空氣快要被他榨乾了時，他才放開她，眼裡跳躍著的火苗越燒越旺。「娘子……」他的嗓音有些沙啞，帶著醉人的魅惑。

錦娘雙頰燒成兩朵紅雲，嬌羞無力地依在他懷裡，那模樣更是誘得他只想將她抱到床上去，繼續剛才未完的激情。可是他好不容易才哄好了她，腦子裡還牢記著曾經應了她的事，不能在大白天……那個。所以，現在他怕她哭，在她的眼淚攻勢下，他一敗塗地，人生頭一回變成了無膽匪類……

「娘子。」見她還沒有回過神來，他又在她耳邊輕喚，只想要誘著她自動獻身就好。

「我肚子餓了，相公。」她含情脈脈地在他懷裡抬眸，默默注視他半晌，才細聲細氣說道。

冷華庭原以為，她會……自動一回，沒想到好不容易等到的卻是這麼一句，他差點沒咬著自己的舌頭，滿心的期待全被她如此殺風景的話給澆滅了，卻又怕她真是餓了，忙半摟半抱地將她攬到小几邊。四兒通常會在這裡擺些小果點之類的，冷華庭有時邊看書，就會捏了一小塊吃。

他端了一碟香芋酥，捏了一塊送到錦娘唇邊，錦娘張嘴吃了，還故意將糕粉渣子掉了他一身，他也不介意，拿帕子幫她拭著嘴角，一邊還拍著她的衣襟，將細末全都抖掉。

只要她不哭，要他怎麼樣都行。

錦娘享受了一會子女王待遇，一抬眼，看到他眼裡的寵溺，心裡也是甜得如灌了蜜似的，轉而開始餵他。兩人在屋裡鬧了一陣後，桌上的果點也吃完了，冷華庭便自內堂格櫃裡拿出一幅畫攤開來。

錦娘湊了過去。乍看之下，有些眼熟，像是一幅機械圖樣，但畫得繁複，又是運用了現代的比例尺用墨筆畫出來的。她心一凜。這種東西……明明就是現代的機械設計製造圖，怎麼會出現在這個世界裡？難道……

她不由兩眼冒星星，激動無比地看著冷華庭道：「你……你……你不會是……」

「這不是我畫的，我也不是很看得懂，這是父王昨天拿來，讓我給妳看的。」冷華庭被她驚喜莫名的樣子弄得有些發怵，趕緊老實地說道。

「父王拿回來的？父王怎麼會有這個圖紙？你們……哪裡來的墨筆，又怎麼會這種比例尺寸圖？還有，這種機器早就過時了，應該不是電動的……嗯，相公你看，這種齒輪的變速箱做得太不合理了，肯定會影響到皮帶的速度……啊，這應該是水力的吧，這裡沒有蒸氣機，也沒有氣缸活塞……喔，不對，這裡應該弄一個滑輪，可以省很多力的，上下貨物也要方便很多。」錦娘越看越興奮，就像離家多年的孩子突然見到了親人一樣，對著那張圖紙指指畫畫，一驚一咋地叨著。

冷華庭聽得目瞪口呆，欣喜莫名的同時，卻又疑慮重重。她……怎麼知道這些？父親說，這是個奇人所畫的圖紙，全大錦能看得懂這張圖紙的只有那奇人一個，許多年過去了，還是第一次聽到有人對這張圖發出如此多的感慨，不但看懂了，還指出圖中不少不足之處，雖然他聽不懂，但他相信，她說的全是真的。

一時，他心裡突然又慌了起來。傳說那個奇人是突然冒出來的，誰也不知道他是從何而來，是怎麼出現在大錦的，他製出了大錦最大的一個機械紡織廠，卻又突然消失得無影無蹤，像是神話故事裡的神仙，突然手指一揮，便在世間留下一個前所未有的奇蹟，然後又飛回到天界去了。

錦娘……不會也突然就消失了吧？大老爺說，她原是個木訥的，連話都說不利索的笨丫頭，突然一夜之間就變得聰慧機敏過人了，而且懂得好多，那樣的國手太醫都治不好自己的病，她一個沒出過門的小丫頭片子卻能將自己的毒給解了，還知道很多種食物是不能混吃的……那些知識，就是很多太醫也不一定知道，但她知道，還聽說以前的孫四小姐，根本不識字，不會彈琴，更不可能會畫出軸承和鏈條，當然還有那奇怪的手套，以及偶爾蹦出來、聽不懂的一、兩句話……如今，竟然還看得懂這種秘圖。

他一把將碎碎唸的錦娘抱進懷裡，摟得死緊，像是怕她下一刻就會飛了一般。「娘子，不要離開我，不要突然丟下我不管，娘子。」他的語氣很認真，帶著惶恐和不安。

錦娘聽得一怔，扭著身子轉過來看他，聲音也變得柔柔的。「你怎麼了？相公。」

「妳答應我，無論如何，不能丟下我一個人，就是要走，也要帶上我。快，娘子，妳快答應我。」他聲音執著又堅決，似乎錦娘不答應，他便不會干休一樣。

「傻子，我怎麼會離開你呢，我捨不得的。」錦娘笑著敲了下他的頭，看他緊張的樣子不像作假，又得意地揚起下巴道：「不過呢，你要是起了什麼納小妾、收通房的壞心思，哼哼哼，那就難說了。只要讓我發現一次，嗯，就算是你只對某一個女性動了一咪咪的小心思，你娘子我也一定包袱款款走人，毫不遲疑。」

他不理會她的玩笑，將她的頭按到自己的胸口上，讓她聽自己慌亂狂躁的心跳。「娘子，今生我都只要妳一個，任誰在我眼裡，都跟一棵樹、一根草一樣，沒有區別，只有妳，才是我最珍視的。」

他像是在發誓，又像是許下承諾。錦娘不知道他為什麼突然多愁善感了起來，但他的話讓她心裡甜蜜蜜的，沒想到這廝看著彆扭得緊，說起情話來好動聽喔。

「我的腰都快被勒斷了啦。」錦娘實在是被他抱得太緊了，有些喘不過氣來，忍不住就在他懷裡亂扭。

冷華庭彷彿這會子才感到懷裡的人兒是那樣的真實，並不是想像中的奇人，更不會突然消失，終於輕吁了一口氣，輕輕鬆開了她，拖著她又回到小几邊，指著那圖紙問道：「娘子，妳真認得這些字嗎？」

這張圖紙很珍貴，一直是皇上親自管著，而且也只有皇上與歷代簡親王知道有這麼一張圖紙的存在。皇上也曾將圖紙裡的文字符號抄了一些出來問過臣工們，見無人能懂便高束於閣。上回皇上見到了錦娘的設計圖，與這圖裡有某些相似之處後，如獲至寶，便將這圖又拿出來給了簡親王，想看看冷華庭能不能看懂那圖裡的東西。

王爺拿到手上後，倒是並沒有立即拿給錦娘看。他還是有些難以相信，錦娘能看得懂這張圖紙，畢竟再聰慧也只是個小女子，大門都沒出過呢，怎麼可能會世人全都不會的技藝？還是冷華庭聽了大老爺的話，與王爺長談了一回，王爺才拿了這張圖紙出來的。冷華庭當時看到這圖紙很是震驚，大老爺可是說，那奇人沒有留下任何圖紙的……王爺便解釋道：「你道咱們大錦有這麼一個賺錢的好東西，別的國家就不覬覦嗎？皇上也是怕東西會被他國之人偷盜了去，不管別國能不能看得懂，終歸是危險之事，所以才保密的。這會子若不是怕那機械就此廢掉，而父王又是管著基地的，也不會輕易就將圖紙給父王的。」

「認得。」錦娘脫口答道，隨即又唸了一個字母出來，但她只唸了一個便捂住自己的嘴，驚慌地看著冷華庭，想要回還，但他那眼裡審視的意味太濃，恐怕她扯什麼謊他都不會相信了。

「相公……那個，你可以不問為什麼不？」錦娘這下知道怕了，期期艾艾、猶猶豫豫地看著冷華庭道：「這些我是識得的，但是，不要問我為什麼會識得，我說出來，你也不會信的，你只要知道我不是什麼妖魔鬼怪，我只是你的娘子就成，好嗎？」

還要問什麼？她的來歷他都能猜出七、八來了，當年那個奇人之事，在民間或許很神秘，沒幾個人知道，但在皇室貴族裡還是流傳得很多的。錦娘或許和那個人有著莫大的聯繫，只是那人早就失蹤多年了，如今父王所說的基地，已經岌岌可危，那些設備早就老化，正常運轉不了多久，但僅有的一張圖紙卻無人能看得懂，上面的文字和符號無人能譯，更無人明白圖紙邊標註的那些線條的意思。

但錦娘懂，她一看就懂，還能讀出來，那是大錦沒有出現過的語言文字，她認識……自己究竟是什麼樣的運氣，竟然娶到了這樣一個奇女子？

「我不問，什麼也不問，直到……妳自己願意告訴我為止，就算妳一生都不想告訴我也沒關係，只要妳不離開我就行。」冷華庭鄭重地說道。

錦娘聽得一怔，定定地注視著他，好半晌，才幽幽地說道：「或許，有一天，我會告訴你的，但……不是現在。來，相公，你先告訴我，這圖是從何而來，父王怎麼會有這個圖紙？」

「這就是那塊墨玉所代表的東西。在大錦南方，有一個紡織廠，這個圖紙，便是那紡織廠裡的機器設備構造圖，傳說是由一個奇人創造出來的……」冷華庭娓娓道出南方基地和這張圖紙的來歷，錦娘終於相信，原來真有前輩穿越到了這塊大陸上，而且那前輩還將現代科技運用於改變生產力之上，真讓他建成了一個紡織廠，而且又穿了回去，太厲害了。

她也終於明白，剛才冷華庭為何如此緊張，非要自己答應不會離開他……他是怕自己也會突然穿了回去吧？傻相公，若是沒嫁他之前，她還真是想過要找法子穿了回去才好，可是現在……遇到他以後，自己還怎麼捨得？再說，也不是誰都有那個本事，把穿越當坐車，想來就來的。

聽完冷華庭對基地的簡述，錦娘也明白那基地如今只剩一個殘破的殼了，任何機械設備用得太久，又沒有正常的維護保養，都會成為一堆廢鐵。

錦娘看著圖紙便陷入沈思。自己對這圖確實是非常瞭解，因為她曾經學過理工，雖然後來為了就業，才又改學了財務會計，但這種組合式的簡單機械製造她還是懂的，可如今最大的麻煩不是自己懂多少，而是這個社會不會承認女性的能力，就算自己知道，也不能以自己的名義，就如當初改造輪椅一般只能以冷華庭的名義。

而聽冷華庭的意思，墨玉代表的不只是那個紡織廠，還有一個龐大的南洋商隊，每年由紡織廠出來的廉價布疋全都被銷往南洋。

她不知道這個世界裡的南洋會不會有新加坡或是印尼啥的，但也知道，海上貿易是非常賺錢的，怪不得自己得那塊墨玉時，二老爺幾個立即就出來阻止了，原來如此。

所以，她只能做那幕後之人了。

微偏了頭，錦娘睨了眼冷華庭。「相公，這些東西說難也不難，說不難，卻也是難的，你想明白這裡的東西嗎？我全教你，以後朝堂之上，你有了真才，再不怕與他們理論了。」

冷華庭一聽，鳳眼便眯了起來，眼裡又露出迷離，開口便道：「不學！」

錦娘聽得一滯，又想起他剛才的表現，忙解釋道：「我沒別的意思，放心，絕不會教了你就自己跑了的。」

冷華庭這才親親熱熱地湊到錦娘身邊道：「那妳快教我，這些個符號怪裡怪氣的，都是啥意思呢？」

錦娘開始給他講解二十六個英文字母，又教他阿拉伯數字。冷華庭天資聰穎，記憶力強，很多東西一學就會，又會舉一反三，錦娘只教他一遍，他便學了個七、八。

兩人正在屋裡膩著，就聽外面四兒說道：「二少奶奶，方才世子妃使了人過來說，太子妃請您和她一起進宮去。」

第五十九章

錦娘聽得一怔。雖然老早便說了，要去太子妃那裡的，可是一直忙，沒空去，眼看著又年節了，這會子去……怕是太子妃身子沈，有些難以扛得住宮裡的瑣事了吧？

想到這兒，錦娘忙將四兒叫了進來，那邊，冷華庭早收拾了圖紙，又坐回了輪椅上。四兒知道錦娘是要換裝，忙幫她拿了淡紫錦緞雀展屏襬的裙子，綴細珠的白邊，束腰裹胸，再配上一件絲絨大披，頭上梳了個高聳雲鬢，顯得高貴而隆重。臉上稍撲了些粉，眼角抹上彩金，使得錦娘原本靈動清澈的大眼炯炯有神，整個人看起來神采煥發，精神又不失莊重。

冷華庭在一邊看著就沒錯開眼，等她妝完，還給她選了珍珠鍊子配了，嘴卻是嘟囔著。「娘子總是妝扮好了送給別人看，以後在家裡，妳要天天打扮給我看才是。」

錦娘看他又在彆扭，拿過他手裡的項鍊邊戴邊說道：「天天這麼妝扮，還不累死我？這些東西戴多了好沈的，我才不呢。」

冷華庭聽著就哼哼地道：「誰讓妳不長好看些，若是天生麗質，那還要妝扮什麼。」

錦娘一聽就火了。「我雖然不是天生麗質，也是清秀小佳人好不？你再說我醜，一會子我出了門子，見個人就問一次，看我是不是真醜了。」

「妳……妳敢！不許妳去問別人，好不好看就我說了算。」冷華庭聽她說得越發不靠譜，氣得就要來拽她。太子妃那裡不去了！一出門，誰知道她會遇到幾個不長眼的男人啊？她這模樣真要見個人就問，還不得……不行！

錦娘一見他氣了，忙軟了聲討饒道：「別拽，我才穿好的，不要再弄亂了，我說著玩的，哪能真見人就問，最多就……不問，誰也不問，相公說好看就好看，只相公說了算。」冷華庭這才放開了她，仍是氣鼓鼓的。那邊上官枚已經打發人來催了，錦娘忙安慰他道：「我去去就回的，方才教你的那些，你再對著看看，明兒咱們再繼續。」

上官枚早等在二門了，錦娘急急地帶了四兒趕出來，上官枚見錦娘這一身，也是眼睛一亮，笑道：「弟妹今兒看起來好精神。」說著，眼睛裡便露出一絲羨慕，微垂了頭，有些悵然的樣子。

錦娘知道她心裡仍是不痛快，她定然也是看清冷華堂的一些為人了，如今正失望和落寞著吧？便上前去親熱地挽了她的手，笑道：「再精神也比不得嫂嫂呢，嫂嫂可是貴氣天成，那模樣不用妝扮都比我強好多倍。」

上官枚微微展了顏，與她一同閒話著，同上了一輛車。

到了太子府邸，守門的宮人看到是簡親王府的馬車，直接開了宮門，一個上了年紀的嬤嬤領著兩個宮女走上來。

「奴婢在此恭候世子妃和二少奶奶多時了，太子妃正等著呢，二位請吧。」那嬤嬤一臉的笑，躬身福了一禮，擺手就將上官枚和錦娘往裡迎。

上官枚來過多次，自然與那嬤嬤相熟了，便笑道：「有勞麗嬤嬤了。」

另外兩個宮人便攔了四兒和侍書兩個去了另一個門。

錦娘小心地跟在上官枚身後。太子府邸自然是比簡親王府要大了好多，光迴廊花園都要多了好幾座，太監宮女也多，因著也是在備年節，看著也是忙碌得很。錦娘不敢隨便亂看，兩眼只盯著跟前的幾公尺路，目不斜視地走著，繞過幾個迴廊，又穿過了幾個布景奇特的園子，才總算到了太子妃的寢宮。

麗嬤嬤領著她們直接就往內殿去，一路上，五步便有一個宮人，見了麗嬤嬤帶著簡親王世子妃，都躬身行禮，偏了身子退到一邊，給她們幾個讓路。

才到內殿門，便聽得哐噹一聲響，麗嬤嬤腳步便是更快了，就聽太子妃在裡面罵道：「初一就報備了的衣裳，到如今還沒有做全，針紡局是看本宮好欺負嗎？再過幾日便是年節，別宮裡頭的人都穿得簇新，本宮府裡就全穿舊的？真真氣死我了！」

上官枚聽著這話有些莫名，轉過頭看了錦娘一眼。錦娘對宮裡的事一抹黑，啥也不懂，不過若真是宮人們的過年衣服到這時候還沒備好，太子妃會發火也是正常的。太子府可不比簡親王府，府大人多，宮女太監的品秩也是高低不一，發下的衣服種類定然也是不一樣的，品種樣式一多，光分發都要好幾天時間呢，可還真是有些緊了。

內殿裡的另一個嬤嬤一見麗嬤嬤來了，便鬆了一口氣一樣，忙說道：「嬤嬤辛苦了，人可是來了？」

麗嬤嬤頭向後微偏了偏道：「總算來了，主子這又是發哪門子的火呢？」

那嬤嬤便道：「今早送來的宮衣，衣局的人收了，數目是不少，就是亂了好多套，而且六品的宮衣是一件也沒做，衣局的人發不下去，王嬤嬤正回稟著呢，主子一聽便來氣了，才砸了個景瓷杯子，姊姊一會子進去後，小心些個回話才是。」

麗嬤嬤感激地點了點頭，那嬤嬤便進去稟報了，很快便有宮女迎了出來，將上官枚和錦娘請了進去。

有個年紀大一點的嬤嬤紅著臉退了出來。

太子妃正站在殿裡，整個人看起來比上回在裕親王府見到的那次要萎頓得多，小腹已經微微隆起了，看樣子，得有三、四個月了吧？

上官枚一進去便跪下來，錦娘忙也跟著跪下，行了個大禮，口呼千歲千歲千千歲。

太子妃正氣得臉都紅了，這會子見上官枚和錦娘同時進來了，眼中一喜，也顧不得那許多禮，便對一旁的麗嬤嬤道：「快，快扶她們起來。」

麗嬤嬤也知道太子妃心裡正著急上火，忙聽命過來扶了上官枚和錦娘起來。

上官枚一起來，便向太子妃挨了過去，眼裡殷殷關切之情溢於言表。「殿下可是雙身子的人，火大傷身呢，什麼事讓下面人做就成了，何必事必躬親呢？累著了可不得了。」

太子妃緩了臉，拍了拍她的手道：「妳呀，只管管好妳自個兒，別讓姊姊為妳總揪著心就好了，我做事有分寸的。」一抬眸，向錦娘招招手道：「弟妹快過來，到姊姊這邊來坐著，就當這宮裡是簡親王府裡一樣，別太拘著。」

錦娘聽了又福了福，才微笑著走近前去，笑道：「原就說要來給殿下請安的，總是府裡的事太多，耽擱了，還請殿下見諒才是。」

太子妃聽了便笑。「妳這丫頭鬼靈精得很，上回見妳就知道妳是個有主意的，快來跟妳嫂嫂一塊兒坐下，姊姊不興那些個虛頭巴腦的禮，姊姊可是要求著妳辦事呢。」

太子妃在錦娘面前不以本宮而是姊姊自稱，這讓一旁的嬤嬤和宮女們全都對錦娘高看了一眼。看來，這位簡親王二少奶奶在太子妃眼裡有些分量，不然，以太子妃平日裡厲害的個性，不會如此特意親近一個王府少奶奶的。

一時，宮女們擺上了果品糕點，又沏了茶，錦娘挨在上官枚的下首坐著，卻不也如上官枚那般輕鬆肆意，只敢坐了三分椅，腰也挺直，神情端肅恭謹，就是喝茶時，也生怕杯蓋碰出了一點聲音。

太子妃見了便凝了眼。這個孫錦娘確實不一般，一點也不因為自己的刻意親暱而放鬆自己，規行矩步，半點錯漏都不留，比之枚兒來可要老練得多了，枚兒可還要多磨磨性子才是。只希望孫錦娘在簡親王府裡不要與枚兒作對，能相助枚兒才是，自己特意親近她，原也是想拉攏她的。

以前太子妃雖想向錦娘討要那治宮的法子，卻沒有起那拉攏的心，前些日子，上官枚拿了一盒香片來，讓太子妃幫著查驗，一查之下，將太子妃氣得當時便大發雷霆。

那二太太原來如此狼子野心，怪道枚兒嫁過去這麼久，一直沒有懷上，原來真是有人下了黑手呢！以前她曾懷疑過是王妃，若不是錦娘提點枚兒，枚兒怕是至今還當二太太是個貼心疼人的好嬸子，最氣的便是那二太太還隔三差五地與劉姨娘一道進宮來拜會自己，裝出一副一心只為枚兒好的樣子，在自己跟前表決心，轉背便是兩面三刀，惡毒嘴臉。

那天枚兒便要去二太太那兒鬧，還是自己強行勸住了。人家用陰的，枚兒何必明刀真槍地跟她幹，暗地動手腳才是高招。太子府裡比之簡親王府更加複雜凶險，簡直是步步陷阱、處處危機，若沒點心機和手段，自己這太子妃位也別想坐穩，更別想安安穩穩地生下孩子。

所以，她讓上官枚先忍著，尋找時機對二太太反戈一擊，一定要是抓到二太太的痛處，不然整不垮她也沒意思。

因著這一件事，太子妃對錦娘的看法大大改變，打心眼裡對錦娘欣賞起來，最難得的是，她知道要聯合枚兒先抵禦東府的黑手，這在策略上就比枚兒要勝出一籌，所以，現在拉攏錦娘是最佳時機。

「弟妹，枚兒雖說比妳大上一點，但性子卻是天真單純得緊，在府裡，妳可得多提點她一些，免得她傻乎乎的，揑根稻草當金條，沒點識人看物的眼力，被人賣了還幫人數銀子呢。」太子妃也懶得客套，開門見山對錦娘說道。

錦娘自然是知道太子妃口裡所說的稻草是誰，太子妃可比上官枚要精明得多，肯如此明白說出這事來，那意思就差不多擺在明面上了。至少現在，她是在誠心親近自己的。錦娘要的正是這個效果。多個朋友總比多個敵人好，簡親王府水太深，四面楚歌，處處豺狼窺探的感覺可真是難受，何況，二太太、劉姨娘之流最大的仰仗便是太子妃，自己能與太子妃交好，那便是少了一個最大的勁敵。

「殿下言重了，嫂嫂其實也是聰慧得緊，只是她心地純厚，沒把人都想得那樣壞，臣婦因也深受其害，所以才會擔心嫂嫂。沒想到，那些人不只是對臣婦心狠，對嫂嫂也沒有手軟，唉，我和嫂嫂，還真得小心謹慎地在王府裡過著。」錦娘也不客氣，話也說得直白得很，她不想在太子妃面前顯得太過有心機，這樣只會讓太子妃對自己生了警惕之心。

「嗯，妳做得很好，這事姊姊也很感激妳呢，這可是關係到枚兒一生幸福的事情呢，妳這可不只是幫了個忙而已，算得上是個大恩了。」太子妃端了杯果漿子，輕輕啜了一口，真誠地對錦娘說道。

錦娘忙又謙虛了幾句，上官枚也是順著太子妃的話，再三感謝錦娘，弄得錦娘臉都紅了，很不自在地就要起身和上官枚對著行禮，太子妃見了便笑出聲來，揮了揮手道：「算了，這事就說到這裡了，枚兒心裡明白誰是好人、誰是壞人就是。」

接著又拉過錦娘的手道：「今兒請了妳來，一是為了謝妳對枚兒的提點救助之恩，再嘛，還是得請妳幫忙。前次在裕親王府裡，見識了妳那治家的條陳，真是讓姊姊我大開眼界啊，只是太子府裡的規制可不是簡親王府可以比的，姊姊我日常的瑣事太多，沒工夫細想，一直就沒有弄出個好的治宮章程來。妳方才也看到了吧，這會子年節就在眼前了，宮人們連個衣服都沒弄好呢，真真是氣人啊。」

錦娘聽了便笑著推辭道：「臣婦那是瞎弄的東西呢，也不知道母妃就拿到那場面去了，羞死人了。殿下才是才情絕豔、精明能幹之人，是咱閨中女兒學習的典範，臣婦的那點微末伎倆，在殿下眼裡不過是雕蟲小技罷，殿下快別說那折煞臣婦之言了，臣婦愧不敢當。」

太子妃聽了，臉上便收了笑，鄭重地對錦娘道：「我既稱妳一聲弟妹，自然也是拿妳當自己人看，妳對枚兒好，我也是知道好歹的，既然請了妳來，就是想要用誠心來待妳，妳再如此多禮，虛情推託，姊姊可真要生氣了。」

錦娘神情便慌了起來，目光微躲著對太子妃道：「妹妹該死，不該太過拘禮，還請姊姊原諒。」說著，又要起身行禮。

太子妃無奈地將她按住。「我也不瞞妳，我這府裡比你們那簡親王府也好不了多少去，也是陰刀暗劍，處處得防著……」說到此處，太子妃頓了頓，一揮手，兩邊宮人退下去好幾個，只有帶錦娘進來的那個麗嬤嬤和先前迎出來的另一個嬤嬤留下侍候著。

「妳是不知道，我這邊剛一懷上，那邊張側妃便找上門來，當著太子爺的面說要幫我掌宮持家。太子原就很是寵她，聽了那話便誇她懂事賢慧。姊姊我自然是不肯的，她當我不知道呢，想趁著我懷孕，好掌了權後，在宮裡各處安插她的親信，暗暗一步一步地奪權。姊姊這回一舉得男便罷，若只是生個公主……那她可還有的是戲唱，哼，我偏不肯如了她的意……只是，這懷孕之人，還真是越發懶怠，每日天就是想睡，提不起精神，有時沒理上幾件事，便睏乏了，下面那些人又不是全能讓姊姊放心的……看吧，只是年節下給宮人們備些過年衣服，就能出那樣大的紕漏，讓姊姊好生火大啊。為這事，太子爺還生了姊姊的氣呢，唉！」太子妃一開了話匣子，便開始吐苦水。這話按說還真不該說給錦娘一個外人聽的，畢竟是太子府裡的私事，但既是說了，錦娘便是想要明哲保身、置身事外都難了。

還好，她原就是打著要幫太子妃，讓她欠自己人情的主意，聽完這話，錦娘也沒接言，微低了頭，稍稍思索了一會子。那邊上官枚看著就急，用肩膀碰了碰錦娘，小聲道：「弟妹若真有啥法子幫到姊姊，就別有顧忌，只管說就是，這裡就咱們姊妹幾個，姊姊也最是明理的，就算說錯了什麼，她也不會怪妳的。」

錦娘便抬頭，微笑地看著太子妃，太子妃對她點了點頭道：「妳儘管說，咱們就當是閒聊好了，一起商量著。終是一人計短，三人計長不是？」

「姊姊誤會了，妹妹不是有顧忌，而是對您宮裡的狀況一抹黑，什麼都不懂呢，不知道要如何幫起。」錦娘忙輕聲說道。

太子妃聽了便撫額道：「也是，妳看我，將這給忘了。麗嬤嬤，去，拿了太子府裡的冊子來，讓二少奶奶看看，瞭解瞭解咱們府裡的現制。」

麗嬤嬤其實早就將這些東西備好了的，只是她一直在一旁聽著，總是對簡親王府這個不怎麼起眼的二少奶奶看不起，聽說是孫相府的一個庶女，在簡親王府也就管過幾天家，才十五歲的樣子，能有多大本事，還能幫太子妃治宮持府了？

心裡是這麼想，面上卻還是很恭敬地將一本大大的冊子遞上。

錦娘翻開冊子，光看到太子府裡分出的那些院落之多，就有些頭暈了。太子共有一正妃，三側妃四侍妾，其他品級的女人一起共有二十四個，每人住一個院子，每個院子裡宮女太監若干，再加上廚房、帳房、採買、布物局、針坊、衣局、浣衣房等等，七七八八的管事機構也有十幾處之多，整個太子府就奴婢宮女一起也有六百多人眾，吃喝拉撒睡，加上穿的戴的、出行所需的，林林總總都要有人管著，太子妃一人能撐著沒出大亂子，倒還真是精明能幹。

雖說太子府各項事務早有定制，但定制管不住人心，總有那心貪手黑的、耍猾弄奸的，若沒一個好的章程，還真是難以理得順。而且，就這名冊來說，看著也覺得繁複得緊，若不是對府裡各個坊局瞭如指掌，生人乍看下去，還真是半天也摸不著方向。

錦娘心想，真要將太子府全盤理順那是不可能的，好在太子妃原就精明聰慧，她下面那些如麗嬤嬤之流，定然也很是慣會管事持府的，自己只要點撥一二，她們便能一通百通。

「可真是難為太子妃姊姊了，這麼多人要吃要喝，全由姊姊一人管著，著實難呢。」錦娘將手中名冊合起，感慨地說道。

太子妃聽她這話很是舒服。她原就是好強之人，一直以精幹著稱，當初皇后娘娘選中她為太子妃，也是看中她能力強幹這一點上，若非實在為難了，她也不想把自己的弱處顯給旁人看的，聽了錦娘真心感佩之言，自然更覺得錦娘可親。

「弟妹可是有好法子幫姊姊理順理順？」太子妃急切地問道。年節迫在眉睫，張側妃故意在暗中搞鬼，讓她諸事都不順當，她一時又沒有精力去查，只能先讓錦娘幫著理了，過了年節這一關再說。

「有是有呢，只是這機構繁多，妹妹我也只能以點蓋面，找那問題大的地方幫幫姊姊，效果如何，可沒太大把握。」錦娘試探著說道。她可不敢將話說死，站在這裡的都是人精，一個不好讓人生了嫉，那又是禍。

「那妹妹想自哪裡治起，今兒妳就先幫姊姊理出一個來，明兒姊姊就按了妳的法子去試。」太子妃一聽，喜出望外，急切地吩咐讓人拿筆墨來。

錦娘聽了笑道：「姊姊最好幫妹妹準備一枝墨筆來，再拿了尺子，妹妹先給姊姊畫個圖，讓姊姊看得明白。」

「墨筆？」太子妃錯愕地看著錦娘。墨筆是一種用炭墨製成的硬筆，可不是哪裡都有的，除了皇宮和太子宮裡偶有一、兩枝，民間可無人知道，更無人用過，她也是進了宮後，在太子書房裡見到過一、兩回，太子也不過放在筆筒裡，從未用過。她用慣毛筆，也不知道那種筆有何用處。

錦娘一聽有料，心中一喜。她不過隨口一說，沒想到太子妃府裡還真有那東西呢！滿眼期待地看向太子妃，眼睛燦亮如星，讓太子妃一瞬間覺得她全身都散發出異樣的光一般。

「麗嬤嬤，著人去太子爺書房裡，將那墨筆拿來。」太子妃稍一遲疑，便果斷地對麗嬤嬤說道。

一會子，紙和筆、尺全都備好，錦娘將紙攤開，拿了冊子，開始寫寫畫畫起來，太子妃和上官枚便在一邊看著，見她用起那墨筆來得心應手，像是她早就用過八百年了似的，很是奇怪，一時兩人看著就覺得新奇得很，不過，不管是太子妃還是上官枚，兩人都很有風度，錦娘做事時，全是一言不發地站在一旁看著，並沒有提疑問打擾她。

錦娘寫畫完畢，將墨筆一放，太子妃立即將她手裡的那張紙拿了過來，一看之下，嘖嘖稱奇，就是上官枚對太子府並不太熟悉，看完錦娘所畫的那張圖，也覺得清晰明瞭，一目了然。

「弟妹果然奇才，竟然如此簡單便將整個太子府裡的機構表述得明明白白。」太子妃真心地誇讚道。還真是不服都不行，自己剛進太子府時，光桌上那本機構冊子就看了老半天，好幾天才全弄明白了各個機構的管理和歸屬，錦娘便只是小半個時辰便畫得清清楚楚了，她……從哪裡學來的這些法子？太子妃不由歪了頭看錦娘。

「妹妹不過是覺著那冊子看著暈，想化繁為簡，如此以線條、箭頭指示出來，以後別人看起來也能清楚明白一些。姊姊還可以在這圖邊上再加上管事宮人的名字，以後要哪個機構出了問題，對照著一看，便知道要找誰去問責。」錦娘笑著解釋道。

太子妃一聽，兩眼亮亮的。錦娘這點子很好，太子是要繼承大統的，以後自己成了皇后，偌大個皇宮機構人員更是繁複，到時也能用這法子管理人呢，那可要輕鬆不知道多少倍了。

錦娘其實就是畫了個組織機構圖而已，是現代企業管理當中使用的，光這圖，當然是不能解決太子妃府裡的難處，她又指了其中那個衣局道：「方才妹妹和嫂嫂進來時，姊姊可是正為宮人們的衣服之事發火呢？」

太子妃忙點頭道：「正是，妹妹可有法子幫姊姊理理這事？」

錦娘聽了便提筆開始寫，針對衣局寫了好幾個條陳出來，遞給太子妃看。她這回沒有過多的解釋，太子妃是明白人，這些條陳真要用上去，勢必是會損害一些人的利益的，不管是在哪個府裡，府大還是府小，下面管事之人總會要想著法子貪墨或偷工懈怠的，而自己這法子自然是會擋了一些人的財路，就如當初的王嬤嬤一樣，也會對她生了嫉恨。

錦娘只是提法子，怎麼做還是要看太子妃，她犯不著得罪太子妃府裡的小人，為自己樹下莫名的敵人。

太子妃拿了那條陳，半晌沒有說話，沈吟了一會兒才對錦娘道：「妹妹這法子很好，放心，姊姊明白妳的心思，不會將妹妹說出去的，既是姊姊自己求的法子，當然不會讓妹妹為難的。」

錦娘聽了便對太子妃深福一禮。太子妃確實很是明理，也體貼。「多謝姊姊。」

太子妃聽了便笑著戳她腦門子，笑罵道：「小人精，是姊姊該謝妳才是呢，妳這法子很好，給姊姊省了很多事，比先前在裕親王府裡自妳婆婆那兒看到的更加合適太子府，姊姊用得順手了，也可以安心養胎。嗯，明兒姊姊便要進宮，給妳討個封號去，不會讓妳白操了這番心的。」

錦娘聽得大喜，納頭便拜。太子妃這可是給了她一個大大的驚喜，而且太子妃是個極精明穩重之人，不會輕易許下諾言的，她既是肯當面對自己說這個，定然是有十成的把握。

腦子裡忽又浮現出劉姨娘那天的話。有品級？哼，以後自己也有品級了，將來，將相公失去的東西奪回來後，自己的品級自然是要更好了去。

正事辦妥後，太子妃又命人拿了好些宮制絹花、頭飾來賞了錦娘和上官枚，又留了在宮裡用飯。

眼看著天色不早，錦娘起身告辭，這當口，宮人來報，太子回府，正往太子妃寢宮而來。

錦娘聽了便很不自在。自己可還是沒品沒級的臣婦，沒有資格覲見太子，忙要退到幃帳後頭去，太子妃卻是拉了她的手道：「無妨，太子溫和，與小庭也是舊識，與妳父親也很親厚，不會見怪的。」

很快地便聽到腳步聲，殿前的宮人全都紛紛跪下，太子妃撐著腰，緩緩迎了出去，錦娘和上官枚也跪下低頭迎駕。

第六十章

「愛妃平身。」太子微笑著進來，見太子妃跪下行禮，忙大步走上前來，扶起太子妃，聲音果然溫和得很。

「殿下可曾用膳，要不要臣妾再命人擺了飯來？」太子妃聲音嬌媚，比之與錦娘說話時輕軟了很多。女人再強悍，在自己的丈夫面前，也會顯出嬌弱溫柔的一面。

「方才在父皇那裡用過了。喔，青煜鬧著非要過來，說是要看妳是不是變胖了呢。」太子偏了身子，微睨了眼看向身後，冷青煜笑嘻嘻地自他身後走上前來，給太子妃行了一禮。

「皇嫂怎麼還是如此清麗可人，臣弟原想著看王嫂大腹便便的模樣呢。」

太子妃無奈地瞪他一眼道：「青煜啊，你都十七了，怎麼還像小時候一樣頑皮呢，何時才會學著長大？」

冷青煜笑著湊了過來道：「青煜不是還想著讓皇兄和皇嫂多疼幾年嘛？在皇兄和皇嫂面前，青煜永遠也不想長大。」

太子一偏頭，看到跪著的上官枚和錦娘，不由笑道：「枚兒快快平身，那一位是？」

太子妃忙笑道：「她可是臣妾特地請來的能人呢！殿下，那是小庭媳婦，簡親王的次媳，枚兒的弟媳婦。」

太子聽了，寵溺地拍了拍太子妃的手道：「愛妃就是調皮，妳只說是小庭的媳婦孤便明白了，還說那麼一大串來，當孤連這些都不明白嗎？」說著忙又對錦娘道：「平身吧，抬起頭來，讓孤瞧瞧，小庭可是咱大錦最美的男子呢，不知他媳婦會是什麼樣子呢？」

錦娘便微抬頭，乍看之下，覺得太子有點眼熟，像是在哪裡見過一樣，卻又想不起來，太子身材修長偉岸，相貌俊雅，舉手投足間貴氣天成，眼神看似溫潤，卻又深邃凝重，眼底隱隱有股威嚴的霸氣，令人既想親近，卻又不敢久視，那眼神還有股穿透力，似乎一下便能將人看穿了似的。看來，太子天生便生就一張帝王相，將來即位，定然也是個厲害的帝王。

錦娘只是輕略地看了一眼，便垂下了眼瞼。

太子也用探究的眼神打量錦娘。此女子長相一般，算不得很美，只是雙眼極亮，神情也從容淡定得很，見了自己並不慌張，也無欣悅和崇敬，只是平靜淡然地掃了自己一眼便收了視線，這讓太子覺得有趣。他還是第一次遇到面對自己如此泰然的女子，平日裡所遇到的女子，不是惶恐拘謹，便是或熱切、或含情、或拘禮刻板……總之，不會是她這樣，既不為自己外表所動，也不為自己的身分所投……

「冷夫人，小庭可還好？」太子微笑地問錦娘。若在平時，他是不願與一般的臣工之妻閒談的，不知為何，他今日有了聊上幾句的興趣。

「勞太子殿下掛懷，相公他很好。」錦娘微躬了身子，態度恭謹地回道。

「妳……又是來唱歌嗎？皇嫂，她剛才可是彈唱一曲？」冷青煜突然踱到錦娘面前，似笑非笑地看著錦娘，狀似不經意地問道。

錦娘皺了眉，抬眸看了他一眼便低下頭去，像不認識冷青煜一樣。

冷青煜立即覺得心裡窩火得很。這個小娘子，每次看到自己都是這個嘴臉，自己在她眼裡便如塵埃一樣，微不足道，又像是一件陳舊的擺設，不值得她的目光注視片刻，自己……有那麼不堪嗎？

「孤有很久沒有見到過小庭了，嗯，說起來，有幾年了吧，小庭仍是那樣美麗嗎？」太子大步走進殿內，隨意地問道。

錦娘聽他這句話卻覺得刺耳得很，冷華庭再是妖孽，他也是個男子，堂堂太子形容一個男子竟然用美麗二字，分明就是在諷刺冷華庭男生女相。

錦娘聽著心裡很不舒服，她也轉過身去，仍是低了頭，面對太子道：「回殿下的話，臣婦並沒注意過相公外貌如何，只覺他是一個頂天立地的好男兒。」

太子聽得微怔。這女子果然厲害，竟隨口就將自己的刻意調侃給堵了回來，她是在說，自己一個婦人都不曾關心男子的外表，堂堂太子竟然拿一個男子相貌說事……嗯，小庭還真娶了個好媳婦呢。

「頂天立地啊……上回本世子在城東遇見華庭兄時，他可還是坐在輪椅上的，頂天是有了的，那立地嘛……唉呀，皇兄，華庭兄的風采，那可是絕世難尋啊，你多年未見他了吧，哪日約了他一同出遊，你便可知，那是比九天仙女還要美上幾分呢。」冷青煜就是看不得錦娘那副淡定從容的樣子，上回在他府裡時，她極力克制隱忍，就是對於他人的無理取鬧，她也容忍著，並不反駁，得了個賢淑溫婉的好名聲。今天對著太子殿下，她倒是針鋒相對了起來，他倒想看看，她能如何在太子殿下面前應對自如。

錦娘聽了果然大怒，心底猛地竄上一股火苗。

她抬了眼，冷冷地掃了一眼冷青煜，面上努力保持平靜，仍是微躬了身，對太子殿下道：「臣婦所說的頂天立地乃指男子個性方剛，品德端潔，氣質雅淡。相公雖身有殘疾，但心胸廣闊，身殘志堅，比之某些四肢健全，頭腦簡單，遊手好閒，充傻裝嫩之人自然是要好得多了。太子殿下，您說臣婦可有說錯？」

冷青煜聽了差點沒有背過氣去。錦娘可是正好拿了方才他在太子面前耍無賴的樣子來罵他裝嫩呢，還罵他遊手好閒，四肢發達頭腦簡單，那不是豬嗎？

他瞪著錦娘，嘴張了半天也不知道要說什麼，只覺得被她的話堵了個滿心，卻又不知道如何回話，那樣子又氣又急，額頭青筋都暴了起來，看得一旁的上官枚和太子妃捂嘴忍笑。真是難得啊，向來只有青煜調侃別人的，哪知今天碰到硬茬了，被錦娘頂得說不出話來。

太子見了也是想笑，看錦娘的眼神裡更添了幾分有趣。上官枚看時辰也不早了，而且太子妃也累了半天，該休息了才是，便向太子和太子妃行禮告辭，錦娘忙也跟著行禮。

太子見太子妃著實疲累了，便點頭允了。

冷青煜好半晌才反應過來，還想刺錦娘兩句，偏生她們要走了，他腦子一熱，便對太子道：「臣弟也回去了，皇嫂好生休息，過些日子再來探望皇嫂。」

太子妃倒是覺得好笑，故意說道：「下回青煜換個藉口到皇嫂的內殿裡來吧，可不能再裝嫩了喔。」

冷青煜剛提起的步子被太子妃說得一頓，背都僵了，氣鼓鼓地回頭對太子妃道：「下次我裝老成總可以了吧？皇嫂，妳也合著她來編排臣弟？」

太子妃捂嘴猛笑，太子見了便笑道：「唉，反正四肢發達、頭腦簡單之人，裝來裝去也不會有什麼新意的，愛妃還是別存太大希望的好。」

冷青煜見太子夫妻二人同時調笑他，氣得一跺腳，返身就走了。

此時，錦娘和上官枚早已走出好遠，他一時氣憤不平，只想要再教訓那個讓他出醜的小女子不可，提步便追。一轉彎，見了麗嬤嬤正帶了錦娘要出前殿，他大步跨了上去，一腳正好踏在錦娘拖地而行的裙襬上。

錦娘哪裡注意到身後，正好要下殿前石階，身後突然被扯住，稍一用力，便聽得一聲清脆的裂帛聲，身子也向前一傾，踩住自己的前裙就向前摔去。

冷青煜不過想要惡作劇一下，見她的外衣被自己踩壞，正暗自得意，便看到她小小的身子正向石階下摔去，心中一緊，也不及多想，便躍向前一大步，伸手及時抓住了錦娘的後背，將她一把扯進自己的懷裡。

一垂眸，看到錦娘嚇白的小臉，還有那如小鹿一般驚慌無助的眼神，淡定也好，從容也罷，全都在她眼底消失，此刻只有驚魂未定、茫然失措，莫名地，他心裡升起一股疼惜。好奇怪，他明明就很惱她的，這會子卻很想要安撫她，想將她眼底的驚惶和無助都趕走。

軟軟嬌小的身子半倚在他的臂彎裡，什麼溫香軟玉，什麼嬌弱無骨，全不能形容他懷裡此刻這個小小的嬌軀。他突然很依戀這一刻的美好，很不願意放開她。

正愣神時，臉上忽然遭了一記響亮的巴掌。

錦娘自他懷裡掙扎站起，一揚手，便甩了冷青煜一巴掌，小心地向一邊移開幾步，罵道：「神經病！」

上官枚和麗嬤嬤被這突如其來的連番變故弄得目瞪口呆，麗嬤嬤心細，一瞥眼，看到地上錦娘被撕扯下的一塊衣襬，拾了起來，對冷青煜搖了搖頭道：「世子爺，這回奴婢也不幫你了，這樣也太失體統了。」

上官枚見了也是對冷青煜道：「煜哥，你如今可真是愈活愈回去了，怎麼像個孩子似的，怪不得弟妹要說你裝嫩了，你就不能沈穩一些嗎？」

沒一個人責怪錦娘打了他，他堂堂一個男子，長這麼大，除了娘親，還從未有女人敢打過他的，他剛才明明是去救她的，她怎麼能夠打他？還罵他神經病……有這種病症嗎？

還有，他哪裡裝嫩了，明明只是想跟她開個玩笑而已……

冷青煜捂著被錦娘打紅的半邊臉，愣怔地瞪著錦娘，一瞬不瞬地看著，似要自她臉上看出一絲不一樣的情緒。可是，錦娘自打了他一巴掌，罵了他一句後，便理都不理他，接過麗嬤嬤手裡的衣襬，低身福了福，道了謝。

好在是冬天，衣服穿得也厚，壞了一件只是有損儀容，卻不會太丟醜。

一會子，四兒和侍書兩個自偏殿轉了出來，四兒手上拿了大絨外披，見錦娘一身狼狽，在太子府裡也不好過問，忙上前來幫她披了，扶著錦娘上了回府的馬車。

冷青煜直到錦娘小小的身子消失在前殿的拐角處，才漸漸回神，一伸手，意外地看到自己手裡竟然抓著一串珍珠項鍊，好像是她身上戴著的……剛才自己心急，一下抓住她的後襟，不小心將項鍊的掛釦扯脫了，抓在手裡竟不自知。

項鍊上有淡淡的蘭草幽香，是她身上的氣味吧，好像是的，方才將她擁進懷裡的那一瞬，他好像聞到了……

他急急地抬步，想要將項鍊還給她，可又怕再看到她那淡漠的眼神，怕她根本就不將眼光落在自己身上，那感覺癢癢的，悶悶的，讓他有點無所適從，又很空虛，像是心裡的某處原就缺了一塊，好不容易找到個可以填補的寶石，偏生那塊寶石早就被別人摘去，自己不過是空歡喜一場，心便繼續地空落著，任冷風往那空洞裡灌……活了十幾年了，以前怎麼就沒這感覺？

是那個女子太過可惡了，自己幾次三番地在她面前吃了癟，所以難受，對，一定是這樣，哪天，自己非要找回這場子來不可。

手一甩，他將那串項鍊拋得好高，打算就此將那女子的東西扔了，連著煩惱一起拋了最好。

他向前走了一大步，那串項鍊就落在他的身後，發出啪的聲響。那是打在石板上的聲音，又像是落在了心中一樣……他的身子一僵，回過頭來，怔怔地看著那串項鍊，一回身，快速拾了起來，細細地摩挲著每一顆白色的珍珠，拿了帕子小心地包好，塞進了袖袋裡。

坐在馬車上，錦娘覺得心裡煩悶得很，好好的一身衣服竟然被個混蛋給扯壞了，真是倒楣得緊。

四兒緊挨她坐著，一抬眼，看到她身上那串項鍊不見了，忙問：「少奶奶，早上奴婢看您戴了串項鍊的呢？怎麼不見了，衣服怎麼也壞了呢？」

錦娘聽了也低頭察看了一遍，果然不見了那串項鍊。那還是出門時，冷華庭特意選給她戴的，這會子丟了，只怕等會兒回去，那廝一定會要問個究竟的，真是暈死了，以後看到冷青煜那個臭小子，離遠一點就是，他們兩個怕是前世就結了仇！

「今天遇到一個瘋子了，衣服也被他扯壞了，那鍊子怕也是給他偷去了。」錦娘氣呼呼地說道。

上官枚聽了就想笑。她原本鬱著的心情被錦娘和冷青煜兩個弄得大笑了兩回，鬱氣也消散了不少，這會子聽錦娘如此說青煜，她更覺好笑，對四兒道：「對啊，妳家少奶奶說得沒錯，四肢發達、頭腦簡單，那不是個瘋子就是個大傻子，唉，鍊子掉了就掉了吧，明兒我再送妳家少奶奶一條好的就是。」

四兒被世子妃的話弄得莫名，更是不明白她與少奶奶話裡的機鋒，不過，看少奶奶臉色很不好，她也沒有繼續問，心裡卻是擔心著，少奶奶可是去太子府，身上弄成這個樣子回去，不會是在太子府裡犯了什麼事，被罰成這樣了吧？

一會子回去，一定要在少爺面前幫少奶奶回還了才好。

回到王府，已快到了掌燈時分，錦娘使了四兒去王妃屋裡報平安，自己直接回了院子。

一進穿堂，秀姑上來便要幫她脫錦披，錦娘微偏頭，看到冷華庭歪坐在輪椅裡看書，正斜了眼看自己，忙對秀姑道：「妳去擺飯吧，我餓了，先進去換身衣服再出來。」

說著，小心走了進去，豐兒見四兒沒跟著進來，便自己先進了裡屋，幫錦娘打水淨面。

進了正堂，錦娘笑笑對冷華庭道：「相公餓了吧，一會子咱們用飯啊。」說著，儘量離著他遠一些，想蹭到裡屋裡，趕緊把這一身給換了。

但還沒走幾步遠，外披便被他扯住。錦娘早有準備，腳下就停了，雖沒被他扯倒，但脖子卻被錦披的帶子勒得生疼，不由唉喲一聲，退到他身邊來。

冷華庭手一勾，便將她攬到了自己懷裡，伸手就扯了她的錦披領扣，手一甩，那錦披便被他甩得老遠，秀姑忙上前來接了，冷華庭上下打量了會兒錦娘，見她身上並無異樣，才將她輕輕推開。錦娘也顧不得罵他，趁他沒發現什麼，身子一穩便往裡屋竄，誰知他手快得很，一下又扯住了她殘破的後衣襬，問道：「娘子，衣服怎麼破了？」

錦娘撫額，腦子裡飛快地亂轉著，總不能告訴他是冷青煜踩壞的吧，那他還不火冒三丈？保不齊，便會找冷青煜的麻煩呢，那小子就是個無賴加長不大的混帳小孩，大年節為這點子事鬧，可不好看。

「相公，那個……方才我下馬車時，不小心扯住車轅了，將衣服扯破了，你看，好冷呢，讓我進去換一件吧。」錦娘無奈地求饒道。

冷華庭仔細看了看那後衣襬，看著也像是扯壞的，而且身上也就撕了這一角，便將信將疑地放開她。錦娘忙進了裡屋，豐兒早就打了水等著她。洗過臉後，錦娘將髮髻也拆了，隨便綰了個髻、換了衣，清清爽爽地出來了。

張嬤嬤張羅著將飯擺好，錦娘挨著冷華庭坐著，又開始給他當辛勤的小保母，幫他布菜，冷華庭心滿意足地吃著她給他挾的菜，不時地自己也挾了塊紅燒排骨送進錦娘嘴裡，吃得眼都眯了。

正吃著，四兒自外面打了簾子進來，見少奶奶換了行頭，心裡鬆了一口氣，正打算自己也回屋裡換一身去，冷華庭叫住她。「四兒，明兒讓阿謙把府裡的馬車轅給鋸了。」

四兒聽得一愣，隨口便道：「少爺，馬車沒轅怎麼行啊？可鋸不得。」

「鋸了吧，省得將妳的衣服啥的勾纏了，阿謙心裡會難受的，還是鋸了的好。」冷華庭邊吃邊漫不經心地對四兒說道。

錦娘心裡警鈴大起，就知道這廝不好唬弄，忙不停地對四兒眨著眼，冷華庭卻偏了頭，似笑非笑地看她，她便斂了心神，一本正經地給他挾菜，四兒一時沒注意，邊往內堂走邊嘟囔道：「馬車轅怎麼會勾纏衣服嘛？少爺又拿奴婢尋開心，奴婢……啊，還是鋸了吧，奴婢方才還被那車轅扯了一下呢。」

可惜，四兒反應還是慢了一拍，冷華庭已經放下筷子，斜睨著錦娘。錦娘訕訕地剛要說什麼，他已經將輪椅滑開，順手一撈，將她打橫了放在膝蓋上，便往裡屋去。四兒嚇了一跳，以為他會對錦娘怎麼樣，跟在後頭就要進去，張嬤嬤及時將她扯住道：「無事的，就是小打小鬧下，少爺心疼著呢，哪裡就會對少奶奶怎麼樣了。」

四兒一想也是，少爺可是最寵少奶奶了，這會子肯定是進去檢查身體了。這樣一想，她又覺得臉紅，低了頭，回自己屋子換衣服去了。

錦娘老實地不敢亂動，被冷華庭像個孩子似地抱進了裡屋。一進門，冷華庭兩手一抄，將她抱起就往床上放。錦娘掙扎著求饒。「不是車轅扯的，是不小心摔的，相公，沒什麼事的。」

他也不搭話，伸手就開始解她的衣服。錦娘急了，大叫道：「沒傷著，真沒傷著，哪兒也不疼呢！唉，相公，我餓呢，你吃了我可沒吃，一會子飯該冷了。」

他仍不管不顧地解她的衣扣，錦娘老實地說道：「真沒受傷，你看我的中衣都是好好的，就那件裙襬太長，一不小心讓人在後頭踩住了，就……扯壞了一塊，差一點摔了，但沒摔著，被大嫂拉住了呢。」這話倒是半真半假，冷華庭細細地看了看她的神色，見她眼神並未躲閃，只是小意地帶了絲乞求，便放開了她，心疼地說道：「真沒事嗎？太子府裡……沒人為難妳，妳這樣子……很讓人揪心妳知道不？」

錦娘鼻子酸酸的，慢慢地蹭進他懷裡，勾住他的頸脖，頭歪在他肩窩裡，幽幽地說道：「真沒人欺負我。太子妃對我很好呢，說是明兒要進宮去，給我討個封的什麼回來，真是不小心弄壞了衣服，那奴才也不是故意的……我頭回去那麼大的地方，心慌著呢，所以……就……」

冷華庭寵溺地撫著她的秀髮，拍了拍她的背道：「別怕給我惹麻煩，妳相公我雖然無能，但自個兒的娘子是無論如何都要保護好的，任誰也不能欺負了我娘子去。」

錦娘聽了鼻子更酸，眼眶濕濕的就想哭，臉埋在他肩窩裡，將淚水蹭到他的衣服上，才抬了頭道：「我餓了，相公，咱們用飯去。」

第二日，該是給娘家送年禮了。

錦娘有些頭痛，冷華庭這會子不能走，冷華堂又被關著，兩個女婿一個也不方便。冷華庭倒是願意去，就是怕這廝不願意為玉娘和冷華堂回還，指不定就會冷言冷語地露了口風給大老爺，沒得又要讓大老爺和老太太揪心……她一邊在屋裡收拾著東西，一邊思量著讓誰去送年禮才好。

一會子，玉娘屋裡的丫頭紅兒過來了，給錦娘行了一禮道：「給二少奶奶請安，二夫人使了奴婢來，請二少奶奶過去一趟呢。」

錦娘也正想看看玉娘的傷勢如何了，又想問她要帶些什麼回去。年禮王妃應該都備好了，只是一般女兒家私下都會另帶些給自己的親娘。

四兒正忙著收拾東西，豐兒也在幫著張嬤嬤整理廚房，錦娘便叫了鳳喜一同前往雨茶小苑。到雨茶小苑的路，鳳喜倒是比錦娘熟好多。

玉娘正歪在躺椅裡靠著，小丫頭報二少奶奶來了，她一身痛，也懶怠起身，只在鳳喜打了簾子、錦娘進了門後，才招了招手，對錦娘道：「四妹，過來坐。」

錦娘知道她身子不爽利，也沒覺得受了怠慢，便依言過去坐了。

「可好了一點沒？」錦娘關切地問道。玉娘最是愛美，也不知道她身上那些傷痕會不會留下疤印呢。

「世子妃倒是好心，送了盒宮裡的藥來了，昨兒便塗了滿身，倒是好了不少，只是疼。」玉娘懶懶地說道。

錦娘聽了微覺得心暖。上官枚本性還是善良的，雖是恨冷華堂娶了玉娘，但看到玉娘的遭遇，定然還是起了憐憫之心，不然換作別人，怕是巴不得玉娘早死了乾淨。

「不過，我可不放心再用下去，如今誰也不能全信誰，畢竟我和她是共著一個相公呢。

四妹，我請了妳來，便是想要求妳，聽說王妃的姊姊可是宮裡的劉妃娘娘，妳幫姊姊去討九花玉露膏來吧，那東西聽說塗了，再大的傷疤也不會留印呢。」玉娘微坐了起來，撐起身子，急切地拉住錦娘。

錦娘皺了眉，有些無奈地說道：「妳昨兒塗了大嫂給的藥，既然有了好轉，那便應該是好藥的。人家一番好心，快別那樣說了，這裡可比不得娘家，由不得妳任性的。」

玉娘聽了便輕哼一聲道：「哼，妳傻我可不傻，姊姊可聽說了，妳進門沒多久，就有人在妳藥裡動了手腳，其中主犯之一便是她的奶娘，妳還跟她好得跟什麼似的，小心再被坑了還不自知呢。」

錦娘聽了就微怔。玉娘的消息還真快，才進來不過兩天，便連這事也知道了，看來她就是病著，也花了心思去打探府裡頭的事的。

「那事早查出來了，不是她，是劉姨娘，如今劉姨娘也傷重在養呢。妳呀，少說這些個有的沒的，這屋子裡的人也不見得就穩妥了，妳小心別再害了自個兒。大嫂可是太子妃的親妹妹，妳不好生巴結也就算了，可千萬別亂來就是。」錦娘真的對玉娘有些無語了，就冷華堂那種禽獸，她難道還想要跟上官枚去爭？是被虐得不夠嗎？

「好了、好了，姊姊知道妳是為著我好呢，我不說了就是，那個藥，妳可得想法子幫我弄來，我可不想以後身上跟張老樹皮子似的，醜死了。四妹，妳可一定要幫姊姊這個忙，姊姊在這府裡可只能靠妳一個了。」玉娘軟了音，抓住錦娘的手哀哀地求著。

「過兩天就是年節，哪裡還有空去宮裡頭？再說了，我沒品沒級的，不得召見進不到宮裡去，這事可還真難辦呢。要不，妳回家求母親去，母親不是跟皇后娘娘關係好著嗎？」錦娘很為難地說道，自己又不是什麼誥命貴婦，哪裡是想進宮就進得了的，再說，就算進了，也不能一開口就找人討東西吧？這個玉娘也是的，想什麼都只顧著她自個兒，也不想想別人的難處。

玉娘一聽就沈了臉，將錦娘的手一甩道：「妳什麼意思？是又想我回去招罵吧，別說我這一身傷得跟什麼似的走動不得，就算是好了，我能去跟娘說嗎？還不得又氣死娘去。哼，我知道，妳是故意的對吧，想讓我娘早些被氣死了，二娘就可以扶正了對吧，妳……我還以為妳如今變好心人了呢，掏心掏肺地對妳，妳就是這樣待我的？」說著，就嚶嚶地哭了起來，像是錦娘對她做了什麼大惡似的。

錦娘聽得心火直冒。她剛才的話也確實想得不周詳，而且大夫人如今也病著，確實也進不了宮，但哪裡就是玉娘想的那樣了，自己也是一片好心勸她，可是看她哭，又想起她也可憐，便仍是忍了氣哄道：「是我不對，沒想周詳呢，不過年節前，還真是沒法子給妳弄藥去，我沒法子進宮啊。」

「說妳傻，妳還真是個笨驢子。妳進不了宮，不會找母妃討去，母妃不是最疼妳的嗎？妳開了口，母妃定然是會應的。」玉娘衝口就罵道。

錦娘才不想為這事去煩王妃呢，王妃最近忙得不可開交，哪有時間去給她討藥？再說，上官枚的那瓶藥定然也是宮裡來的，不然也不會見效那麼快，偏玉娘不信人家，要使著性子鬧。她不想再在這件事上糾纏下去，便改了口道：「今兒得送年禮回門子呢，妳可準備好了沒？一會子妳打發個信得過的回去一趟吧。大哥被關了，這會子也出不來，妳得叮囑了妳使回去的那個人，叫他說話小心著些，別讓家裡因著妳的事年節都過得不安生。」錦娘微顯不耐地說道。

「母妃不是都備好了嗎？就送那些個行了，我才進門沒兩天呢，哪裡就有私房再送回去了？要不，四妹妳最得母妃的寵，手裡定然是有好東西的，給姊姊兩樣，也好堵了我娘的那張嘴，好不好？」玉娘聽著便哭，拿了帕子連拭淚，邊求著錦娘。

錦娘聽了更覺得火，昨兒長輩們還賞了不少好東西給她呢，哪裡就沒有了，這孫玉娘既任性又摳門，自己可不想成全了她，讓她占慣了便宜，以後有的是麻煩。

「我也沒有好東西，自個兒的娘自個兒孝敬著。妳在娘家時，母親可是把妳捧在手心裡的，如今只是讓妳拿兩件東西回去，妳就肉疼，該說的我全說了，妳自個兒好生想想吧，我走了。」錦娘再難與她交談下去，起身便要走。

正說著，上官枚帶著侍書進來了，看見錦娘也在，臉上就帶了笑。「弟妹來看孫妹妹呢，我來看看孫妹妹的傷好些了沒。年節時，新婦都是要進祠堂的，只幾天時間了，得快些好起來才是。」

錦娘笑著道謝。「勞嫂嫂費心了——」

「姊姊昨兒送過來的藥效果很好呢，只是適才四妹妹說，不如宮裡的九花玉露膏好，那東西塗在傷口上不會留疤印。唉，像我這樣的，沒品沒級的側室，哪有那個命去用那種好藥啊。」玉娘也不等錦娘的話說完，便截口道。

錦娘聽得眼都直了，自己哪裡說過那樣的話來，這不是在上官枚跟前挑事生非嗎？只怕上官枚還以為自己在怨她拿的藥不好呢。

果然，上官枚聽了臉微沈了沈，卻是對玉娘道：「妹妹妳身上塗的便是九花玉露膏，那還是好久以前太子妃殿下賞的一瓶，妹妹若是覺著還不夠好，那就還我吧，我還只得這一瓶呢。」那語氣裡就帶了絲譏諷，說話時，對錦娘眨了眨眼，示意錦娘安心。

玉娘聽了臉上便是一陣紅，羞怯地低下頭道：「怪道效果這樣好呢，原來就是九花玉露膏啊，姊姊可真是大好人呢，妳也別怪錦娘，她是個沒見識的，把珍珠當魚目看了呢。」

錦娘聽了快要被她氣死，當著上官枚的面，也懶得戳穿玉娘，只對上官枚笑了笑道：「今兒得送回門禮呢，弟妹我先回去準備準備了。」說著就要走。

上官枚笑了笑也不留，讓侍書放下手裡的東西，對玉娘道：「這裡有些補品，也是宮裡來的，妳著人燉了吃吧。妳妹妹可是個不錯的人，我跟她交往也不是一天、兩天了。妳好生歇著吧，我還有事呢。」說著，也起身要走。

玉娘一抬眼，看錦娘已經打了簾子了，便及時說道：「四妹妹，今兒回門子，妹夫去嗎？」

錦娘不得不停腳回頭看她。「相公腿腳不利索，怎麼能去？使個得力的人去送了算了吧，等初二，再好生回去拜年就是。」

「兩個女婿，一個都不回去也說不過去，妹夫腿腳不利索，我相公可是沒病沒災的。啊，姊姊，不如咱們去求了父王，將相公放了算了吧，這年節下的，姊姊府裡頭只使個下人回去打發，怕是再怎麼也說不圓這個理的。四妹，妳也幫我去求求，咱們孫家可是兩個姑娘都嫁進了簡親王府，頭年便只打發奴才回去送年禮，咱老太爺臉上定然是不好看的。」玉娘一支肘便要起身，那架勢便是就要動身去求王爺似的。

上官枚聽了眼睛一亮，為這年禮之事，她的確有點頭疼，冷華堂的行為也著實可惡，但是年節時還鬧著，不回娘家露面，自己的面上還真是過不去；這事又不好解釋，真說病重了，少不得娘家又打發人來探病，沒想到玉娘倒是個心寬的，受了那樣大的罪，還肯原諒相公，又肯為大家著想，心裡一喜，將玉娘方才的挑事生非之言給放下了，轉了頭對錦娘道：「孫妹妹說的是呢，弟妹，妳也幫著嫂嫂一起去求求父王吧。」

錦娘真是後悔今天來了這一趟，若是有東西在手邊，她還真想學冷華庭的樣子，拿著砸開玉娘的頭，看看裡面是用什麼組合成的。昨天還被那禽獸虐得死去活來，今天就要去給他求情，這也就罷了，她還存著挑撥自己與上官枚關係的心，這事明擺著自己是千萬個不願意的，為了她，自己昨天還打了冷華堂一巴掌呢，定然是恨著他的。

可這會子玉娘當著上官枚的面提出來，又說得還算合情理，連受害人自己都不計較，自己這個旁人再計較，那便是存心想與冷華堂作對了，若不答應，上官枚心裡定然會不高興的。

錦娘臉上保持著平靜，心裡卻翻江倒海想著對策。好不容易才與上官枚拉近了關係，她可不想在這個時候與上官枚生了瞒應，但讓她幫冷華堂那個禽獸，她還真做不出來，一時怔住，不知如何應對是好。

聽玉娘又道：「四妹，我也知道妳是不喜歡我家相公的，畢竟世子之位不是妹夫得了，而是相公，如今相公遭了罪，妳定然是巴不得他一直關下去的——」

「二姊，妳胡扯些什麼?!世子之位是妳我幾個婦人在這裡能評論的嗎？我進府來時，大哥就是世子了，我家相公又身有殘疾，皇上早下了旨的事，由不得咱們來論斷，妳要胡想，可別把我扯進去。」錦娘終於忍不住怒喝道。

「既是如此，那妳便一起去幫我和姊姊給相公求情去。」玉娘立即接口道。

玉娘的話頂得錦娘啞口無言，這才明白，她前一句話便是個套呢，正好套著自己不得不應好這一句。好個孫玉娘，虧自己不計前嫌地可憐她，沒想到她傷疤沒好就忘了痛，一心只想幫著那禽獸早日出來，這麼些年，怎麼沒看出她就是個受虐狂呢？

正要說話，侍畫急匆匆地奔了進來，哭著對上官枚喊道：「世子妃，不好了！世子爺在黑屋裡被人下了毒，正痛得滿頭大汗呢！像是……像是氣息都要沒了！」

第六十一章

上官枚聽得大驚，手都開始抖了起來，也顧不得平日裡的形象，提了裙就急急地往外走。

錦娘聽了也皺了眉。不過才關進去而已，怎麼可能就中毒了？誰給他下的毒？或者說……是想出黑屋子，所以用了苦肉計？

玉娘聽得冷華堂氣息都要沒了的話，倒是有點懵。隱隱地，心裡覺著有些痛快，又有點擔心。被下毒了啊，只要不死，越痛越好，可是……會死嗎？死了自己就會成了寡婦……成了寡婦還能再嫁嗎？那個人，他會收了自己嗎？不會的，他那樣討厭自己，他的眼裡只有錦娘，錦娘有什麼好，又笨又醜，哪裡就比得上自己了……

她正胡思亂想著，紅兒扯了扯她的衣袖，玉娘這才反應過來。上官枚已經急急忙忙帶著人出去了，就是錦娘也跟了出去，自己卻是一副無所謂的樣子，還坐在屋裡發呆……冷華堂不能死，她不想做寡婦，而且還是過門寡，更會被人看成是不吉之人。

玉娘這會子又心急了起來，扶了紅兒道：「妳扶我去看看。」

錦娘並未直接跟著上官枚去黑屋，而是帶著鳳喜拐回了自己的院子。一進門，看到冷華庭沒在，心裡一急，四處張望，四兒看了便笑道：「二少爺將自己關在屋裡，不知道在嘀嘀咕咕什麼，也不肯讓奴婢們進去服侍。」

錦娘心一寬，忙打了簾子進去。

冷華庭正在溫習錦娘昨天教他的那些英文字母，見錦娘回來，兩手一圈便抱住了她。「娘子今天回得好快，沒在妳那好姊姊那兒多坐坐？」

錦娘心急，拉住他便往輪椅上按。「聽說你大哥中毒了，情況很危險呢，咱們快去看看。」

冷華庭聽得一震，眼裡閃過一絲凌厲，衝口說道：「只怕有事，娘子，一會子不管發生什麼事，妳都不要害怕，有我在，誰也傷不到妳。」說著，自己便坐到了輪椅上，推了就往外走。

錦娘在後面推著他，一出門，冷謙便閃了出來，冷華庭便對冷謙道：「多派些暗衛來，暗中搜查那小黑屋。」他心裡莫名地感到不安，不知道對方這次的目標是自己還是錦娘，但不管是誰，他都不會再讓別人得逞了。

到了王妃院裡的小黑屋，卻是撲了個空，冷華堂已經被王爺送到了屋裡，正躺在床上。太醫還沒來，上官枚、王妃都守在屋子裡，老夫人焦急地坐在正堂裡，不時地用枴杖敲著地面，罵道：「哪個天殺的，竟然敢謀害世子爺?!真真是太大膽了，找出這個人來，老身要將他亂棍打死！」

二太太、三太太也得了消息，也坐在屋裡神色焦急地看著，聽了老夫人這話，二太太便勸道：「娘，您也別太急，大哥不是正在救堂兒嗎？太醫一會子就來了，只要堂兒能好，什麼都好說，到那時再查出那凶手來，您想怎麼處置就怎麼處置。」

屋裡，王爺正封住冷華堂身上幾大穴道，儘量讓毒氣在血液裡運行得慢一些，不讓毒氣攻心。冷華堂的脈搏很弱，有時近乎於停止了一般，王爺心裡一陣後怕，從脈息來看，堂兒身上並無半點內力，以前自己幾次懷疑他身藏武功，看來是錯了，幸好昨兒那一腳沒下死力，不然堂兒怕是已經半殘了。

一時，太醫終於來了，卻不是常來王府的那位劉醫正。王爺微驚，轉頭看二老爺急急忙忙地走進來，邊走邊說道：「快、快，杜太醫是治毒高手，王兄，你先讓一讓，先給堂兒解了毒再說。」

那太醫看著四十多歲的樣子，身材瘦小，卻顯得很精神，只是長了一雙吊梢眼，眼神又有點游移，看著便有點刁滑。王爺心裡隱隱覺得不妥，但心急冷華堂的病情，還是讓開了一些，卻是站在床邊，認真地看著那太醫診治。

二老爺便扯住王爺問道：「堂兒關在小黑屋裡好好的，怎麼可能會中毒？王兄，這事你可得好好查一查，堂兒最近總是三番四次地出狀況，只怕是有人故意想要整他呢。」

王爺聽了並未答話，仍是一瞬不瞬地盯著那太醫，二老爺見了便是氣。「王兄，這會子應該將小黑屋和服侍守衛堂兒的一干人等都提到院子裡去，嚴加審問才是，難道你想讓堂兒又走了庭兒的老路不成？」

王爺聽到這句話總算有了反應，轉過頭來看他。「你也認為庭兒當初是被人下了毒嗎？」

一句話問得二老爺愣了下，他臉色微微一白，隨即又道：「當年庭兒病得古怪，可不能排除被人下毒的可能啊！」

王爺沒有理他這話茬，又看向了床上，此時的冷華堂雙目緊閉，印堂呈青黑色，額頭上大汗淋漓，身子也抽搐成一團，那太醫正將銀針扎在他頭上幾處穴道上，又拿出一粒藥丸給冷華堂餵進一粒，沒多久，冷華堂便停止了抽搐，臉色也沒先前那樣痛苦了。王爺想，怕是那粒藥丸起了功效，忙問那太醫。「堂兒所中何毒？」

「就是一般的砒霜，應該是混在食物裡用下的，好在下官帶了祖上留下的解毒聖藥，不然，以世子中毒的深度而言，只怕過不了今日。」那太醫將藥瓶收進懷裡，神情有些得意地說道。

「不知杜大人可否將解藥給本王看一看，此種好藥，能否再送本王一丸，本王定會重重酬謝杜大人。」王爺兩手朝那太醫拱了拱，對那太醫說道。

「王爺客氣，只是可惜，此藥剛好只此一粒了，王爺若想要，下官得回去再製。不過，此藥製作過程非常繁複，得三年才得一劑，所以，怕是要讓王爺失望了。」杜太醫一副諱莫如深的樣子對王爺道。

他如此說，王爺也沒有法子，心裡卻是明白，如杜太醫這種人，在太醫院裡過得並不得意，因為稍微排得上號的太醫，王爺沒有不熟的，也許他就只有一、兩手特殊伎倆在太醫院裡混著，定然是不願將自己的東西給任何人，怕洩漏了看家本事，讓別人學了去。

沒多久，冷華堂總算是醒了。他一醒，便捂著肚子說要如廁，杜太醫聽了倒是滿臉喜色，對王爺拱手道：「恭喜王爺，世子排出污穢之物後便會好，下官幸不辱使命。」說罷，便要拉了箱子告辭。

王爺忙要留他，王妃一直站在一邊看著，此時心裡也是鬆了一口氣，忙吩咐人去給杜太醫拿謝儀。

上官枚自進來時便一直眼淚汪汪地站在一旁看著，畢竟夫妻一場，冷華堂不管對孫玉娘如何，他對自己還是溫柔體貼的，看他在床上命懸一線，心裡是又氣又急又傷心。王爺王妃都在，她只能在一旁眼巴巴地看著，不能近前去，儘管極力保持平靜，但還是抑制不住心裡的緊張和擔心，雙手死死地絞著帕子，就差沒將那方素帕給生生絞斷了。

這會子見冷華堂總算轉危為安，心裡一陣狂喜，再也顧不得許多，撲到了床邊哭道：「相公，你可算是好了……」

冷華堂這會子肚子裡咕嚕咕嚕的一陣翻江倒海，實在是憋不住，虛弱地抬了手，王爺王妃明白他的意思，便與杜太醫、二老爺一道退了出來。

錦娘和冷華庭正在這時候趕到了，玉娘扶著紅兒走得慢，卻也比錦娘早到一步，一會子正堂裡坐滿了人，老夫人見王爺和二老爺出來，忙問道：「堂兒如何了？太醫已經將他救下了吧？」

二老爺聽了便道：「娘放心，堂兒沒事了，只是肚子還有點痛。杜太醫說，他排完腹中的污濁之物便會好，您不用太擔心了。」

老夫人和二太太、三太太幾個聽了便全都臉色一鬆，面露喜色。

王爺神色凝重地坐到了正位上，錦娘忙推了冷華庭進去，給各位長輩行禮。老夫人一見錦娘，臉上便沈了下來，斥道：「妳大哥出了如此大的事情，你們兩個倒是比誰都來得晚，就是孫氏那一身是病的也趕來了，你們就只有兩親兄弟，怎麼就不能友愛關心一些呢？」

錦娘知道她這是為冷華堂憂了心、鬱了氣，這會子沒地方撒，見到自己夫妻兩個就找茬，心下不願意理這老太太，但礙於王爺王妃都在，當著他們的面，也不想太給老夫人難堪，便低了頭道：「孫媳原是要跟嫂嫂一起趕過來看望大哥的，只是相公腿腳不便，便去請了相公一起來，所以晚了些。」說著，又頓了頓，嘆了口氣道：「唉，又沒人給相公遞個話，孫媳也是怕相公不知道消息，若沒來，又會被別人斥責他沒有兄弟情誼，所以寧可自己晚一些，也要推了相公一起過來。」

一番話堵得老夫人再不好說什麼，便只是氣得對王爺道：「王爺，這事可得徹查，府裡如今是越發不太平了，連世子也敢謀害，真是膽大包天！一定要找出這凶手出來，給堂兒一個交代。」

二太太聽了也道：「可不，堂兒可是王府的繼承人，那下毒之人可是狼子野心，趁堂兒……那啥時下黑手，其行可恥，其目的很可怕啊！」

王妃聽二太太話裡有話，便皺了眉道：「老二家的，妳說得也沒錯，這害堂兒之人，怕就是想要堂兒的世子之位吧？先是害了庭兒，再害堂兒，若堂兒真有個三長兩短，這世子之位能承繼的也就那麼幾個了，唉，也不知道是誰狼子野心呢。」

二太太一聽，氣得臉都白了。「王嫂說話可要三思，這種話也能亂說的嗎？怎麼說王兄也是有兩個兒子，若堂兒不成了，不是還有庭兒嗎？或許是有人氣不過庭兒嫡子之身卻失了世子之位，報復所致呢。」

王妃聽了便咂了一聲道：「若是庭兒康健，又哪裡輪得到堂兒？老二家的，還是少說些話的好，可別惹火上身了。」

二老爺聽了也對二太太道：「妳一個婦道人家，知道些什麼？有王兄在呢，堂兒可是王兒自己的兒子，他能讓堂兒不明不白地就受了這罪嗎？」

王爺對王妃道：「娘子，將昨日看護堂兒的一干人等全都叫上來吧，這事確實要查一查，看是誰又在這府裡搞鬼。」

王妃秀眉皺了皺，冷哼道：「王爺不是在懷疑妾身吧？看管堂兒的可是王爺您自己派下的侍衛，給堂兒送吃食的是妾身安排的人，若是有問題，那不是王爺您自個兒，便是妾身嘍？今兒這事查查也好，哼，妾身若是想對堂兒下手，早在他和劉姨娘進這府門時就下手了，還非要等到別人將我那苦命的庭兒殘害了之後，再去動手嗎？」

王爺聽得一滯，知道王妃誤會自己的意思了，忙道：「娘子，我哪裡會懷疑妳，只是查清楚了，不是正好消了別人對妳的疑心嗎？」

二太太聽了便在一旁冷笑道：「嫂嫂既是清白，又何必怕查？在座的，有嫌疑的可不止嫂嫂一人，說起來，堂兒的身分太過特殊，大家可都有嫌疑不是？再說了，咱們自己內裡在這兒鬧著，保不齊是府外有人想要害咱們簡親王府呢，查出來，不是更讓大家都放心嗎？」

王妃臉上便露出一絲冷笑，對王爺道：「這一次可要說好，若真查出那幕後真凶來，再不可姑息養奸了，任他是誰，就算是親兄弟，也要按家法處置了。」

這話說得二老爺一噤，鷹一樣的目光立即看向錦娘和冷華庭。錦娘心中警惕，昨天二老爺也是用這種眼光看自己，難道這回，針對的目標是自己？她不由看向冷華庭，冷華庭正好看了過來，眼神柔柔的，眼底卻是一派堅毅之色，錦娘便覺得好安心，坦然坐在堂中，冷靜地看著事態發展。

一會子，守衛冷華堂的兩個侍衛和兩個送飯的婆子被押了進來。

兩名侍衛是王爺的親信，一進門便單膝跪地，對王爺道：「屬下無能，沒能保護好世子，請王爺責罰。」

王爺聽了便問道：「世子毒發是用過早飯之後嗎？」

其中一個侍衛便道：「回王爺，世子用過早飯後倒並無異樣，倒是辰時三刻後，又有人送了點心進來，世子似乎是用過點心之後才毒發的。」

王爺聽了便問那兩個婆子。「點心可也是妳們送給世子用的？」

那兩個婆子早嚇得面無人色，跪在地上直哆嗦，其中一個微胖的，膽子大一些，抬頭看了一眼王爺後道：「回王爺的話，這點心是奴婢從王妃院裡的小廚房拿的，天地良心，奴婢可不敢在點心裡動任何手腳。」

這時，有下人將世子用過的點心、飯菜的餘渣全都拿了上來，王爺便讓人拿去驗。兩刻鐘後，查驗結果出來，果然飯菜無毒，有毒的是一味桂花膏做的點心，而且裡面的正是下了砒霜。

兩個婆子嚇得渾身發抖，哭喊著說道：「奴婢們真的不知啊！點心是廚房早就做好了的，奴婢是從王妃新來的廚子手上親手接過的，奴婢們可真沒那個膽子毒害世子爺啊！」

王爺便讓人帶了王妃的廚子上堂來。那廚子二十幾歲的年紀，長得白白胖胖的，錦娘一看，便覺得有些眼熟——那不是上次冷華堂特地自外面找了來，說是會做宮廷裡的點心，非要送到自己院裡的那個嗎？後來自己沒收，便送給了王妃，這廚子果然也是顆棋子嗎？

那廚子一臉莫名其妙，跪在堂中張眼四顧，看府裡說得上名號的主子全坐齊了，不由嚇得低下頭去。

王爺便指著那盤吃剩的點心問道：「此點心可是你做的？」

廚子瞄了一眼那點心，點了點頭道：「是奴才今日一大早特地做了給世子爺的，世子爺對奴才有知遇之恩，奴才聽說世子爺受罰，所以，才做了一些平日裡愛吃的點心給世子爺。」

王爺聽了大怒，指著那廚子便罵道：「狗奴才！還敢口口聲聲說感念世子知遇之恩！說，為何在此點心裡下毒謀害世子？是誰指使你的？」

那廚子聽得臉色大變，指天發誓道：「王爺，奴才從沒做過此等事情，奴才雖有一門好手藝，一直不得志，是世子爺將奴才收留，又讓奴才進得了王府，讓奴才可以一展所學，奴才怎麼會害世子？奴才若有此等壞心，當遭天打雷劈，不得好死！」

王爺看他神情不像作假，正在遲疑，二老爺便道：「狗奴才，不打你，是不會說真話的，王兄，此等奴才太過狡詐，用刑吧。」

二太太卻道：「且慢，我看他不像在說謊，且再問他一問，或許還有人利用他所做點心之際，在點心裡下了毒，嫁禍於他呢。他又不是傻子，明知道世子吃了他做的點心會死，還親手去做，那不是找死嗎？況且，若真是他做的，事成之後他便應該逃之夭夭才是，還會蠢到坐在屋裡等人將他緝拿？」

那廚子聽了對二太太感激地看了一眼，皺眉地想了起來，好一會子突然道：「喔，奴才想起來了，這幾日二少奶奶院裡的一個小丫頭總到王妃廚房裡來，老纏著奴才教她做點心，說是要學了做給二少爺吃呢。」

這話一出，二老爺、二太太、老夫人全都眼睛一亮，只有三太太眉頭皺起，搖了搖頭，憐惜地看向錦娘。錦娘想他們繞了好大一個彎，總算將矛頭指到自己屋裡來了，看來，那個人又是早就埋在自己屋裡的一顆棋子，潛伏得還很深，今天可讓他們給派上用場了。

她也不看堂中事態的發展，只回過頭來看冷華庭，她現在最需要的便是冷華庭的安慰和支持。一轉頭，卻見冷華庭正捂了肚子道：「呃，娘子……我肚子痛，得去如廁。」

錦娘被他弄得哭笑不得。如此緊張的場面，他說要如廁？

果然二太太聽了便道：「小庭，這廚子可是指出下藥的正是你院裡之人呢，你也不聽個究竟，別一會兒又讓人給坑了。」那語氣倒像是很關心冷華庭，只是錦娘聽在耳朵裡怎麼都覺得很彆扭，是怕冷華庭臨陣脫逃吧。

冷華庭聽了便道：「我管他是哪個院子裡的，我院裡的全是妳們塞進來的，指不定都是用來陷害我娘子的，這會子我肚子痛，我要出去。」

說著，也不管屋裡人怎麼看他，推了輪椅就往外走，錦娘便要幫他推，二老爺卻是及時說道：「冷侍衛不是在嗎？讓他來服侍小庭吧，姪媳，有些事情，還是大家當著面說的好。」

錦娘冷冷地看了二老爺一眼，心想，這老狐狸像是有十足的把握害到自己，這會子出去也確實不妥，總要看他們究竟用的是哪顆棋、什麼法子害自己才是。

冷謙閃身進來，推了冷華庭出去了。

錦娘一時感到好不孤寂，又覺得好疲憊，身心都累。在這府裡，太多的陰謀算計，太多的風刀霜劍，簡直防不勝防，什麼時候自己才能和相公兩個一起自在又開心地生活呢？

「你接著說，若是有半句虛言，本王打斷你的狗腿。」王爺指著那廚子說道。

那廚子聽了低了頭道：「奴才真不敢妄語，此乃人命關天的大事，奴才說錯半句，便會害死人的。今兒一大早，真是二少奶奶屋裡的那個金兒來過廚房，而且，正是在奴才做點心的時候，奴才也不知道是不是她做的手腳，奴才自己是萬萬沒有起過那害人之心的。」

錦娘聽了又想笑。果然金兒是有問題的啊，自己讓張嬤嬤盯了她好多天，只想著不讓她在自己院裡弄么蛾子就成，沒想到她倒是把手伸進王妃院子裡來了，還真是個厲害的丫頭呢，任誰也想不到，她能有本事在王妃院裡下毒。

王爺靜靜看向錦娘，錦娘神色坦然地回望了過去。若是這次，王爺真中了那起子小人的計，要懲罰自己，相公他……他會如何呢，她突然感覺好悲涼，心裡一陣陣地抽痛。若是自己不在了，他會如何呢？若是自己真的穿越回去了，他會捨得嗎？若自己真被人害死了，他會很傷心、很傷心吧……可憐的相公，難道錦娘與你真的只是情深緣淺嗎？

王爺看到了錦娘眼裡的悲哀，看到她眼裡一抹淒涼和無奈，心裡微酸，給錦娘遞了個安撫的眼神。

今天這事，就算所有的證據都指向錦娘又如何？錦娘是小庭最心愛最在乎的，就如自己在乎王妃一樣，就算是王妃負了天下人，王爺也只信王妃，同理，就算錦娘做了再大的惡事，王爺也會幫小庭護著她，何況，錦娘進府這麼久以來，何曾做過一件惡事，如此善良又聰慧的女子，怎麼可能做那傷天害理之事？

這些不知道天高地厚的小人，他們不知道，錦娘才是王府的救星。昨兒小庭已經對自己說了，錦娘認得那奇人留下的圖，簡親王府想要繼續富貴下去，只有錦娘才能幫忙，他們陷害這個、陷害那個，不知道錦娘是自己和小庭的逆鱗，任誰都不能傷害的嗎？

一會子，兩個婆子去將金兒押了來，手裡還拿著在金兒屋裡翻出來的一小包砒霜。

金兒進來後，一臉惶然失措，二老爺不等她跪下便喝道：「可是妳在世子點心裡下了毒藥?!」

金兒抬了眼看二老爺，一雙明亮清澈的眸子滿是恐慌，眼裡升起水霧，讓人看著便是一副我見猶憐的模樣，但她沒有回二老爺的話，而是呆怔地看著王爺。

二老爺見她半晌也沒吱聲，不由氣急，又喝了一聲：「妳這賤婢，老爺問妳話！是不是妳在世子爺的點心裡下的毒藥？再不回答，老爺我劈了妳！」

金兒被二老爺嚇得脖子縮了縮，緩緩地轉過頭來，似乎才看到二老爺一般，好半晌，她才幽幽地說道：「您不是二老爺嗎？如此大聲凶奴婢做甚？這裡是王府，不是東府，奴婢的主子是王爺和王妃，王爺在，二老爺您問的哪門子的話？」

二老爺被金兒這話問得一滯，氣得就要上前去踹金兒。王爺見了冷聲說道：「老二，你好像喧賓奪主了，這裡我還在呢，你急什麼？」

二老爺聽了只好忍了怒氣，狠狠地瞪著金兒，那邊二太太卻回過頭來，瞪了二老爺一眼，二老爺眼神微閃，像是明白了什麼，便沒再作聲。二太太又轉過頭，眼神凌厲地看著金兒。

「金兒，這廚子說妳今兒早上在他做點心時，到了廚房裡，在世子所吃的點心裡面下了砒霜，可有此事？」王爺語氣平和地問道。

「回王爺的話，金兒從沒有做過害人之事。」金兒恭謹地回道。

「那妳屋裡搜出的砒霜又是怎麼一回事？」王爺又問。

「奴婢不知，奴婢屋裡並無砒霜。」金兒看了一眼那小包藥，淡淡地說道。

「回王爺，這包藥粉確實是奴婢兩個在金兒屋裡搜到的，有侍衛作證。」方才押了金兒來的婆子見了便低頭說道。

「看來，不打她怕是不會說實話了，父王，您可不能太心慈手軟了，如此明顯的證據，這個丫頭還如此嘴硬狂妄，用刑吧，可不能讓相公白白遭了這罪。」上官枚正好自裡屋走出來，看到了這一幕，心中不由怒火萬丈。一個賤婢竟然差點就要了自己相公的命，不打她就抓不出幕後之人，不打她，難以消除自己心頭之恨。

她才服侍冷華堂睡下，看著丈夫蒼白的臉龐，不覺一陣心疼。她還是喜歡他的，自第一回見到起就喜歡，喜歡有時候就只要一眼，一眼便是一生啊，就算他再不好，他毛病再多，已經嫁給他了，便想要與他白頭偕老，有人害他，自然是恨的。

「對，給她用刑，讓她說出背後指使她的人來。」一直坐在一邊的老夫人見這會子二老爺和二太太都被王爺訓得不好開口，便氣憤地說道。

「她既是我四妹妹屋裡的，背後之人自然不是四妹妹，便是四妹夫嘍？不過，玉娘不明白的是，四妹夫不是已經不能再成為世子了嗎？四妹妹為何還要指使人去害我相公啊，她魔症了不成？」孫玉娘一直老實地坐在一旁的繡凳上冷眼旁觀著。聽說冷華堂不會死了，她也鬆了一口氣，但同時又有些失望，總之，她的心情複雜得很，後來又聽說是有人給冷華堂下毒，她便覺得有趣了起來。這個簡親王府，可比孫家要複雜得多了，怪不得錦娘不讓自己亂說話，還真是處處都藏著窺視的眼睛和偷聽的耳朵呢！不然，一個小小的奴婢怎麼能夠害到世子？還有那個廚子，裝出一副無辜的樣子，他一個大男人，做的又是主子的吃食，會那樣不小心，讓一個小丫頭得了手、下了毒？那分明就是個套，往錦娘頭上下的套。

自己雖然想離間錦娘與上官枚，但絕對不想錦娘死。在這府裡，錦娘是自己唯一可以信任的人，那個笨丫頭，還有好多事得用著她呢，那些人可別想當孫家人不是一盤菜。

錦娘沒想到玉娘會開口幫自己，不由怔怔地看了過去，玉娘正好瞪了過來，一副恨鐵不成鋼的樣子，錦娘不由覺得好笑。一大早還討厭死了玉娘，沒想到，這個時候幫自己的竟然是這個討厭鬼。

「孫氏，妳一個側妃，來了府裡又不過短短兩日，妳又知道多少事情？再說了，一屋子的長輩在呢，哪裡有妳說話的分。」老夫人自昨兒起就很不待見孫玉娘，就是這個不吉利的女人，一來便害得堂兒被王爺踢，還關了黑屋，不允許進祠堂，今兒又被人下了藥，這一切，全是這個女人帶給堂兒的。

玉娘聽了便低了頭，小聲說道：「老夫人教訓得是，只是請問老夫人，錦娘可是玉娘的親妹妹，難道您想讓玉娘眼看著自己的妹妹被人誣陷而無動於衷嗎？那要讓玉娘置親情於何地？置自己的父母於何地？再說了，玉娘也是就著道理來說的，在座的長輩們自然都是明理之人，應該不會只論身分，不論是非公理吧？」

一席話頂得老夫人啞口無言。人家都說了，要只拿她身分說事，便是不講道理，便是以身分壓她。

上官枚聽了玉娘的話，才明白如今這屋裡的矛頭又是對著錦娘了，一時怔住，看著堂中的金兒便皺了眉。她如今真不想與錦娘對敵，太子妃多次告誡，讓她與錦娘交好，等除了那些外來的敵手之後，再來計較兩兄弟之間的事情，看來，今天這事又是有人故意弄得華堂和華庭兩兄弟反目，而得利的當然又會是某些個心腸狠毒之人。

「孫妹妹說的也是有理，父王，兒媳也認為，這金兒應該不是弟妹指使的，還是那句老話，她若不肯招，便打吧，總要讓她說出真正的幕後之人才是。」上官枚想了想便道。

王爺聽堂兒的兩個娘子都在維護錦娘，心裡稍感安慰，便依上官枚之言道：「那好，來人，將金兒拖出去，打到她肯說實話為止。」

金兒一聽急了，嚇得哭了起來，忙磕著頭道：「王爺，您別打，我說了就是！」

金兒此言一出，二老爺眼裡便露出一絲得意，微斜了眼看向錦娘，那眼神便如看到了正被置於案上待宰的羔羊，一副陰謀就要得逞的樣子。

「王爺，這事說來話長，但金兒先揀了緊要的說吧。」金兒看了一眼一旁坐著的二太太，似乎在向她求證什麼，只見二太太對她點了點頭，金兒便像下定了決心道：「是奴婢拿了砒霜，下在世子爺所吃的糕點裡了。而這指使之人嘛，自然是二少奶奶，那包砒霜也是二少奶奶給奴婢的。砒霜很貴，奴婢一個丫鬟還買不起這一些呢，若不是主子給，奴婢也沒本事害人。」

王爺沒想到金兒一開口真的便咬上了錦娘，正要讓金兒拿出錦娘指使她的證據，這當口，冷謙推著冷華庭進來了。這回，冷謙進來後，就沒有再出去，而是如以前錦娘沒嫁過來之時一樣，靜靜地如一尊雕像，面無表情地站在冷華庭身後。

「都說到哪兒呢？再說一遍聽聽。」冷華庭睜著一雙眼，將在座每一位都巡視了一遍，然後，目光落在地上的金兒身上，有些驚訝，卻也有些了然。「金兒，真的是妳啊。」冷華庭的語氣平靜得很，與他平日裡，一遇到錦娘的事便著急上火的樣子判若兩人，就像在問一件最平常不過的事情一樣。

「二少爺……」金兒含淚低咽一聲。

「小庭啊，你那媳婦可真是心如蛇蠍呢，她竟然讓這個賤丫頭下手毒害你的大哥，這不是故意要陷你於不義嗎？」二老爺似笑非笑地說道，明明一副很得意的樣子，偏要用很惋惜心痛的語氣對冷華庭說出來，錦娘聽了便覺得頭皮發麻，背上直冒冷汗。

冷華庭歪了頭看向二老爺，語氣仍是無邪得很。「二叔，你也認為是我娘子要害大哥嗎？請問，我娘子為何要用如此拙劣的手段去害大哥啊？」

「自然是想幫你奪得世子之位啊，你父王只得你們兩個兒子，堂兒若是有事，第一個繼位的自然是——」二老爺冷笑著說道。

話還未完，冷華庭突然自椅子旋身而起，以迅雷不及掩耳之勢驟然出手，一下便掐住了二老爺的喉嚨。而冷謙動作也快，冷華庭飛身而起之時，他身子一閃，便將輪椅放在了冷華庭身下，冷華庭挾了二老爺後便穩穩地坐回了輪椅上，兩人配合得天衣無縫，錦娘看得炫目的同時，也想起了在寧王府時，他們兩個也是如此配合著，將自己挾持到大樹上。

二老爺其實能躲的，但他一是不想在王爺面前洩漏了自己會武功一事，二是冷華庭出手太快又太突然，他稍一遲疑便沒有閃過，如今被擒住後，他索性不再抵抗，但喉間如被鐵鉗夾住了一樣，心裡仍是止不住的驚恐。人在死亡面前，就是再鎮定，也會露出幾絲膽怯，二老爺如今便是。他嚇得兩手緊緊抓住冷華庭雙手的腕脈，只待他一用力，自己便出手，就算不能自救，也能與他同歸於盡。

「二叔，你好像很害怕呀？」冷華庭的眼神仍然很乾淨，如一個調皮的孩子正在玩鬧一般，箝住二老爺喉嚨的兩指時緊時鬆，像是一隻頑皮的小貓，在捉到可惡的老鼠後，不急於吃掉，只想逗那隻老鼠玩。

「庭兒，你這是做什麼？快放開你二叔！真是太膽大包天、目無尊長，王爺，你也不管管他，任他如此任性妄為嗎?!」老夫人嚇得心都跳到嗓子眼了，連連敲著手裡的枴杖，大聲喝斥道。

一旁的二太太早已嚇得面無人色，但她知道冷華庭混帳得很，根本不按常理出牌，此時越是激他罵他，越會讓他惱怒，保不齊他手一抖，二老爺就會一命嗚呼了去。

王爺聽了便也說道：「庭兒，別鬧，這可不是好玩的，放開你二叔吧，有話好好說。」聲音卻一點也不迫切，仍在好言哄著冷華庭。

「父王放心，小庭不過跟二叔鬧著玩呢。二叔，你說，小庭兩指一掐，你這喉嚨會不會斷掉呢？」冷華庭面帶微笑地說道。

二老爺此時真的嚇得六神無主了，他眼睛死死地瞪著冷華庭，不知他下一刻又會變個什麼主意，如今再聽他這樣一說，原想說幾句硬話撐下面子的，這會子全然不敢了，死死瞪著的眼珠裡終於露出乞求。

冷華庭突然手一鬆，將二老爺嫌惡地向邊上一推，隨即雙腳踢在二老爺腰上，輪椅借力滑退了好幾步，冷謙又幾步上前，將他推回錦娘的身邊。

拍了拍手，冷華庭看著跌倒在地上，猶自處於驚怒之中的二老爺道：「小庭不過跟二叔開個玩笑，就是想告訴二叔一件事情，一件非常簡單，連小孩子都想得明白的事情，那便是我若想要殺大哥，只需如剛才一樣，在月黑風高夜，突然將他擒住，只要喀嚓一聲，他便會一命嗚呼。你說，放著如此簡單的方法不用，犯得著去下那個勞什子的毒，留了把柄給你們抓嗎?是你們太蠢,還是我想得太簡單,跟不上你們的思維呢?」

二老爺捂住自己的喉嚨,眼神凶狠地看著冷華庭。剛才的交鋒中,他發現小庭的功夫比之前幾年可又精進了很多,自己剛才就算全力與他一搏,怕也難以穩操勝券。

那日在玉兒屋裡的那個蒙面人會是小庭嗎?

應該不會吧,小庭的腿不會就好了吧?上回還聽小軒發脾氣,說是弄了假藥給小庭,害得他又發作過一次……而且,那次發病是堂兒親眼看到了的……

「小庭,你也太過胡鬧了,就算要說清道理,也沒有將長輩挾持,對長輩動手的道理吧?!上次你用茶杯砸了二嬸,二嬸念你年紀小,不與你計較,這一回,你又對你二叔動手……」二太太氣得直哆嗦,看二老爺平安脫險之後,她便沒了顧忌,大聲喝斥道。

一轉頭,又對王爺道:「王兄,因小庭身子不好,咱們幾個做叔嬸的全都讓著他,但他如今越發肆無忌憚了,如此下去,這府裡誰還敢說他與錦娘半句不是?那不是由得他們小倆口在府裡為所欲為嗎?」

「小庭怎麼為所欲為了?他哪一次不是被惹毛了才動的手?平日裡,我的小庭連個丫鬟也不亂彈一個指甲殼的,他雖有些任性,卻是最講理了,別人不犯他,他是絕對不會犯著任何人的。老二家的,妳說話可注意些,小庭剛才也沒把老二怎麼樣吧,他不過用簡單些的法子告訴你們一個粗淺的道理而已,別時不時地就盯著我的兒子媳婦,再要那樣,別說是小庭了,就是本妃我也要發火了。」王妃聽了不等王爺說什麼,便接口說道。她實在是太氣了,以前那些人怎麼對付自己，她能忍都忍著，總想著一大家子能夠和睦相處便是最好的，如今自己好不容易有了個好媳婦，就一個一個地來找媳婦的麻煩，也是看庭兒一天一天變好，就是因著媳婦的緣故吧？哼，真當自己是個棉花團呢，任他們捏圓搓扁？

錦娘聽了這話，眼睛便有些濕潤起來。她靜靜注視著王妃，一直以來，錦娘對王妃的軟弱有些無奈，怒其不爭，但又喜歡王妃的溫婉善良，這如此複雜陰暗的王府裡生活了幾十年，仍保持了一顆純質的心，並沒有變成如二太太一般陰險狡詐、手段毒辣。如今王妃為了自己而開始改變，為了自己而與二太太據理力爭，就算相公做事有違常理，她仍是一力地張開她柔弱的懷抱，想要保護自己和相公，讓她如何不感動？

二太太被王妃近乎無理又張狂的話氣得手指發抖，王妃剛才連自稱都改了，那分明便是要用身分壓人，不講道理了？她不由憤怒地看向王爺，但王爺卻是一臉溫柔地看著王妃，眼神裡盡是寵溺和鼓勵，二太太看著差點快要氣炸了。今兒這事就算是人證物證都確鑿了，怕也難達目的了……

老夫人聽著王妃的話也是氣，但她一偏頭，看王爺半點責怪王妃的意思也沒有，倒是很見機地沒有再開口。她可不想在佛堂裡過年節，王爺能念著老情和孝道，肯請了自己出來，已經不錯了，可別再惹毛了王爺就好。

「父王，兒媳覺得小庭方才說得也有道理，小庭雖是不太喜歡相公，但卻從未對相公怎麼樣過，相公可是個手無縛雞之力的文弱書生，以小庭的本事，真想要害相公，直接動手就成了，還弄那麼多么蛾子做甚？兒媳看，這金兒狡猾得很，不動刑，還真在她嘴裡問不出實話來。」上官枚看見二太太吃癟的樣子心裡便覺得很爽快，她也看出來了，這個局怕就是二太太設的。哼，她以為，別人都是傻子，就她聰明，想設計誰就設計誰呢，這回偏要她吃吃自己陷害別人而落下的好果子不可。

冷華庭聽了上官枚這話，將手一揚，對上官枚道：「嫂嫂且別打她，小庭相信金兒，她不會害我娘子的。」

錦娘聽了這話便皺了眉。剛才金兒可是明明白白地說，是自己指使她在點心裡下的毒呢，沒想到這廝心裡還真有金兒，竟然在如此情景下還護著這陷害主子的惡奴。

她不由嗔怒地瞪了冷華庭一眼，冷華庭正推了輪椅向金兒滑去，感覺錦娘在瞪他，忙偏了頭，一臉討好地對錦娘笑了笑，才歪了頭問金兒。「真是少奶奶讓妳下的毒嗎？」

金兒見冷華庭靠近，又當眾為自己說話，眼裡就濛了淚，嘴角卻是含著絲笑意，神情淒楚而可憐。

「二少爺，你方才去哪裡了？奴婢不怕死，可怕疼啊……奴婢是個早就該死了的，可是一直不甘心，有些事情還沒做呢，奴婢便苟活著……方才奴婢膽小，怕挨打，打板子很疼的，所以才照著他們教奴婢的，說了那一番話，現在二少爺你來了，你一定不會讓他們再打金兒的，對吧？就像小時候一樣，你會護著金兒的，金兒知道……」

第六十二章

「鼻涕蟲，妳放心，爺罩著妳，不讓他們打妳，可是，妳不能陷害我娘子。」冷華庭的聲音輕軟溫柔，眼底幽深，如墨如玉。

金兒明亮的大眼就變得迷離了起來，她跪直了身子，臉上綻開一朵嬌憨純真的笑容，淒美中帶著一股赴死的絕然。

「我就知道，少爺還是會如小時候一樣對金兒好的。少爺還記得嗎？金兒還有個婆婆，那場整頓，我娘死了，哥哥賣了，可是婆婆沒死，這些年，只有婆婆和我相依為命，她是金兒唯一的親人了。」金兒臉上帶著笑，眼裡浮出晶瑩的淚花。

錦娘不由看得心酸，這樣的女孩子，就算是害人，也是被逼的吧……想到這兒，她抬眼看向二太太，果然二太太臉色鐵青，怒目瞪視著金兒，像要用眼神將金兒凌遲了一樣。金兒說得越多，她便越憤怒，不過，一向持重清傲的她，眼底也閃著一絲恐慌，但當著大家的面，她也無計可施吧？看她手裡絞著的帕子便知，她的心情有多麼緊張。

「少爺會幫妳照顧婆婆的，妳別怕。」冷華庭伸手揉了揉金兒的頭，眼裡挾了笑，安慰金兒道。

「嗯，金兒信少爺。」金兒笑著猛點了點頭，轉過身來，對王爺猛磕了一個頭，道：

「王爺，奴婢方才說是二少奶奶逼奴婢在世子爺點心裡下毒，此言全是謊話。」

王爺聽了，眼睛一亮，忙問道：「全是謊言？那真正指使妳下毒之人是誰？又是誰讓妳誣陷二少奶奶的？」

那邊二老爺聽了金兒的話，眼底也閃過一絲慌亂。他看了二太太一眼，見二太太神情也很緊張，便對王爺道：「此婢巧言令色，一會兒言之鑿鑿說是姪媳指使她下毒，不過片刻又將前言推翻，如此奸詐的賤奴，她的話不足採信，王兄，不如將她拉出去，亂棍打死算了。」

「二叔，她的話可不可信自會有公斷，何須如此心急，不等她將話說完就要打死她呢，難道她說出來的話，讓二叔擔心了嗎？」一邊的上官枚便冷笑著對二老爺說道。

二老爺聽得一滯。堂兒媳婦最近是怎麼了，怎麼總是向著庭兒媳婦，她不知道自己是最關心堂兒的嗎？自己處處維護著堂兒，她應該能感覺得到才是，怎麼到了這節骨眼上，她竟然如此言語相逼自己？

「堂兒媳婦，二叔可是一心為了堂兒好！」二老爺氣憤地喝道。

「姪媳可沒有懷疑二叔您的居心，姪媳只是以事論事，想要看到事情的真相而已，更想將那謀害我相公的真凶揪出來，繩之以法。」上官枚不卑不亢地對二老爺說道。

「金兒，妳接著說，別怕，儘管說出真相，本王自會給妳公斷。」王爺微眯了眼，凌厲地看了眼二老爺，轉過頭溫和地對金兒道。

「回王爺的話，奴婢並未在點心裡下毒，砒霜確實是有人給了奴婢，也確實有人指使奴婢在世子爺的點心裡下毒，可是奴婢做不出來那傷天害理之事，所以只拿了毒藥，也去了王妃的廚房，但沒有動手。」金兒冷靜地對王爺說道。

「看吧，王兄，方才可是明明查出點心裡是有砒霜的，這賤婢又矢口否認了，可見她的話，不能當真。」二老爺立即冷笑著說道。

「信與不信由您了，奴婢方才所言句句是真，奴婢的確沒有下毒，而且，那給奴婢毒藥之人，也並非二少奶奶，而是另一位主子，只是……奴婢不能供出她來。」金兒坦然地看著王爺說道。

「金兒，妳不說出幕後之人，少爺如何幫妳？」冷華庭急切地說道。

金兒回過頭，眼裡含了淚，淒婉地對冷華庭一笑道：「少爺，奴婢也有要保護的人。奴婢雖然低賤卑微，沒什麼本事，但奴婢至少不能害了她……」說著，她漸漸地回過頭來，捂住嘴嚶嚶地哭了起來。

冷華庭聽了，不由火冒三丈，抓住金兒的肩膀搖著。「金兒，妳告訴少爺，妳婆婆被他們挾制了對吧？少爺現在就幫妳將她救出來。」

金兒淒婉地回頭，眼裡露出無限的留戀之色，嘴角卻緩緩流下一條黑色的血絲，她燦然地笑著，身子搖搖欲墜。「謝謝少爺，我……沒有出賣他們，只是沒按他們想的去害人，希望……能看在金兒沒有供出他們的分上，放過婆婆，不然，金兒便是變成厲鬼，也不會讓他們過得安生……」說著，身子緩緩向下倒去。

冷華庭惱恨地猛捶輪椅扶手，憤怒地罵道：「妳這個傻瓜！少爺不是說了會幫妳照顧她的嗎？為什麼妳不相信少爺，少爺已經派人去找了，妳怎麼這麼傻啊，說出真相，誰也不能拿妳怎麼樣！」

金兒虛弱地睜著眼，撐著最後一口氣，嘴角帶著一絲苦笑。「多年以前，金兒就該死了的，是少爺……想法子放了金兒一命，金兒是真的……真的想要服侍少爺的……奈何，他們……不讓，他們……非要金兒做那……傷……天害理之事，金兒做不來，生……不如死，不如去了乾……乾淨。」聲音越說越弱，最後一句，幾乎是拚了全力才擠出來。

錦娘靜靜地看著地上那性命正凋零枯萎的如花少女，心裡像堵了一塊大石般，沈重得透不過氣。多麼美好善良的女孩，就是拚了死，也不願意玷污自己的靈魂，被人威逼挾持，寧死也不屈，那顆心乾淨透明，誰說她低賤了，那些自認身分高貴之人，比起這個卑微的小女孩來，骯髒醜陋、齷齪無恥到了極致。

「我真傻，竟然沒有想到妳手裡是拿了砒霜的，竟然沒有看出妳早就存了死志……妳這個鼻涕蟲，到死也只想著別人，妳這個……這個傻丫頭，為什麼就不肯再信少爺一次呢……」冷華庭仰天長嘆，眼眸裡滑下兩滴清淚。

輪椅一滑，他俯身將金兒抱起，輕輕用手擦去金兒嘴角的血絲，對冷謙道：「阿謙，一會兒找個地方，給她厚葬了吧，就在後院的小山坡上。她小時候，最喜到那裡玩耍，那裡有她喜歡的野山菊。明年秋天，山菊綻放時，她一定會在那山坡上玩鬧的。」

外面進來兩個婆子，將金兒的屍體抬了下去。

「庭兒……庭兒你……你……」冷華庭一席話讓屋裡很多人動容，王妃突然後知後覺地發現，冷華庭今天說話很有條理，頭腦冷靜睿智，與平日耍賴裝渾判若兩人。她激動地站了起來，連向冷華庭走近幾步。

「娘，妳坐著就是，這事沒完，金兒不能白死了，今兒一定要找出那個逼死她的人來。」冷華庭無奈地看了王妃一眼，點了點頭哄勸王妃道。

先前被冷華庭突然出手制住時，二老爺便感覺有些不對勁，但那時，他仍認為冷華庭渾得很，做事不顧後果，仍是個半傻子。剛才聽王妃那樣道破，他心裡突然警醒了起來。是啊，小庭方才那一番話可是有條有理得很，而且，他那話是什麼意思，難道被他發現了什麼破綻不成？

「阿謙，劉醫正到了沒有？」冷華庭不等二老爺細想，突然對冷謙說道。

「少爺，就在門外呢。」冷謙面無表情地說道，話還未落，人已經到了外面，將劉醫正請了進來。

王爺一見劉醫正，心裡便有所了悟，不由看向二老爺。「老二，看來應該將杜太醫也一併請過來才是，本王將他留在偏廳呢。」手一揮，便有奴婢去請杜太醫了。

劉醫正進來後，與大家見了禮，便冷靜地坐在了一旁的椅子上，一副老神在在的樣子，一言不發地看著場內。

杜太醫治好世子後，王妃便拿了一大筆謝儀給他，王爺卻誠意地一再留他用飯，說是多謝他救了世子，想與他相交。杜太醫聽了這話自然是喜出望外，被奴僕們服侍著，在偏廳用茶，這會子被請進正堂，原以為會是好事，一抬眼看到劉醫正也在，不由微怔，心裡有些打突，但仍是表面平靜地坐在椅子上，一拱手，對王爺道：「不知王爺喚下官來，還有何事？」說著，微帶了絲得意地看向劉醫正。

「杜大人稍安勿躁，本王還有事請教杜太醫。」王爺淡笑著對杜太醫道。

二老爺這會子越發緊張起來，他陰戾地看向冷華庭，腦子裡細細地梳理著今天發生的事情，突然他起了身，一拱手對王爺道：「王兄，年關即至，我衙裡還有些事情未辦妥，這事你們先查著，我且先辦了公事再說。」

王爺不由冷笑道：「老二，你不是最想抓到毒害堂兒的真凶嗎，這會子怎麼又要走了？」

「是啊，二叔，您可是今天這齣戲的重要角色，少了您，那還怎麼唱下去呢？」冷華庭似笑非笑地對二老爺說道。

「阿謙，去，拿了那盤點心給劉醫正查驗。」不等二老爺做出反應，他又沈聲對冷謙說道。

冷謙親自去端了那盤桂花糕給劉醫正，劉醫正細心地查驗了一番，道：「此點心的確有毒，但下官仔細看，點心裡面沒毒，砒霜粉是撒在點心面上的。王爺請看，下官將點心捏開，用銀針試中心，針頭並未變黑，但插在這點心面上，銀針便成了黑色。」

王爺親見他試驗了一次後，點了頭道：「看來，金兒這丫頭並未說謊，她是在做點心時進了廚房，她若下毒，定然會下在做點心的麵粉裡，如此，整個點心都會有毒，而不是只在面上。」

劉醫正點了點頭。「正是，王爺，下官想去查探世子病情，請您允許。」

上官枚聽了心中一喜。劉醫正的醫術可是全大錦都有名的，且他的父親可是解毒聖手，家學淵源，有他複診，相公定然是要好得更快的。

王爺自然是應允的，上官枚便親自帶了劉醫正去了內堂。

那杜太醫便有些坐立難安起來，一雙吊梢眼滴溜溜地亂轉著，蹭蹭挨挨地就想要溜。王爺笑著對他道：「杜大人不要見怪，劉醫正只是給堂兒看舊傷的，並非疑心大人的醫術。」

杜太醫聽了心裡仍是不安，便偷偷瞄向二老爺，二老爺眼神凌厲地瞪了他一眼後，瞥開眼去。

劉醫正很快便出來了，臉上帶了絲譏笑，一拱手，對王爺道：「府上還真是喜歡開玩笑，世子爺不過是吃了些瀉藥而已，怎麼就說是中毒了呢?喔，不對，這瀉藥之前，還吃過一種特殊的東西，能致人高熱痙攣，狀似身中劇毒，那解藥嘛，還正是瀉藥。」

王爺被劉醫正一席話弄得目瞪口呆，驚詫莫名。「劉大人，你是說堂兒根本沒有中毒，更不會有性命之憂？」

「那致人高熱痙攣之藥可是西涼國才有之物，若非下官父親曾見過，下官也判斷不出來。吃下那種藥後，症狀確實狀若中毒，王爺您看不出來也是正常的。」劉醫正撫了撫下巴上的鬍鬚，搖頭晃腦地說道。

王爺哭笑不得地看著二老爺。這惡作劇應該就是他做出來陷害錦娘的吧，那杜太醫怕正好是他收買了的。

「杜大人，劉大人方才所言你可聽清楚了，你說世子可是中了砒霜之毒？」

杜太醫聽了，嚇得一下便跪在王爺面前，眼睛卻睃向二老爺，二老爺睇了眼瞪著他，眼神凌厲如刀，他嚇得心頭一顫，抖著聲對王爺道：「王爺息怒，下官……下官方才進那黑屋時，便聞到有股砒霜味，雖驗到世子並未中砒霜之毒，心存貪念，便……還請王爺饒恕。」

王爺聽了便冷笑道：「只是一時貪念，不是別人吩咐了你如此說的嗎？杜大人，還是請你實話實說的好，不然，本王便要告你個欺詐之罪。」

杜太醫聽了微一縮脖子，睃了二老爺後對王爺道：「求王爺開恩，下官只是有起了貪念，想多得些謝儀，真沒人吩咐下官什麼，今天也不過是湊巧，下官正無聊在街上亂逛，正好碰到侍郎大人說府上世子中了毒，下官別的醫術平平，就只有解毒這一項還算過得去，便毛遂自薦，真沒懷什麼特殊目的啊，請王爺原諒下官吧，再說，下官也確實給世子解了毒啊。」

王爺聽了便似笑非笑地看向二老爺，二老爺卻是若有所思地看著地上金兒待過的地方。

「這事可是越發有趣了啊，以金兒方才所言，明明是有人命她將砒霜下到大哥所吃的點心裡面，然後再嫁禍給我娘子，可偏偏金兒是個心善的，她不肯做傷天害理之事，便只拿了砒霜，沒有真正下毒，但點心上又確實有砒霜……而大哥中的又不是砒霜，是另一種西涼來的吃了不會死人的毒藥，這下毒之人，究竟是想大哥死，還是只想要陷害我娘子，還是……既想害死大哥，又陷害我娘子呢？二叔，您覺得這事是不是很有趣啊？」冷華庭也不等王爺如何處置杜大人，似笑非笑地看著二老爺道。

二老爺聽了這話，皺著眉頭猛地抬起頭來，若有所思地看著冷華庭，突然，他感覺身後一陣冷汗直冒，轉了頭問劉醫正。「劉大人，若這點心裡的砒霜真被世子吃了，他……還能有救嗎？」

劉醫正聽了便鄙夷地看了一眼地上趴著的杜太醫，端了茶在手上，慢條斯理地說道：「若是本官來得及時嘛，可能還有救，若是杜大人嘛……只怕人家喜慶地過年，你們府就得辦喪事嘍。」

二老爺聽完一臉慘白，憤怒地看向二太太，二太太卻是從容得很，挑了眉，斜眼看著二老爺，冷哼一聲，轉過頭去，不再與二老爺對視。

王爺氣憤地對杜大人道：「你這個騙財的庸醫，竟然敢行騙到本王府上來！來人，將這庸醫先關起來，明日送大理寺去！」

杜太醫猛地磕頭，對王爺道：「求王爺開恩，饒了小的這一回吧！」

二老爺越想越後怕，也是氣這杜太醫，上來便對著杜太醫一腳，罵道：「原來你根本不會解砒霜這毒，你這狗東西，差點就害了堂兒，還不快滾，以後再也別讓本官看到你！」

杜太醫聽了這話如獲重釋，連滾帶爬就往外跑，冷華庭對冷謙使了個眼色，冷謙一閃身，便將那杜太醫拎了回來，扔在地上。

「父王，如今金兒死了，她臨死時也明說了，她沒有在點心裡下毒，那麼，點心上的兩種毒又是從何而來呢？以兒媳分析，這兩種毒應該是同一個人下的，但這個人卻並不想要害死大哥，他只是想要陷害兒媳，所以大哥所吃下的點心裡，只有西涼毒而沒有砒霜，砒霜是在大哥已經用過之後再撒到餘下點心上去的，為的就是陷害兒媳。但是，這個人與金兒的指使者並非同一個人，因為，金兒的指使者的心更加惡毒，他是在利用別人想要陷害我的機會乘機一併毒死大哥，從而達到一箭雙鵰的目的。」錦娘皺著眉，冷靜地對王爺說道。

王爺聽了也是若有所思。他先前在黑屋裡時，就感覺杜太醫有問題，砒霜乃是劇毒，他卻是輕而易舉地解了，讓他很是詫異，所以才特意留下了杜太醫，如今看來，杜太醫果然是有問題的。

先前王爺也認為是老二合著杜太醫一起作戲來陷害錦娘，如今看來，這事情還真不只是陷害錦娘，還有人真的想要毒死堂兒，若非那金兒心善，只怕堂兒真的就一命嗚呼了。

「來人，將送點心的婆子給本王拉上來。」王爺突然一揚聲說道。

二太太一聽這話，臉色立即凝重了起來。原以為金兒死了便死無對證，再也無人能夠指證她了，可是那兩個婆子……

那兩個送點心進來的婆子一進來，便嚇得跪在了地上，王爺也不多問，大聲說道：「來人，就在這堂中行刑，將這兩個婆子先各大二十大板了再說！」

立即就進來幾個婆子，兩個壓住一人，另一人行刑，噼噼啪啪就開始打了起來。其中一個婆子才被打了三下，便大叫道：「王爺饒命、王爺饒命，奴婢說實話，奴婢說實話！」

王爺手一揮，行刑的婆子便停了手，退到了一邊去。

「王爺，奴婢說實話，點心上的砒霜的確是奴婢方才撒上去了。」那婆子板子一停，便開口說道。

「喔，是誰指使妳在點心上撒毒的？」王爺又問。

「是……是……是金兒，那砒霜也是金兒給奴婢的，昨兒她還送了二十兩銀子給奴婢，讓奴婢幫她做這事，她說……她說她不想害死世子爺，可又被逼無奈，所以，只能在世子爺吃剩下的點心裡下毒，好瞞了她的主子。」那婆子哭泣著說道。

冷華庭一聽大怒。這兩個婆子好生狡猾，竟然將所有的事情都推到已經死了的金兒身上。「父王，再打，打死這兩個狡詐的賤奴！」

「二少爺、二少爺，奴婢真的沒有說謊啊，真的是金兒讓奴婢這樣做的啊！」那婆子聽了便對冷華庭猛地磕起頭來，哭得眼淚鼻涕一把一把的。

「二弟，你別氣，真正幕後之人總會查出來的，那些作了惡的，不要以為無人指證她，便可以逍遙。」上官枚突然開口說道。

錦娘很詫異地看著上官枚。方才別人或許沒有注意，但錦娘是注意了的，上官枚自聽劉太醫的話後，便悄悄退到了偏門處，一會子又自偏門處走了進來，不知道她做什麼去了。只有玉娘一直靜靜地坐在堂中，一言不發，不過，總是時不時地便拿眼睨冷華庭，好在今天冷華庭一門心思全在案情上，沒工夫注意到她。

上官枚說了那話以後，便慢慢地踱到另一個婆子跟前，對她說道：「妳一直沒有說話，是不是以為她說了，妳就不用說？嗯？」

這個始終沒有作聲的婆子比先前那叫得厲害的婆子要瘦一些，長得就是一副精幹的模樣，先前她見那稍胖的婆子還沒打三下就認了，心裡便一陣狂喜，一會兒只說自己並不知道，什麼都推到那胖婆子身上去就成了，可是……沒想到，竟然被世子妃給拆穿了。她不由抬頭看了上官枚一眼，老實說道：「世子妃，那金兒並沒有給奴婢什麼東西，也沒有收買奴婢，這一切，全是李婆子幹的，奴婢只是遭連累了。」

「哼，是嗎？一會兒本世子妃讓妳見個人，妳見了便知道了。」上官枚冷笑著對那婆子說道。說罷，她緩緩走到王爺面前，對王爺行了一禮道：「父王，兒媳有一人證，可以指出，這幕後之人究竟是誰。」

王爺聽了一怔，眼睛也亮了起來，急切地說道：「那快快將那人證帶進來。」

錦娘聽得一怔，這才明白上官枚出去的那一會子是做什麼了。看來，她也是學到了相公那一招呢，只是相公無賴得很，借了尿遁，而她便是悄悄去行事的。看來，那香片含毒之事著實惹惱了上官枚，這會子定然是使了手段報復來了，正好，難得自己也能空閒下來看場好戲。

冷華庭聽了也是凝了眼，似笑非笑地看著上官枚。上官枚被他這種眼光看得眉頭一挑，低聲說道：「二弟，嫂嫂就先搶你一些鋒頭了啊。」

冷華庭燦然一笑，對上官枚恭敬地拱手行了一禮，還特意將輪椅退到錦娘身邊，也是一副要看好戲的樣子。

不一會兒，真的走進來一個人。錦娘看得一陣錯愕，那人竟然是二太太身邊最得力的丫鬟含香。

二太太看得瞳孔一縮，胸膛裡氣血翻湧，她強自吸了一口氣，將那股欲吐的勁頭壓了下去。

上官枚含笑地看著二太太道：「二嬸子，這個人妳應該認識吧？」

二太太眼神凌厲地看著含香。「含香，妳不在府裡辦差，到王府來做甚？」

含香對二太太福了一福，道：「主子，罷了吧，做了那麼多見不得人的事情，總有一天會敗露的。」

二太太聽得大怒，大聲喝斥道：「妳這賤蹄子！胡說八道些什麼?!我何時做過什麼見不得人的事情了？」

含香也不理她，任她罵著，逕自跪到了王爺面前。「王爺，奴婢是來自首的，奴婢也是奉二太太之命，將砒霜給了金兒，命她在世子爺的吃食裡下毒，而這兩個婆子手上的砒霜也是奴婢給的，是二太太怕金兒靠不住，決定雙管齊下，同時進行。二太太的目的便是既要害死世子爺，又要以此陷害二少奶奶。」

二太太聽了氣得便要衝上來打含香，王妃冷笑著說道：「老二家的，到了這當口，妳還想要滅口嗎？」

二老爺自看到含香進來時，便知道事情敗露，此時，他神情有些恍惚，呆呆地看著盛怒下的二太太，聽到王妃的話時，他似乎才回過神來，突然走上前去，啪啪啪三耳光，將二太太打跌在地上，怒道：「妳太狠的心了，竟然敢害堂兒……和姪媳，妳……太讓我失望了！」

說著，便向王爺跪了下來。「王兄，小弟家門不幸，沒有娶到賢妻，沒想到，她竟然會變成這樣，小弟愧對王兄，求王兄責罰吧。」

二太太捂住被打得紅腫的臉，傷痛欲絕地看著二老爺，既不哭也不鬧，神情就像是失了魂一樣。二老爺也是神情痛苦地回頭看著二太太，眼裡有著不捨和無奈，更有一絲惱怒和決然。

好久不曾說話的老夫人這會子也是憤怒地看著二太太，她枴杖連連擊地，對二老爺道：

「老二啊，先前你娶她時，娘便跟你說過，她性子太過剛強，城府又深，心胸又狹，是那容不得人的，讓你不要娶，你自己非要，還拿了熱臉去貼人家的冷臉，好不容易討了來，看吧，竟然是個蛇蠍心腸的，你……你快些休了她算了，免得將咱們王府弄得烏煙瘴氣，害人害己。」

二太太聽了老夫人的話，驟然回神，眼神凌厲地看向老夫人，怒斥道：「妳以為妳是什麼好東西？別讓我說出好聽的來了，這府裡原就是骯髒得很，就算是再乾淨的人進得這裡來，也會被染成黑的，不然只能像王妃一樣，當個活寶被人耍而已！」

被點了名的王妃定定地看著二太太，她既不氣也不惱，卻是幽幽地說道：「妳或者真的很精明能幹，我在妳眼裡或者確實是很愚笨，但是，妳活得很累。失了最原先的本心，但得到了什麼？妳苦心經營和謀劃，最終結果又是怎樣？我是笨，但我有心疼我的丈夫，有孝順的兒子，有妳夢寐難求的身分和地位，有妳終其一生，也得不到的東西。」

二太太聽了，眼淚終於流了出來，狠狠地看著王妃道：「那又如何，妳唯一的兒子變成了殘廢，就算他如今由傻子變得聰明了，卻也只能眼睜睜地看著別人將他該有的東西占了，妳有本事，就給妳兒子奪了回來啊！」說完，二太太自地上站起來，冷靜地彈了彈身上的衣襟，緩緩地走到王爺身邊道：「含香被人收買，她所說的一切，我全不承認，除非你們拿出切實讓我信服的證據來，不然，休怪我鬧了。」

「二嬸子要證據嗎？那還不容易，剛才姪媳便讓人搜了二嬸子的屋子，在二嬸子臥房裡找到一瓶西涼毒藥，和一大包砒霜，也不知道二嬸子備下如此多要做什麼？是打算哪一天用不完了自己吃嗎？」上官枚似笑非笑地走近二太太道。

二太太看著上官枚便眼冒綠火。「我自問待妳不薄，妳為何要一再地陷害於我？」

上官枚不由笑出聲來，譏誚地看著二太太。「那姪媳是不是該多謝二嬸子對姪媳一直以來的關愛呢？姪媳其實也不是針對二嬸子，只是第一，姪媳不能忍受自己的相公被人毒害；第二，弟妹明明善良又聰慧，為何二嬸子就是不肯放過她，一再地陷害於她，這又是何道理？」

王妃見事情差不多都水落石出了，便對王爺道：「先前王爺可是應過妾身的，不管是親兄弟還是誰，只要查出誰是害堂兒之人，便要家法嚴辦。如今人證物證都在，王爺，你該下令了吧。」

「王嫂，求王嫂放過弟媳一次吧，她也是一時糊塗啊，小弟以後一定嚴加管教，以後不許她再踏足王府半步就是，那樣她再也難以害到王府裡的任何一個人了！」二老爺哀求著王妃。「她也是有品級的誥命，又是一府主母，王兄，你不能對她動用私刑啊！」

「一府主母就不能受罰嗎？天子還要與庶民同罪呢，二嬸犯的可不是一般的錯呢。」上官枚不等王爺開口，又說道。

「姊姊說得極是，相公可是差點就被二嬸子害死了，她害人時，怎麼沒想過別人的痛苦？若這一次不是那個叫金兒的丫頭心慈手軟，只怕我和姊姊便要成新寡了。」玉娘這時很見機地幫著上官枚的腔。

「二嫂做得也是太過了一些，不過，王兄王嫂，終歸是一大家子，小懲大戒吧，都要過年了，二嫂又是一府主母，軒哥兒還沒成親，這要是傳了出去，誰還敢將閨女嫁給軒哥兒啊？誰都會怕二嫂這個惡婆婆的。」三太太一直沒作聲，這會子見事情也差不多了，便說了句看似勸解，其實中間兩不得罪的話。

但二太太聽在耳朵裡便覺得非常刺耳，老三家的這是在諷刺自己連媳婦都無法主持進門吧，這事真要懲罰起來，莫說休，只怕會挨不少板子關佛堂啊，軒兒的婚事才有了眉目……不行，不能就這麼認輸了！

「你們幾個不要再空口白話地誣陷我，含香不過是個丫頭，誰知道是不是被你們收買，說是在我屋裡搜到了東西，誰又知道會不會是你們栽贓陷害？哼，且有誰能拿出切實一些的證據來，不然，誰也別想動我一個指頭。」二太太強硬地看著場內眾人道。

「二嬸子的嘴可真是比茅坑裡的臭石頭還硬呢。阿謙，金兒的婆婆可曾找到了？」冷華庭看了一眼上官枚，對她搖了搖頭，秀眉半挑，再回過頭對二太太說道。

上官枚被他的表情弄得一滯，不由好笑。小庭是在說，自己那法子差了一色，還是得等他來出鋒頭呢，以前只覺得他混帳得緊，如今看來，不混了的小庭其實還真可愛，怪不得相公總是捨不得責怪他半句。

冷謙出去帶人，冷華庭卻是拿小瓷瓶在手上玩著，一會子，冷謙真的帶了個年老的婆婆進來了。她滿臉皺紋，一見到二太太便有些畏縮，不敢上前。冷華庭便笑著對王爺道：「這便是金兒的婆婆，阿謙派了好些人，找了大半天，總算是給找到了。」

王爺便問那老婆婆：「妳是被二太太關起來的？」

那老婆婆驚惶地跪在地上，對王爺道：「回王爺的話，倒是沒將奴婢關著，只是送到了二太太陪嫁的莊子裡去了，不許奴婢見金兒，奴婢已經在莊子裡待了好幾月了，也不知道奴婢那可憐的孫女如今怎麼樣了。」

王爺聽了，便痛心地搖了搖頭，對二太太道：「老二家的，妳再是無話可說了吧？」

二太太確實再不好反駁什麼。她沒想到冷華庭手中力量這麼大，竟然如此迅速地找到了金兒的婆婆……

「王爺，下令吧，大夥兒都看著，此等惡行若再不罰，以後府裡哪還有親情可言？兄弟叔嬸之間為了利益都可以下如此黑手，太讓人寒心了，不罰，以後這府裡便會更加不得安寧。」王妃氣得手都在抖。自己院裡的人，好不容易讓錦娘給清理了一遍，沒想到很快又被二太太收買了兩個。人心真是難測，自己再也不能渾渾噩噩地過下去了，總讓人將手伸進自己身邊來，害的卻是最至親的人，若不是庭兒今天見機，只怕錦娘又要遭受不白之冤了。

「來人，執行一等家法！」王爺揚聲說道。

二老爺一聽，臉色煞白，顫了聲對王爺道：「王兄，手下留情，饒我娘子一條命吧……」

冷華庭卻是湊近二老爺道：「二叔，這杜太醫可還有話沒有說完呢，先罰了二嬸子再說，一會子咱們再聽聽杜太醫嘴裡會說些什麼吧。」

二老爺聽了臉便抽了抽，撇了眼看二太太，二太太嘴角便勾起一抹苦笑，冷冷地對冷華庭道：「再問什麼，他是我託了人，早就找好了的，不過是瞞著你二叔罷了。這些事確實是我一手幹的，與你二叔無關，你……如此還不滿意嗎？」

冷華庭聽了便似笑非笑，俯近二老爺小聲道：「還算滿意吧？不過，二叔，姪兒告訴你，以後……你也好，你的家人也好，最好不要再打我娘子的主意，以後若有誰再敢陷害我娘子半分，我可不會再像這回一樣有耐心去找證據了，只要查出半點蛛絲馬跡，我便直接擰斷他的脖子。這個瓶子，二叔你應該熟悉吧？某個人怕死得很，那點心根本一塊都沒用，所中之毒嘛，自然是直接吞的，那小黑屋裡的碎點心渣，屋角的這個小瓶子，還有，他明明早就身子恢復，卻一點面也不露……哼，還真是會唱苦肉計啊，二叔，咱們還有得玩呢……」

王爺功力深厚，這屋裡其他人或許不知道小庭對二老爺說了什麼，但他卻是聽得一清二楚的，臉色頓時沈了下來，眼底呈現一抹沈痛之色，又有濃濃的失望和悲哀，無奈地一揮手，大喝道：「來人，行刑！」

立即進來四個婆子，準備將二太太架到一邊去行刑。錦娘眼尖，看到其中一個婆子手裡拿著的竟然是一根扎滿小釘的竹片，心裡不由倒抽一口冷氣。那東西打在身上，還不連皮帶肉都會勾帶了去，也不知道這一等家法會要打多少下，但以二太太那細皮嫩肉的樣子，只怕十下便會暈過去。

二太太此時再也鎮定不了，看著那婆子手上的刑具便渾身抖了起來，一轉頭，痛苦怨毒地看了二老爺一眼，趁人不備，突然便朝一旁的柱子上撞去。冷謙早有準備，二太太身形一動，他便掠了起來，及時抓住了二太太的後襟，將她扔進了堂內。二老爺見了，便狠狠地瞪了冷華庭一眼，心中又氣又恨又痛，轉而又跪向王爺，納頭便拜。王爺懶得看他，手一揮，婆子們便將二太太架到了一邊，一個婆子搬了長凳來，兩個婆子將二太太按在凳上，那拿著竹片的婆子便開始向二太太背後抽去，只一下，便聽得二太太一聲慘叫，那竹片落下後，舉起來就帶了血，滴滴答答，觸目驚心。

錦娘不忍看這慘烈的場面，偏過了頭去。二老爺仍在對王爺磕頭，嘴裡不停求著。「求王兄開恩，求王兄開恩……」

王爺硬著心，沒有作聲，冷華庭卻是揚聲道：「將這姓李的婆子亂棍打死。爺最恨這廝，竟然敢將污水潑到死了的金兒身上，她以為死無對證，便可以胡亂污人嗎？」

姓李的婆子正是先前受不住打，最先反口的，如今聽見二少爺如此一說，立即暈了過去。

很快便有婆子上來將她拖了下去，另一個婆子嚇得連求饒的力氣都沒了，整個人抖得跟篩糠似的。

二太太被連打了好幾下，先前慘叫聲還大，後來便越來越弱。二老爺心痛萬分，卻無計可施。

這時，一個人影如旋風一般捲了進來，一下便撲到了二太太身上，大喊道：「不要打我娘！」

——未完，待續，請看文創風073《名門庶女》5

五. 活動辦法→

Step1：請挑選一本最愛的狗屋「文創風」書籍，撰寫您的個人書評，
推薦內容字數限50～140字之間。
（請分享看完這本書的心得，或是喜歡這本書的原因。）

Step2：登入「博客來」或「金石堂」會員，找到該書籍頁面進行書評留言。

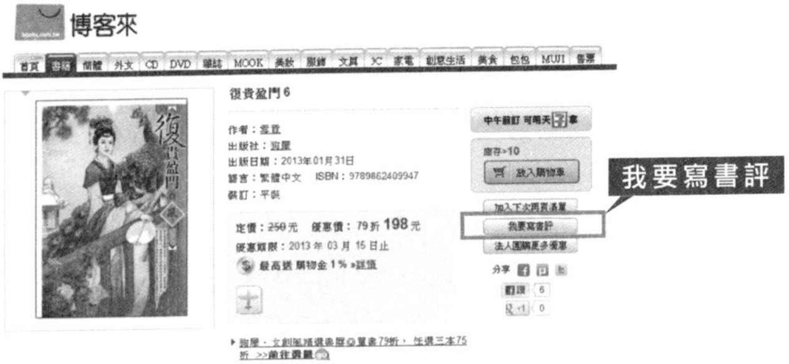

Step3：成功留下書評後，請直接複製您的書評網址，來信至leaf@doghouse.com.tw，
信件主旨請標明：【我愛文創風！書虫書評_博客來】
(或金石堂，依您實際留言成功的網路書店為準)，信中也務必留下
您的聯絡資料——**真實姓名、聯絡電話、郵寄地址、郵遞區號**。

Step4：耐心等候得獎名單，也別忘了號召狗屋粉絲們一起來寫書評、拿好書哦！

六. 活動辦法→

▶「書虫獎」：**文創風書籍乙本：共計10名**。
（文創風015～016、017～018恕不參加贈書活動，其他皆可由您自行指定。）

▶「加碼獎」：**狗屋好物驚喜福袋，共計 3 名**。

「書虫獎」採隨機抽選，「加碼獎」則由狗屋編輯票選出最用心的三則書評，
得獎名單於4/12公佈在狗屋/果樹天地官網，並同步發佈至粉絲專頁，
請您密切關注官方粉絲團訊息，聯絡資料不完整則視同棄權，不予以遞補得獎者。

七. 注意事項→

1. 參加活動即代表您同意分享您的書評，如經採用，可轉載於狗屋/果樹所發行或維護的媒體、電子報、網站及刊物上，與其他讀友分享。
2. 所有活動相關辦法，皆以本網頁公佈為準，贈書不得折換現金或其他物品。
3. 獎項寄送地區僅限台灣地區，恕不處理郵寄獎品至海外地區之事宜。
4. 狗屋/果樹 有權修改贈書活動的實施權益及辦法。

嫡女策

勾心之最高段，鬥角絕不服輸

宅門絕妙好手／西蘭

文創風 041 1

董家嫡出大小姐——董風荷，是董家這一輩唯一的嫡系，
卻不受祖母喜歡，不遭父親待見。
庶妹罵她是野種，姨娘跟祖母合謀，
將她許給京城出了名的——莊郡王府杭家的四少爺。
這一切，她從來都雲淡風輕，只想與母親平淡度日。
但她可不是那等任人欺凌的主子，犯著她，別怪她翻臉不認人。
嫁入王府，她才知道娘家的爭鬥跟這兒比只是小巫見大巫，
傳言她的夫君剋妻剋子、寵妾成群，惡名遠播，
這男人風流浪蕩似乎又城府很深，教她看不透澈；
而這座王府看似平靜卻暗潮洶湧，
看來她得仔細拿捏小心度日存活了……

文創風 043 2

自從風荷嫁入他們莊郡王杭家，
這從上到下、大大小小的，沒少給她添麻煩、使絆子，
但他的小妻子在如此暗潮洶湧的杭家竟能存活得這麼好，
不由地教他刮目相看起來……
她的心計，她的手腕，她的勇敢，她的羞怯，
都像為他挖了一個坑，一步一步引誘他往下跳。
試圖勾引他的女子很多，但沒人能像她輕易地探到了他的心，
她用一根無形的絲線在他心上繞了一圈又一圈，讓他痛卻舒服。
任憑他城府再深、心眼再多，仍控制不住地去靠近她……
他害怕了，因為他不知被征服的是她還是他？

文創風 044 3

風荷知道自己嫁的杭家四少，絕非等閒之輩，
更不是風流成性的紈袴子弟，他懷著莫大的秘密……
身為妻子的她不多問，配合著他作戲，
裝著跟他夫妻不睦，看著裝扮成他的假夫君在杭家出沒，
甚至看著「他」與妾室們調情、留宿其中。
她安分打理王府事務，偏偏「有心人」不放過她，下起狠招，
他的姨娘肚子裡的孩子留不住，連五少爺夫人肚裡的也出事了，
這一個個矛頭全指向她，終於盼到他回來了，
面對如此的百口莫辯、「證據確鑿」的險境，
她不怕，也不為自己多說一句，
她等著看，他是信她不信，對她有情或無情……

文創風 047 4

他們夫妻成親至今尚未圓房，王府裡從上到下，
這明裡不說，暗裡都是極關切的。
任是杭天曜再腹黑，也想不到他的妻子從新婚當日就給他設了一個局，
他卻一步步陷進去，化為她手心的繞指柔。
對風荷他並不是完全沒有私心的，但他亦想等待去感動風荷，
想看到她心甘情願在自己身下的魅惑風姿……
不然，以他一個成熟男子，夜夜對著喜愛的妻子早就忍不住了。
過去，為了自身安全他對所有女子都是避而遠之，
只有風荷讓他覺得安心，因此他不得不忍耐著，只為了得到更多……

文創風 048 5

風荷自從嫁了大家認定扶不起的杭家四少這位紈袴子弟後，
她還真是沒幾天風平浪靜的日子可過。
就連中秋佳節杭家團圓家宴上，還衝著她上演著一齣大戲——
她這四少夫人，不僅得了太妃疼寵，連風流浪蕩的夫君也改了性子，
這王府世子的位置眼看就快落入杭家四少身上，
看不過眼的居然拿風荷的身世作文章，把髒水往她身上潑，
污了她的身世，就等於絆了杭家四少成為世子的可能，
前兒那些算計使絆，比起這回僅能算是小奸小惡小伎倆了，
杭四與風荷這對小夫妻才剛剛恩愛好上，
卻要面對上自太妃王爺、下至奴僕們的懷疑，
還要想方設法阻斷杭、董兩府家醜外揚、聲譽大壞……

文創風 052 6

「董風荷，我這輩子就要妳一個了，
不管妳願不願意，都死死纏著妳，看妳能逃到哪兒去。」
他不得不對自己承認，自己是真心實意地愛著風荷，
顧不及男人的臉面，他再也不掙扎了，
甚至開口向她要求承諾，承諾她這一輩子都不會離開自己。
現在她有了身孕，懷著他期待已久的孩子，
王府裡裡外外的，不知有多少人盯著她，打著她的主意。
不把她身邊的危險一一去除了，他在外面是一刻不得安心。
明槍易躲暗箭難防，一想到這，他就徹夜難眠。
他決定要一一剔除府裡能近她身的一切危險，
就連不該他男人插手的內院之事，他也攬上身，
雷厲風行地從他的妾室開始「下手」「整頓」……
莫怪他狠，他的心、他的情只能給一個女人！

文創風 053 7

自從他當上了世子，風荷成了世子妃之後，王府裡的暗潮洶湧依舊沒個平息，
暗處的敵人手段愈漸奸險，簡直像豁出去了似的。真教人恨得咬牙！
那天要不是他正好趕到，他的妻子、未出世的孩子如何保得住？
失去風荷，過往所有的付出，辛苦熬過來的一切都失去意義。
如果之前他費了千萬的心力護她，往後他將加倍做到滴水不漏，
抵擋一切可能，保住他所愛的妻、所愛的孩子……

只要想起他救她那時，他驚惶萬分、心痛不已的神情，風荷又是難過又是心疼。
她所嫁的這個男人，愛她是不是勝過愛自己了呢，
所以他才願意那樣不顧自己的安危去救她……
她突然間覺得，心裡曾有的那個理想丈夫的男子，都在那一刻遠去了，
這個男人，才是她要一輩子相依相守的人。
只要他心裡一日有她，她都不會離開他……

文創風 071

名門庶女 4

國家圖書館出版品預行編目資料

名門庶女 / 不游泳的小魚著. --
初版. -- 臺北市 : 狗屋, 民102.02-
冊 ; 公分. --（文創風）
ISBN 978-986-328-018-7（第4冊：平裝）. --

857.7 101027936

著作者	不游泳的小魚
編輯	戴傳欣
校對	黃薇霓　林若馨
發行所	狗屋出版社有限公司
地址	台北市104中山區龍江路71巷15號1樓
電話	02-2776-5889～0
發行字號	局版台業字845號
法律顧問	蕭雄淋律師
總經銷	知遠文化事業有限公司
電話	02-2664-8800
初版	102年3月
國際書碼	ISBN-13　978-986-328-018-7
原著書名	《庶女》，由瀟湘書院中文网（www.xxsy.net）授權出版

定價230元

狗屋劃撥帳號：19001626

網址：love.doghouse.com.tw　E-mail：love@doghouse.com.tw